Arthur Conan Doyle, 1859–1930, der Schöpfer des modernen
Kriminalromans und Vater des Meisterdetektivs Sherlock
Holmes, hat außer Romanen eine größere Zahl kurzer Er-
zählungen geschrieben, von denen die kürzesten im Sprach-
gebrauch seiner Gemeinde «Penny Shockers» heißen. Vier
dieser jedesmal anders geschürzten spannenden Geschichten
stehen in dem vorliegenden englisch-deutschen Taschenbuch,
vier besonders gelungene.

Das Angebot, der Appell der Reihe dtv zweisprachig lautet:
Sprache lernen und Literatur lesen!

Dieser Band lockt mit einer etwas anderen Formel: Ein
nicht gerade makelloses Englisch kennenlernen, dabei aber
a) analytisch denken, b) Herzklopfen kriegen, c) lächeln.

dtv zweisprachig · Edition Langewiesche-Brandt

Arthur Conan Doyle

Four Penny Shockers

Vier kurze Krimis

Übersetzungen von
Angela Uthe-Spencker und Richard Fenzl

Deutscher Taschenbuch Verlag

Übersetzung der ersten und der letzten Geschichte
von Richard Fenzl, der zweiten und der dritten
von Angela Uthe-Spencker
Deutscher Taschenbuch Verlag GmbH & Co. KG, München
Originalausgabe 1987. 9.–12. Tausend März 1989.
Umschlaggestaltung: Celestino Piatti
Gesamtherstellung: Kösel, Kempten
ISBN 3-423-09235-1 · Printed in Germany

I had intended "The Adventure of the Abbey Grange" to be the last of those exploits of my friend, Mr. Sherlock Holmes, which I should ever communicate to the public. This resolution of mine was not due to any lack of material, since I have notes of many hundreds of cases to which I have never alluded, nor was it caused by any waning interest on the part of my readers in the singular personality and unique methods of this remarkable man. The real reason lay in the reluctance which Mr. Holmes has shown to the continued publication of his experiences. So long as he was in actual professional practice the records of his successes were of some practical value to him, but since he has definitely retired from London and betaken himself to study and bee-farming on the Sussex Downs, notoriety has become hateful to him, and he has peremptorily requested that his wishes in this matter should be strictly observed. It was only upon my representing to him that I had given a promise that "The Adventure of the Second Stain" should be published when the times were ripe, and pointing out to him that it is only appropriate that this long series of episodes should culminate in the most important international case which he has ever been called upon to handle, that I at last succeeded in obtaining his consent that a carefully guarded account of the incident should at last be laid before the public. If in telling the story I seem to be somewhat vague in certain details, the public will readily understand that there is an excellent reason for my reticence.

It was, then, in a year, and even in a decade, that shall be nameless, that upon one Tuesday morning in autumn we found two visitors of European fame within the walls of our humble room in Baker Street. The one, austere, high-nosed, eagle-eyed,

«Der Vorfall von Abbey Grange» hatte für mich die letzte Großtat meines Freundes, Mr. Sherlock Holmes, sein sollen, von der ich der Allgemeinheit zu berichten gedachte. Mein Entschluß beruhte nicht auf einem Mangel an Stoff, da ich ja Aufzeichnungen über viele Hunderte von Fällen besitze, auf die ich nie hingewiesen habe; er ging auch nicht auf ein schwindendes Interesse meiner Leser an der einmaligen Persönlichkeit und den einzigartigen Verfahrensweisen dieses bemerkenswerten Mannes zurück. Der wirkliche Grund lag in dem Widerstreben, das Mr. Holmes gegen die fortlaufende Veröffentlichung seiner Erfahrungen erkennen ließ. Solange er seinen Beruf tatsächlich ausübte, waren die Berichte über seine Erfolge für ihn von einigem praktischen Wert, doch seit er sich endgültig aus London zurückgezogen hat, um sich im grasigen Hügelland von Sussex mit Büchern und Bienen zu beschäftigen, ist ihm der Ruhm verhaßt geworden, und er hat entschieden darum ersucht, daß auf seine diesbezüglichen Wünsche unbedingt Rücksicht genommen werde. Erst als ich ihm darlegte, daß ich zugesagt hätte, den «Vorfall mit dem zweiten Fleck» zu veröffentlichen, sobald die Zeit dafür reif sei, und erst als ich ihm klarmachte, daß es nur recht und billig wäre, die lange Reihe von Erlebnissen im bedeutendsten internationalen Fall gipfeln zu lassen, zu dessen Übernahme er je aufgefordert worden ist, gelang es mir schließlich, seine Einwilligung zu erhalten, daß ein betont vorsichtiger Bericht über den Hergang endlich der Öffentlichkeit zugänglich gemacht werden sollte. Wenn ich mich dabei in gewissen Einzelheiten etwas ungenau ausdrücke, werden die Leser ohne weiteres begreifen, daß es für meine Zurückhaltung einen triftigen Grund gibt.

Eines Dienstagsmorgens im Herbst also – Jahr und sogar Jahrzehnt sollen unerwähnt bleiben – suchten zwei Besucher von europäischem Ruf unsere schlichte Behausung in der Baker Street auf. Der eine, streng, edle Nase, Adleraugen, gebieterisch, war niemand anderes als der berühmte Lord Bel-

and dominant, was none other than the illustrious Lord Bellinger, twice Premier of Britain. The other, dark, clear-cut, and elegant, hardly yet of middle age, and endowed with every beauty of body and of mind, was the Right Honourable Trelawney Hope, Secretary for European Affairs, and the most rising statesman in the country. They sat side by side upon our paper-littered settee, and it was easy to see from their worn and anxious faces that it was business of the most pressing importance which had brought them. The Premier's thin, blue-veined hands were clasped tightly over the ivory head of his umbrella, and his gaunt, ascetic face looked gloomily from Holmes to me. The European Secretary pulled nervously at his moustache and fidgeted with the seals of his watch-chain.

"When I discovered my loss, Mr. Holmes, which was at eight o'clock this morning, I at once informed the Prime Minister. It was at his suggestion that we have both come to you."

"Have you informed the police?"

"No, sir," said the Prime Minister, with the quick, decisive manner for which he was famous. "We have not done so, nor is it possible that we should do so. To inform the police must, in the long run, mean to inform the public. This is what we particularly desire to avoid."

"And why, sir?"

"Because the document in question is of such immense importance that its publication might very easily – I might almost say probably – lead to European complications of the utmost moment. It is not too much to say that peace or war may hang upon the issue. Unless its recovery can be attended with the utmost secrecy, then it may as well not be recovered at all, for all that is aimed at by those who have taken it is that its contents should be generally known."

linger, zum zweiten Mal britischer Premierminister. Der andere, dunkel, klare Gesichtszüge, gepflegt, noch kaum in mittleren Jahren und mit allen körperlichen und geistigen Vorzügen ausgestattet, war der Right Honourable Trelawney Hope, Minister für europäische Angelegenheiten, der hoffnungsvollste jüngere Staatsmann im Lande. Sie saßen nebeneinander auf unserem mit Zeitungen übersäten Sofa, und ihren müden und besorgten Gesichtern war leicht anzumerken, daß eine Sache von größter Dringlichkeit sie zu uns geführt hatte.

Die schmalen, blaugeäderten Hände des Premiers umklammerten fest den Elfenbeingriff seines Regenschirmes, und sein hageres, asketisches Gesicht blickte düster bald Holmes, bald mich an. Der Europaminister zupfte nervös an seinem Schnurrbart und spielte mit den Petschaften an seiner Uhrkette.

«Als ich meinen Verlust entdeckte, Mr. Holmes, heute früh um acht Uhr, benachrichtigte ich sofort den Premierminister. Auf seine Anregung hin sind wir beide zu Ihnen gekommen.»

«Haben Sie die Polizei verständigt?»

«Nein, Sir», sagte der Premierminister in der raschen, entschiedenen Art, die man an ihm rühmte. «Das haben wir nicht getan, und wir können es auch nicht tun. Verständigt man die Polizei, so muß das letztlich bedeuten, daß man die Öffentlichkeit verständigt. Und gerade das wollen wir vermeiden.»

«Und warum, Sir?»

«Weil das betreffende Papier von solch ungeheurer Bedeutung ist, daß seine Veröffentlichung sehr leicht – ich möchte fast sagen wahrscheinlich – zu europäischen Verwicklungen von äußerster Tragweite führen könnte. Es ist nicht zu viel gesagt, daß der Ausgang über Krieg oder Frieden entscheidet. Falls die Wiederbeschaffung nicht mit der äußersten Geheimhaltung betrieben werden kann, kann man ebensogut darauf verzichten, es überhaupt wieder beizubringen, denn diejenigen, die es an sich genommen haben, haben es nur darauf abgesehen, seinen Inhalt allgemein bekannt zu machen.»

"I understand. Now, Mr. Trelawney Hope, I should be much obliged if you would tell me exactly the circumstances under which this document disappeared."

"That can be done in a very few words, Mr. Holmes. The letter – for it was a letter from a foreign potentate – was received six days ago. It was of such importance that I have never left it in my safe, but I have taken it across each evening to my house in Whitehall Terrace, and kept it in my bedroom in a locked despatch-box. It was there last night. Of that I am certain. I actually opened the box while I was dressing for dinner and saw the document inside. This morning it was gone. The despatch-box had stood beside the glass upon my dressing-table all night. I am a light sleeper, and so is my wife. We are both prepared to swear that no one could have entered the room during the night. And yet I repeat that the paper is gone."

"What time did you dine?"

"Half past seven."

"How long was it before you went to bed?"

"My wife had gone to the theatre. I waited up for her. It was half past eleven before we went to our room."

"Then for four hours the despatch-box had lain unguarded?"

"No one is ever permitted to enter that room save the house-maid in the morning, and my valet, or my wife's maid, during the rest of the day. They are both trusty servants who have been with us for some time. Besides, neither of them could possibly have known that there was anything more valuable than the ordinary departmental papers in my despatch-box."

"Who did know of the existence of that letter?"

"No one in the house."

"Surely your wife knew?"

«Ich verstehe. Nun, Mr. Trelawney Hope, ich wäre Ihnen sehr verbunden, wenn Sie mir genau die Umstände erzählten, unter denen dieses Dokument verschwunden ist.»

«Das kann mit ein paar Worten geschehen, Mr. Holmes. Der Brief – denn es handelte sich um einen Brief von einem ausländischen Herrscher – ging vor sechs Tagen ein. Er war so wichtig, daß ich ihn nie in meinem Safe gelassen, sondern jeden Abend in mein Haus in Whitehall Terrace mitgenommen und in einer verschlossenen Dokumentenkassette in meinem Schlafzimmer aufbewahrt habe. Dort war er gestern abend; dessen bin ich sicher. Ich öffnete tatsächlich die Kassette, während ich mich zum Dinner umkleidete und sah das Papier drin liegen. Heute früh war es weg. Die ganze Nacht hatte die Kassette auf meinem Toilettentisch neben dem Spiegel gestanden. Ich habe einen leichten Schlaf, und meine Frau ebenfalls. Wir sind beide bereit zu beschwören, daß niemand während der Nacht ins Zimmer gekommen sein konnte. Und dennoch wiederhole ich: Das Papier ist verschwunden.»

«Um wieviel Uhr haben Sie gespeist?»

«Halb acht.»

«Und wann gingen Sie zu Bett?»

«Meine Frau war ins Theater gegangen. Ich blieb auf und wartete auf sie. Es war halb zwölf, als wir in unser Zimmer gingen.»

«Dann hatte also die Dokumentenkassette vier Stunden lang unbewacht dortgestanden?»

«Niemand darf je dieses Zimmer betreten, außer dem Stubenmädchen am Morgen und meinem Diener oder der Zofe meiner Frau während der übrigen Zeit des Tages. Diese beiden Leute sind vertrauenswürdig und stehen schon seit einiger Zeit bei uns in Diensten. Außerdem konnte niemand von ihnen wissen, daß in meiner Kassette etwas Wertvolleres war als die üblichen Papiere aus dem Ministerium.»

«Wer wußte, daß es diesen Brief gibt?»

«Niemand im Haus.»

«Doch gewiß Ihre Frau?»

"No, sir. I had said nothing to my wife until I missed the paper this morning."

The Premier nodded approvingly.

"I have long known, sir, how high is your sense of public duty," said he. "I am convinced that in the case of a secret of this importance it would rise superior to the most intimate domestic ties."

The European Secretary bowed.

"You do me no more than justice, sir. Until this morning I have never breathed one word to my wife upon this matter."

"Could she have guessed?"

"No, Mr. Holmes, she could not have guessed – nor could anyone have guessed."

"Have you lost any documents before?"

"No, sir."

"Who is there in England who did know of the existence of this letter?"

"Each member of the Cabinet was informed of it yesterday, but the pledge of secrecy which attends every Cabinet meeting was increased by the solemn warning which was given by the Prime Minister. Good heavens, to think that within a few hours I should myself have lost it!" His handsome face was distorted with a spasm of despair, and his hands tore at his hair. For a moment we caught a glimpse of the natural man, impulsive, ardent, keenly sensitive. The next the aristocratic mask was replaced, and the gentle voice had returned. "Besides the members of the Cabinet there are two, or possibly three, departmental officials who know of the letter. No one else in England, Mr. Holmes. I assure you."

"But abroad?"

"I believe that no one abroad has seen it save the man who wrote it. I am well convinced that his Ministers – that the usual official channels have not been employed."

Holmes considered for some little time.

«Nein, Sir. Ich hatte meiner Frau nichts gesagt, bis ich den Brief heute morgen vermißte.»

Der Premier nickte zustimmend.

«Sir, ich kenne seit langem Ihre hohe berufliche Pflichtauffassung», sagte er. «Ich bin überzeugt, daß diese bei einem Geheimnis von solcher Tragweite die engsten häuslichen Bindungen hintanstellen würde.»

Der Europaminister verneigte sich.

«Sie lassen mir damit nur Gerechtigkeit widerfahren, Sir. Bis heute morgen habe ich in dieser Angelegenheit kein Sterbenswörtchen meiner Frau anvertraut.»

«Hat sie etwas ahnen können?»

«Nein, Mr. Holmes, sie hat nichts ahnen können – auch sonst niemand.»

«Haben Sie früher irgendwelche Papiere verloren?»

«Nein, Sir.»

«Wer in England hat vom Vorhandensein dieses Briefes gewußt?»

«Jedes Regierungsmitglied wurde gestern davon in Kenntnis gesetzt, doch die Geheimhaltungspflicht, die für jede Kabinettssitzung gilt, wurde durch die vom Premierminister ausgesprochene feierliche Ermahnung unterstrichen. Guter Gott, wenn ich daran denke, daß ich das Papier innerhalb von ein paar Stunden verlieren sollte!» Sein nobles Gesicht wurde von einem Anfall der Verzweiflung verzerrt, und er raufte sich die Haare. Einen Augenblick lang bekamen wir den natürlichen Menschen zu sehen: ungestüm, leidenschaftlich, höchst empfindsam. Im nächsten Augenblick war die aristokratische Maske wieder da, und die sanfte Stimme erklang aufs neue: «Außer den Kabinettsmitgliedern wissen zwei oder vielleicht drei Ministerialbeamte von dem Brief. Sonst niemand in England, Mr. Holmes, das versichere ich Ihnen.»

«Aber im Ausland?»

«Ich glaube, niemand im Ausland hat den Brief gesehen, außer dem, der ihn schrieb. Ich bin fest überzeugt, daß seine Minister – daß die üblichen amtlichen Kanäle nicht eingeschaltet worden sind.»

Holmes überlegte eine Weile.

"Now, sir, I must ask you more particularly what this document is, and why its disappearance should have such momentous consequences?"

The two statesmen exchanged a quick glance and the Premier's shaggy eyebrows gathered in a frown.

"Mr. Holmes, the envelope is a long, thin one of pale blue colour. There is a seal of red wax stamped with a crouching lion. It is addressed in large, bold handwriting to –"

"I fear, sir," said Holmes, "that, interesting and indeed essential as these details are, my inquiries must go more to the root of things. What *was* the letter?"

"That is a State secret of the utmost importance, and I fear that I cannot tell you, nor do I see that it is necessary. If by the aid of the powers which you are said to possess you can find such an envelope as I describe with its enclosure, you will have deserved well of your country, and earned any reward which it lies in our power to bestow."

Sherlock Holmes rose with a smile.

"You are two of the most busy men in the country," said he, "and in my own small way I have also a good many calls upon me. I regret exceedingly that I cannot help you in this matter, and any continuation of this interview would be a waste of time."

The Premier sprang to his feet with that quick, fierce gleam of his deep-set eyes before which a Cabinet has cowered. "I am not accustomed, sir," he began, but mastered his anger and resumed his seat. For a minute or more we all sat in silence. Then the old statesman shrugged his shoulders.

"We must accept your terms, Mr. Holmes. No doubt you are right, and it is unreasonable for us to expect you to act unless we give you our entire confidence."

"I agree with you," said the younger statesman.

«Nun, Sir, ich muß Sie eingehender fragen, was das für ein Dokument ist und warum sein Verschwinden solch bedeutsame Folgen haben sollte.»

Die beiden Staatsmänner wechselten einen raschen Blick, und die buschigen Augenbrauen des Premiers zogen sich düster zusammen.

«Mr. Holmes, der Umschlag ist lang, schmal und blaßblau. Auf einem roten Wachssiegel ist ein kauernder Löwe eingeprägt. Die Anschrift in großen, kräftigen Buchstaben lautet ...»

«Tut mir leid, Sir», sagte Holmes, «daß, so spannend und wirklich wichtig diese Einzelheiten auch sind, meine Nachforschungen mehr auf den Grund der Dinge zielen müssen. Worum *ging es* in dem Brief?»

«Das ist ein Staatsgeheimnis von größter Wichtigkeit. Ich fürchte, ich kann es Ihnen nicht preisgeben und sehe auch nicht ein, daß das nötig ist. Falls Sie mit Hilfe der Kräfte, die Sie angeblich besitzen, einen solchen Umschlag, wie von mir beschrieben, samt Inhalt auffinden können, werden Sie sich um Ihr Land sehr verdient gemacht haben und jede Belohnung beanspruchen dürfen, die wir zu gewähren vermögen.»

Holmes erhob sich und lächelte.

«Sie sind zwei der meistbeschäftigten Männer des Landes», sagte er, «und in meinem eigenen kleinen Rahmen habe auch ich zahlreiche Aufträge am Hals. Ich bedaure außerordentlich, Ihnen in dieser Angelegenheit nicht dienen zu können, und jede Fortsetzung dieses Gesprächs wäre Zeitverschwendung.»

Der Premier sprang auf, in seinen tiefliegenden Augen war jener lebhafte, heftige Glanz, vor dem ein Kabinett sich duckt. «Ich bin es nicht gewohnt, Sir, ...» begann er, beherrschte aber seinen Zorn und setzte sich wieder. Eine Minute oder länger schwiegen wir alle. Dann zuckte der alte Staatsmann mit den Schultern.

«Wir müssen Ihre Bedingungen annehmen, Mr. Holmes. Sie haben zweifellos recht, und zu erwarten, daß Sie handeln, ist unvernünftig, wenn wir Ihnen nicht unser ganzes Vertrauen schenken.»

«Ich pflichte Ihnen bei», sagte der jüngere Staatsmann.

"Then I will tell you, relying entirely upon your honour and that of your colleague, Dr. Watson. I may appeal to your patriotism also, for I could not imagine a greater misfortune for the country than that this affair should come out."

"You may safely trust us."

"The letter, then, is from a certain foreign potentate who has been ruffled by some recent Colonial developments of this country. It has been written hurriedly and upon his own responsibility entirely. Inquiries have shown that his Ministers know nothing of the matter. At the same time it is couched in so unfortunate a manner, and certain phrases in it are of so provocative a character, that its publication would undoubtedly lead to a most dangerous state of feeling in this country. There would be such a ferment, sir, that I do not hesitate to say that within a week of the publication of that letter this country would be involved in a great war."

Holmes wrote a name upon a slip of paper and handed it to the Premier.

"Exactly. It was he. And it is this letter – this letter which may well mean the expenditure of a thousand millions and the lives of a hundred thousand men – which has become lost in this unaccountable fashion."

"Have you informed the sender?"

"Yes, sir, a cipher telegram has been despatched."

"Perhaps he desires the publication of the letter."

"No, sir, we have strong reason to believe that he already understands that he has acted in an indiscreet and hot-headed manner. It would be a greater blow to him and to his country than to us if this letter were to come out."

"If this is so, whose interest is it that the letter should come out? Why should anyone desire to steal it or to publish it?"

"There, Mr. Holmes, you take me into regions of

«Dann werde ich es Ihnen sagen, wobei ich mich völlig auf Ihre Ehre und die Ehre Ihres Kollegen, Dr. Watson, verlasse. Ich darf mich auch auf Ihre Vaterlandsliebe berufen, denn ich könnte mir kein größeres Unglück für das Land vorstellen als das Bekanntwerden dieser Angelegenheit.»

«Sie können uns ganz und gar vertrauen.»

«Nun denn, der Brief stammt von einem gewissen ausländischen Herrscher, der durch einige neuere koloniale Entwicklungen dieses Landes aus der Fassung gebracht worden ist. Er ist in Eile und völlig auf die eigene Verantwortung des Machthabers geschrieben worden. Nachforschungen haben ergeben, daß seine Minister nichts davon wissen. Gleichzeitig ist der Brief so unglücklich abgefaßt, und gewisse Sätze darin sind im Ton so herausfordernd, daß die Veröffentlichung zweifellos eine höchst gefährliche Stimmung hierzulande hervorrufen würde. Es entstünde eine solche Unruhe, Sir, daß ich nicht anstehe zu behaupten, dieses Land würde binnen einer Woche in einen großen Krieg verwickelt.»

Holmes schrieb einen Namen auf einen Zettel und reichte ihn dem Premier.

«Genau. Der war's. Und eben dieser Brief – dieser Brief, der sehr wohl bedeuten kann, daß eine Milliarde Pfund und hunderttausend Menschenleben geopfert werden – ist auf diese unerklärliche Weise verlorengegangen.»

«Haben Sie den Absender benachrichtigt?»

«Ja, Sir, es wurde ein verschlüsseltes Telegramm abgeschickt.»

«Vielleicht wünscht er die Veröffentlichung des Briefes.»

«Nein, Sir, wir haben triftige Gründe für die Annahme, daß er inzwischen einsieht, unbedacht und hitzköpfig gehandelt zu haben. Es wäre für ihn und für sein Land ein größerer Schlag als für uns, wenn dieser Brief bekannt werden sollte.»

«Wenn es so steht, wem ist dann an einem Bekanntwerden des Briefes gelegen? Warum sollte jemand den Brief stehlen oder veröffentlichen wollen?»

«Damit, Mr. Holmes, bringen Sie mich in Bereiche der

high international politics. But if you consider the European situation you will have no difficulty in perceiving the motive. The whole of Europe is an armed camp. There is a double league which makes a fair balance of military power. Great Britain holds the scales. If Britain were driven into war with one confederacy, it would assure the supremacy of the other confederacy, whether they joined in the war or not. Do you follow?"

"Very clearly. It is then the interest of the enemies of this potentate to secure and publish this letter, so as to make a breach between his country and ours?"

"Yes, sir."

"And to whom would this document be sent if it fell into the hands of an enemy?"

"To any of the great Chancelleries of Europe. It is probably speeding on its way thither at the present instant as fast as steam can take it."

Mr. Trelawney Hope dropped his head on his chest and groaned aloud. The Premier placed his hand kindly upon his shoulder.

"It is your misfortune, my dear fellow. No one can blame you. There is no precaution which you have neglected. Now, Mr. Holmes, you are in full possession of the facts. What course do you recommend?"

Holmes shook his head mournfully.

"You think, sir, that unless this document is recovered there will be war?"

"I think it is very probable."

"Then, sir, prepare for war."

"That is a hard saying, Mr. Holmes."

"Consider the facts, sir. It is inconceivable that it was taken after eleven-thirty at night, since I understand that Mr. Hope and his wife were both in the room from that hour until the loss was found out. It was taken, then, yesterday evening between seven-thirty and eleven-thirty, probably

hohen internationalen Politik. Wenn Sie aber die Lage in Europa betrachten, werden Sie unschwer den Beweggrund erkennen. Ganz Europa ist ein bewaffnetes Lager. Es gibt ein doppeltes Bündnis, durch das die militärische Stärke ziemlich im Gleichgewicht gehalten wird. Großbritannien bildet das Züngleinan der Waage. Würde Britannien in einen Krieg gegen die eine Seite getrieben, so würde dies der anderen, ob sie sich am Krieg beteiligte oder nicht, die Überlegenheit sichern. Kommen Sie mit?»

«Sehr wohl, Sir. Also ist den Feinden dieses Herrschers daran gelegen, sich dieses Briefes zu bemächtigen und ihn zu veröffentlichen, um einen Bruch zwischen seinem Land und dem unseren herbeizuführen?»

«Ja, Sir.»

«Und an wen würde dieses Dokument geschickt werden, wenn es einem Feind in die Hände fiele?»

«An irgendeine der großen europäischen Staatskanzleien. Vermutlich ist es eben jetzt auf dem Weg dorthin, so schnell die Dampfkraft es befördern kann.»

Mr. Trelawny Hope ließ das Haupt nach vorne fallen und stöhnte laut. Der Premier legte ihm gütig die Hand auf die Schulter.

«Es ist Ihr Mißgeschick, mein lieber Freund. Niemand kann Sie tadeln. Sie haben keine Vorsicht außer acht gelassen. Nun sind Sie im vollen Besitz der Tatsachen, Mr. Holmes. Welchen Weg empfehlen Sie?»

Holmes schüttelte betrübt den Kopf.

«Sie meinen, es werde Krieg geben, Sir, sofern dieses Papier nicht wieder aufgefunden wird?»

«Ich halte das für sehr wahrscheinlich.»

«Dann, Sir, bereiten Sie sich auf den Krieg vor!»

«Das ist ein hartes Wort, Mr. Holmes.»

«Betrachten Sie die Tatsachen, Sir. Es ist undenkbar, daß der Brief nach halb zwölf Uhr nachts entwendet wurde, da Mr. Hope und seine Gattin, wie ich höre, von dieser Stunde an bis zur Entdeckung des Verlustes sich beide im Zimmer befanden. Er wurde also gestern zwischen halb acht und halb zwölf Uhr gestohlen, wahrscheinlich bald nach dem erstge-

near the earlier hour, since whoever took it evidently knew that it was there and would naturally secure it as early as possible. Now, sir, if a document of this importance were taken at that hour, where can it be now? No one has any reason to retain it. It has been passed rapidly on to those who need it. What chance have we now to overtake or even to trace it? It is beyond our reach."

The Prime Minister rose from the settee.

"What you say is perfectly logical, Mr. Holmes. I feel that the matter is indeed out of our hands."

"Let us presume, for argument's sake, that the document was taken by the maid or by the valet –"

"They are both old and tried servants."

"I understand you to say that your room is on the second floor, that there is no entrance from without, and that from within no one could go up unobserved. It must, then, be somebody in the house who has taken it. To whom would the thief take it? To one of several international spies and secret agents, whose names are tolerably familiar to me. There are three who may be said to be the heads of their profession. I will begin my research by going round and finding if each of them is at his post. If one is missing – especially if he has disappeared since last night – we will have some indication as to where the document has gone."

"Why should he be missing?" asked the European Secretary. "He would take the letter to an Embassy in London, as likely as not."

"I fancy not. These agents work independently, and their relations with the Embassies are often strained."

The Prime Minister nodded his acquiescence.

"I believe you are right, Mr. Holmes. He would take so valuable a prize to headquarters with his own hands. I think that your course of action is an excellent one. Meanwhile, Hope, we cannot neglect

nannten Zeitpunkt, da ja der Dieb, wer es auch war, offensichtlich wußte, daß der Brief dort war und ihn natürlich so früh wie möglich ergattern wollte. Nun, Sir, wo mag ein so wichtiges Dokument jetzt sein, wenn es um diese Zeit weggebracht wurde? Niemand hat einen Grund, es zu behalten. Es ist rasch an diejenigen weitergeleitet worden, die es brauchen. Was haben wir jetzt für eine Aussicht, schneller zu sein oder es auch nur aufzuspüren? Es ist unserem Zugriff entzogen.»

Der Premierminister erhob sich vom Sofa.

«Was Sie sagen, ist ganz folgerichtig, Mr. Holmes. Wir haben die Sache wohl tatsächlich nicht mehr in der Hand.»

«Nehmen wir, nur um das Beispiel durchzuspielen, einmal an, die Zofe oder der Kammerdiener hätte das Papier an sich genommen...»

«Beide sind alte, langbewährte Diener.»

«Sie sagen also, Ihr Zimmer sei im zweiten Stock, es gebe von außen keinen Zugang, und von innen könne niemand unbemerkt hinaufgelangen. Daher muß jemand vom Haus den Brief entwendet haben. Wem würde ihn der Dieb bringen? Einem von mehreren internationalen Spionen und Geheimagenten, deren Namen mir leidlich vertraut sind. Es gibt deren drei, die man als die führenden Leute ihres Gewerbes ansehen darf. Ich werde meine Ermittlung damit beginnen, daß ich eine Runde drehe, um herauszufinden, ob jeder auf seinem Posten ist. Fehlt einer – besonders wenn er seit der vergangenen Nacht verschwunden ist –, werden wir einen Hinweis haben, wohin das Dokument verschwunden ist.»

«Warum sollte einer fehlen?» fragte der Europaminister. «Er würde den Brief höchstwahrscheinlich einer Botschaft in London bringen.»

«Das glaube ich nicht. Diese Agenten arbeiten unabhängig voneinander, und ihre Beziehungen zu den Botschaften sind oft gespannt.»

Der Premierminister nickte zustimmend.

«Ich glaube, Sie haben recht, Mr. Holmes. Eine so wertvolle Beute würde er eigenhändig in der Zentrale abliefern. Ich halte Ihr Vorgehen für ausgezeichnet. Inzwischen, Hope, dürfen wir wegen dieses einen Mißgeschicks nicht alle unsere

all our other duties on account of this one misfortune. Should there be any fresh developments during the day we shall communicate with you, and you will no doubt let us know the results of your own inquiries."

The two statesmen bowed and walked gravely from the room.

When our illustrious visitors had departed Holmes lit his pipe in silence and sat for some time lost in the deepest thought. I had opened the morning paper and was immersed in a sensational crime which had occurred in London the night before, when my friend gave an exclamation, sprang to his feet, and laid his pipe down upon the mantelpiece.

"Yes," said he, "there is no better way of approaching it. The situation is desperate, but not hopeless. Even now, if we could be sure which of them has taken it, it is just possible that it has not yet passed out of his hands. After all, it is a question of money with these fellows, and I have the British treasury behind me. If it's on the market I'll buy it – if it means another penny on the income-tax. It is conceivable that the fellow might hold it back to see what bids come from this side before he tries his luck on the other. There are only those three capable of playing so bold a game – there are Oberstein, La Rothiere, and Eduardo Lucas. I will see each of them."

I glanced at my morning paper.

"Is that Eduardo Lucas of Godolphin Street?"

"Yes."

"You will not see him."

"Why not?"

"He was murdered in his house last night."

My friend has so often astonished me in the course of our adventures that it was with a sense of exultation that I realized how completely I had astonished him. He stared in amazement, and then

übrigen Pflichten vernachlässigen. Sollte es im Laufe des Tages irgendwelche neue Entwicklungen geben, werden wir uns mit Ihnen in Verbindung setzen, und Sie werden uns zweifellos die Ergebnisse Ihrer eigenen Nachforschungen wissen lassen.»

Die beiden Staatsmänner verneigten sich und verließen mit ernster Miene den Raum.

Als unsere erlauchten Besucher weg waren, zündete sich Holmes in aller Ruhe seine Pfeife an und saß einige Zeit tief in Gedanken versunken da. Ich hatte die Morgenzeitung aufgeschlagen und vertiefte mich in ein aufsehenerregendes Verbrechen, das sich in der vorausgegangenen Nacht in London ereignet hatte, als mein Freund einen Ruf ausstieß, aufsprang und seine Pfeife auf dem Kaminsims ablegte.

«Ja», bemerkte er, «es gibt keinen besseren Weg, den Fall anzugehen. Die Lage ist verzweifelt, aber nicht hoffnungslos. Wenn wir nur sicher wüßten, wer von ihnen sich des Papiers bemächtigt hat! Selbst jetzt ist es immerhin möglich, daß es sich noch in seiner Hand befindet. Bei diesen Leuten ist das schließlich eine Geldfrage, und ich habe das Britische Schatzamt hinter mir. Falls der Brief zum Kauf angeboten wird, werde ich ihn kaufen – und wenn es eine weitere Erhöhung der Einkommensteuer um einen Penny bedeutet. Es ist denkbar, daß der Bursche ihn zurückhält, um abzuwarten, was für Angebote von dieser Seite kommen, ehe er sein Glück bei der anderen versucht. Nur die drei sind imstande, ein so kühnes Spiel zu spielen: Oberstein, La Rothière und Eduardo Lucas. Ich werde jeden von ihnen aufsuchen.»

Ich warf einen flüchtigen Blick auf mein Morgenblatt.

«Ist das Eduardo Lucas aus der Godolphin Street?»

«Ja.»

«Sie werden ihn nicht antreffen.»

«Warum nicht?»

«Er wurde gestern abend in seinem Haus ermordet.»

Mein Freund hat mich im Verlauf unserer abenteuerlichen Fälle so oft in Erstaunen versetzt, daß ich mit einem Gefühl des Frohlockens merkte, wie sehr diesmal ich ihn verblüfft hatte. Er starrte mich erst verdutzt an, und dann riß

snatched the paper from my hands. This was the paragraph which I had been engaged in reading when he rose from his chair.

MURDER IN WESTMINSTER

A crime of mysterious character was committed last night at 16 Godolphin Street, one of the old-fashioned and secluded rows of eighteenth century houses which lie between the river and the Abbey, almost in the shadow of the great Tower of the Houses of Parliament. This small but select mansion has been inhabited for some years by Mr. Eduardo Lucas, well known in society circles both on account of his charming personality and because he has the well-deserved reputation of being one of the best amateur tenors in the country. Mr. Lucas is an unmarried man, thirty-four years of age, and his establishment consists of Mrs. Pringle, an elderly housekeeper, and of Mitton, his valet. The former retires early and sleeps at the top of the house. The valet was out for the evening, visiting a friend at Hammersmith. From ten o'clock onward Mr. Lucas had the house to himself. What occurred during that time has not yet transpired, but at a quarter to twelve Police-constable Barrett, passing along Godolphin Street, observed that the door of No. 16 was ajar. He knocked, but received no answer. Perceiving a light in the front room, he advanced into the passage and again knocked, but without reply. He then pushed open the door and entered. The room was in a state of wild disorder, the furniture being all swept to one side, and one chair lying on its back in the centre. Beside this chair, and still grasping one of its legs, lay the unfortunate tenant of the house. He had been stabbed to the heart and must have died instantly. The knife with which the crime had been com-

er mir die Zeitung aus der Hand. Und das war der Artikel, den ich gerade gelesen hatte, als Holmes sich aus seinem Sessel erhob.

MORD IN WESTMINSTER

Ein geheimnisvolles Verbrechen wurde gestern nacht in der Godolphin Street Nr. 16 begangen, einer der altmodischen und einsamen Häuserzeilen aus dem achtzehnten Jahrhundert, die sich zwischen dem Fluß und der Westminster-Abtei, beinahe im Schatten des Parlamentsgebäudes, hinziehen. Diese kleine, aber geschmackvolle Villa wird seit ein paar Jahren von Mr. Eduardo Lucas bewohnt, der in Kreisen der Gesellschaft sowohl wegen seiner gewinnenden Persönlichkeit bekannt ist wie auch wegen eines wohlverdienten Rufes, einer der besten Amateurtenöre des Landes zu sein.

Mr. Lucas ist Junggeselle, vierunddreißig Jahre alt, und sein Haushalt besteht aus Mrs. Pringle, einer älteren Haushälterin, und Mr. Mitton, seinem Kammerdiener. Die erstere begibt sich früh zur Ruhe; sie schläft in einem Dachzimmer.

Der Diener hatte abends Ausgang und besuchte einen Freund in Hammersmith. Von zehn Uhr an hatte Mr. Lucas das Haus für sich allein. Was sich nach dieser Zeit zutrug, ist noch nicht bekannt geworden, doch um Viertel vor zwölf bemerkte der Polizist Barrett, der in der Godolphin Street auf Streifengang war, daß die Tür von Haus Nr. 16 weit offenstand. Er klopfte, erhielt aber keine Antwort.

Da er im vorderen Zimmer Licht sah, ging er weiter in den Flur und klopfte wieder; doch keine Antwort. Dann stieß er die Tür auf und trat ein. Drinnen herrschte ein wüstes Durcheinander, da die Möbel alle auf eine Seite geräumt waren und ein Stuhl umgeworfen in der Mitte des Zimmers lag. Daneben und noch ein Stuhlbein fassend lag der unglückliche Hausherr. Er hatte einen Stich ins Herz erhalten und muß sofort tot gewesen sein. Die Mordwaffe war ein indischer Krummdolch, der

mitted was a curved Indian dagger, plucked down from a trophy of Oriental arms which adorned one of the walls. Robbery does not appear to have been the motive of the crime, for there had been no attempt to remove the valuable contents of the room. Mr. Eduardo Lucas was so well known and popular that his violent and mysterious fate will arouse painful interest and intense sympathy in a widespread circle of friends.

"Well, Watson, what do you make of this?" asked Holmes, after a long pause.

"It is an amazing coincidence."

"A coincidence! Here is one of the three men whom we had named as possible actors in this drama, and he meets a violent death during the very hours when we know that that drama was being enacted. The odds are enormous against its being coincidence. No figures could express them. No, my dear Watson, the two events are connected – *must* be connected. It is for us to find the connection."

"But now the official police must know all."

"Not at all. They know all they see at Godolphin Street. They know – and shall know – nothing of Whitehall Terrace. Only *we* know of both events, and can trace the relation between them. There is one obvious point which would, in any case, have turned my suspicions against Lucas. Godolphin Street, Westminster, is only a few minutes' walk from Whitehall Terrace. The other secret agents whom I have named live in the extreme West End. It was easier, therefore, for Lucas than for the others to establish a connection or receive a message from the European Secretary's household – a small thing, and yet where events are compressed into a few hours it may prove essential. Halloa! what have we here?"

neben anderen orientalischen Waffen eine der Wände geschmückt hatte. Raubmord scheint nicht in Frage zu kommen, denn es war kein Versuch unternommen worden, die wertvollen Gegenstände des Raumes beiseite zu schaffen.

Mr. Eduardo Lucas war so weithin bekannt und beliebt, daß sein gewaltsamer und rätselhafter Tod schmerzliche Beachtung und starke Anteilnahme in einem großen Freundeskreis auslösen wird.

«Nun, Watson, was sagen Sie dazu?» fragte Holmes nach einer langen Pause.

«Es ist ein höchst erstaunliches Zusammentreffen.»

«Ein Zusammentreffen! Da ist einer der drei Männer, die wir als mögliche Täter in diesem Geschehen bezeichnet hatten, und er erleidet einen gewaltsamen Tod genau zu der Zeit, da – wie wir wissen – dieses Geschehen seinen Lauf nehmen sollte. Die Wahrscheinlichkeit, die gegen ein zufälliges Zusammentreffen spricht, ist ungeheuer hoch. In Zahlen wäre sie gar nicht auszudrücken. Nein, mein lieber Watson, die beiden Vorfälle hängen zusammen – *müssen* zusammenhängen. An uns ist es, den Zusammenhang herauszufinden.»

«Aber jetzt muß die beamtete Polizei doch alles wissen.»

«Durchaus nicht. Sie wissen alles, was sie in der Godolphin Street sehen. Sie wissen nichts von Whitehall Terrace – und sollen nichts davon wissen. Nur *wir* wissen von beiden Ereignissen und können die Verbindung zwischen ihnen herstellen. Jedenfalls hätte ein naheliegender Umstand meinen Verdacht ohnedies auf Lucas gelenkt. Die Godolphin Street in Westminster ist nur ein paar Minuten von Whitehall Terrace entfernt. Die anderen Geheimagenten, die ich genannt habe, wohnen im äußersten Westend. Für Lucas war es daher leichter als für die übrigen, eine Verbindung zum Haushalt des Europaministers herzustellen oder eine Botschaft von dort zu empfangen – eine Kleinigkeit, und doch kann sie sich, wo Ereignisse in einige Stunden zusammengedrängt werden, als ausschlaggebend erweisen. Hallo! Was haben wir denn hier?»

Mrs. Hudson had appeared with a lady's card upon her salver. Holmes glanced at it, raised his eyebrows, and handed it over to me.

"Ask Lady Hilda Trelawney Hope if she will be kind enough to step up," said he.

A moment later our modest apartment, already so distinguished that morning, was further honoured by the entrance of the most lovely woman in London. I had often heard of the beauty of the youngest daughter of the Duke of Belminster, but no description of it, and no contemplation of colourless photographs, had prepared me for the subtle, delicate charm and the beautiful colouring of that exquisite head. And yet as we saw it that autumn morning, it was not its beauty which would be the first thing to impress the observer. The cheek was lovely but it was paled with emotion, the eyes were bright, but it was the brightness of fever, the sensitive mouth was tight and drawn in an effort after self-command. Terror – not beauty – was what sprang first to the eye as our fair visitor stood framed for an instant in the open door.

"Has my husband been here, Mr. Holmes?"

"Yes, madam, he has been here."

"Mr. Holmes, I implore you not to tell him that I came here." Holmes bowed coldly, and motioned the lady to a chair.

"Your ladyship places me in a very delicate position. I beg that you will sit down and tell me what you desire, but I fear that I cannot make any unconditional promise."

She swept across the room and seated herself with her back to the window. It was a queenly presence – tall, graceful, and intensely womanly.

"Mr. Holmes," she said – and her white-gloved hands clasped and unclasped as she spoke – "I will speak frankly to you in the hopes that it may induce you to speak frankly in return. There is com-

Mrs. Hudson war erschienen und brachte auf ihrem Tablett eine Visitenkarte. Holmes warf einen Blick darauf, zog die Augenbrauen hoch und reichte mir die Karte.

«Bitten Sie Lady Hilda Trelawney Hope freundlichst heraufzukommen», sagte er.

Einen Augenblick später wurde unsere bescheidene Wohnung, der schon am Morgen eine so hohe Auszeichnung widerfahren war, nochmal beehrt, und zwar durch den Eintritt der bezauberndsten Frau Londons. Ich hatte oft von der Schönheit der jüngsten Tochter des Herzogs vom Belminster gehört, doch keine Beschreibung von ihr und keine Betrachtung nichtssagender Photographien hatten mich auf den feinen, zarten Reiz und die schönen Farbtöne dieses Rassekopfes vorbereitet.

Und dennoch war es nicht dessen Schönheit, die an diesem Herbstmorgen den Beobachter zu allererst beeindruckte. Die Wange war anmutig, doch blaß vor Erregung, die Augen glänzend, doch es war der Glanz des Fiebers, der gefühlvolle Mund war zusammengepreßt und im Bemühen um Selbstbeherrschung verzogen. Entsetzen – nicht Schönheit – war der erste Eindruck, als unsere reizende Besucherin da in der offenen Tür stand.

«War mein Gatte hier, Mr. Holmes?»

«Ja, Madam, er war hier.»

«Mr. Holmes, ich flehe Sie an, ihm nicht zu sagen, daß ich hierher gekommen bin.» Holmes verneigte sich kühl und forderte die Dame auf, Platz zu nehmen.

«Verehrteste, Sie bringen mich in eine sehr heikle Lage. Ich bitte Sie, sich zu setzen und mir zu sagen, was Sie wünschen, doch ich fürchte, ich kann Ihnen kein bedingungsloses Versprechen geben.»

Sie rauschte durch das Zimmer und nahm mit dem Rücken zum Fenster Platz. Sie war eine königliche Erscheinung – hochgewachsen, anmutig und durch und durch Weib.

«Mr. Holmes», sagte sie, während ihre weißbehandschuhten Hände sich zur Faust ballten und wieder lockerten, «ich werde freimütig zu Ihnen sein in der Hoffnung, daß dies Sie veranlassen kann, mir gegenüber ebenfalls freimütig zu

plete confidence between my husband and me on all matters save one. That one is politics. On this his lips are sealed. He tells me nothing. Now, I am aware that there was a most deplorable occurence in our house last night. I know that a paper has disappeared. But because the matter is political my husband refuses to take me into his complete confidence. Now it is essential – essential, I say – that I should thoroughly understand it. You are the only other person, save only these politicians, who knows the true facts. I beg you then, Mr. Holmes, to tell me exactly what has happened and what it will lead to. Tell me all, Mr. Holmes. Let no regard for your client's interest keep you silent, for I assure you that his interests, if he would only see it, would be best served by taking me into his complete confidence. What was this paper which was stolen?"

"Madame, what you ask me is really impossible."

She groaned and sank her face in her hands.

"You must see that this is so, madam. If your husband thinks fit to keep you in the dark over this matter, is it for me, who has only learned the true facts under the pledge of professional secrecy, to tell what he has withheld? It is not fair to ask it. It is him whom you must ask."

"I have asked him. I come to you as a last resource. But without your telling me anything definite, Mr. Holmes, you may do a great service if you would enlighten me on one point."

"What is it, madam?"

"Is my husband's political career likely to suffer through this incident?"

"Well, madam, unless it is set right it may certainly have a very unfortunate effect."

"Ah!" She drew in her breath sharply as one whose doubts are resolved.

"One more question, Mr. Holmes. From an ex-

sprechen. Zwischen meinem Gatten und mir besteht völliges Vertrauen in allen Dingen, außer in einem. Und das ist die Politik. In diesem Punkt sind seine Lippen versiegelt. Er sagt mir nichts. Ich habe aber bemerkt, daß sich gestern abend in unserem Haus ein höchst beklagenswerter Vorfall ereignet hat. Ich weiß, daß ein Dokument verschwunden ist. Weil die Sache jedoch politischer Natur ist, weigert sich mein Gatte, mich völlig ins Vertrauen zu ziehen. Es ist allerdings höchst wichtig – höchst wichtig, sage ich –, daß ich sie vollkommen verstehe. Sie sind – mal abgesehen von diesen Politikern – der einzige Mensch, der den wahren Sachverhalt kennt. Ich bitte Sie deshalb, Mr. Holmes, mir genau zu sagen, was geschehen ist und wohin das führen wird. Sagen Sie mir alles, Mr. Holmes! Verschweigen Sie mir aus Rücksicht auf die Belange Ihres Klienten nichts, denn ich versichere Ihnen, daß seinen Belangen, würde er sie bloß erkennen, am besten gedient wäre, wenn er mich völlig ins Vertrauen zöge. Was war das für ein Papier, das gestohlen wurde?»

«Madam, was Sie verlangen, ist wirklich unmöglich.»

Sie stöhnte und vergrub ihr Gesicht in den Händen.

«Sie müssen einsehen, daß es so ist, Madam. Falls Ihr Gatte es für richtig hält, Sie in dieser Angelegenheit im unklaren zu lassen, ist es dann an mir, der ich den wahren Sachverhalt nur unter dem Siegel des Berufsgeheimnisses erfahren habe, auszuplaudern, was er verschweigt? Es ziemt sich nicht, das von mir zu verlangen. Ihn müssen Sie fragen.»

«Ich habe ihn gefragt. Ich komme zu Ihnen als meiner letzten Zuflucht. Doch ohne daß Sie mir etwas Bestimmtes sagen, Mr. Holmes, können Sie mir einen großen Gefallen erweisen, wenn Sie mich über einen Punkt aufklären.»

«Und der wäre, Madam?»

«Ist es wahrscheinlich, daß die politische Laufbahn meines Gatten durch diesen Vorfall Schaden nimmt?»

«Nun, Madam, sofern die Sache nicht bereinigt wird, kann sie sich gewiß sehr unglücklich auswirken.»

«Ach!» Sie atmete scharf ein, wie jemand, dessen Zweifel behoben sind.

«Noch eine Frage, Mr. Holmes. Aus einem Ausdruck, den

pression which my husband dropped in the first shock of this disaster I understood that terrible public consequences might arise from the loss of this document."

"If he said so, I certainly cannot deny it."

"Of what nature are they?"

"Nay, madam, there again you ask me more than I can possibly answer."

"Then I will take up no more of your time. I cannot blame you, Mr. Holmes, for having refused to speak more freely, and you on your side will not, I am sure, think the worse of me because I desire, even against his will, to share my husband's anxieties. Once more I beg that you will say nothing of my visit."

She looked back at us from the door, and I had a last impression of that beautiful haunted face, the startled eyes, and the drawn mouth. Then she was gone.

"Now, Watson, the fair sex is your department," said Holmes, with a smile, when the dwindling frou-frou of skirts had ended in the slam of the front door. "What was the fair lady's game? What did she really want?"

"Surely her own statement is clear und her anxiety very natural."

"Hum! Think of her appearance, Watson – her manner, her suppressed excitement, her restlessness, her tenacity in asking questions. Remember that she comes of a caste who do not lightly show emotion."

"She was certainly much moved."

"Remember also the curious earnestness with which she assured us that it was best for her husband that she should know all. What did she mean by that? And you must have observed, Watson, how she manœuvred to have the light at her back. She did not wish us to read her expression."

"Yes, she chose the one chair in the room."

mein Gatte in der ersten Bestürzung über das Unheil fallen ließ, schloß ich, daß sich aus dem Verlust dieses Dokuments schreckliche Folgen für die Allgemeinheit ergeben könnten.»

«Wenn er das gesagt hat, kann ich es gewiß nicht in Abrede stellen.»

«Welcher Art sind sie?»

«Madam, da fragen Sie mich wieder mehr, als ich antworten kann.»

«Dann will ich Ihre Zeit nicht mehr länger in Anspruch nehmen. Ich kann Ihnen nicht verübeln, Mr. Holmes, daß Sie es abgelehnt haben, sich freimütiger zu äußern, und Sie Ihrerseits werden sicherlich nicht schlechter von mir denken, weil ich die Besorgnisse meines Gatten, selbst gegen seinen Willen, zu teilen wünsche. Ich bitte nochmal darum, von meinem Besuch nichts zu sagen.»

Sie blickte von der Tür aus auf uns zurück, und ich gewann einen letzten Eindruck von diesem schönen, verstörten Gesicht, den aufgeschreckten Augen und dem verzogenen Mund. Dann war sie fort.

«Na, Watson, das schöne Geschlecht ist Ihr Sachgebiet», bemerkte Holmes lächelnd, sobald dem leiser werdenden Röckerascheln durch die ins Schloß fallende Haustür ein Ende gesetzt worden war. «Was für ein Spiel betrieb die schöne Dame? Was wollte sie wirklich?»

«Ihre eigene Aussage ist sicherlich klar und ihre Befürchtung sehr natürlich.»

«Hm! Denken Sie an ihre Erscheinung, Watson – ihr Auftreten, ihre unterdrückte Erregung, ihre Unruhe, ihre hartnäckige Fragerei! Merken Sie sich, daß sie aus einer Kaste kommt, die nicht leicht Gefühle zeigt!»

«Sie war bestimmt sehr bewegt.»

«Denken Sie auch an den seltsamen Ernst, mit dem sie uns versicherte, es wäre das Beste für ihren Mann, wenn sie alles wüßte. Was meinte sie damit? Und, Watson, Sie müssen doch bemerkt haben, wie sie es anstellte, um das Licht im Rücken zu haben. Sie wollte nicht, daß wir ihren Gesichtsausdruck deuten konnten.»

«Ja, sie suchte sich den einzig passenden Stuhl aus.»

"And yet the motives of women are so inscrutable. You remember the woman at Margate whom I suspected for the same reason. No powder on her nose – that proved to be the correct solution. How can you build on such a quicksand? Their most trivial action may mean volumes, or their most extraordinary conduct may depend upon a hairpin or a curling tongs. Good-morning, Watson."

"You are off?"

"Yes, I will while away the morning at Godolphin Street with our friends of the regular establishment. With Eduardo Lucas lies the solution of our problem, though I must admit that I have not an inkling as to what form it may take. It is a capital mistake to theorize in advance of the facts. Do you stay on guard, my good Watson, and receive any fresh visitors. I'll join you at lunch if I am able."

All that day and the next and the next Holmes was in a mood which his friends would call taciturn, and others morose. He ran out and ran in, smoked incessantly, played snatches on his violin, sank into reveries, devoured sandwiches at irregular hours, and hardly answered the casual questions which I put to him. It was evident to me that things were not going well with him or his quest. He would say nothing of the case, and it was from the papers that I learned the particulars of the inquest, and the arrest with the subsequent release of John Mitton, the valet of the deceased. The coroner's jury brought in the obvious Wilful Murder, but the parties remained as unknown as ever. No motive was suggested. The room was full of articles of value, but none had been taken. The dead man's papers had not been tampered with. They were carefully examined, and showed that he was a keen student of international politics, an indefatigable gossip, a remarkable linguist, and an untiring letter writer.

«Und doch sind die Beweggründe von Frauen so unergründlich. Sie erinnern sich doch an die Frau in Margate, die ich aus dem gleichen Grund in Verdacht hatte? Kein Puder auf der Nase – das erwies sich als die richtige Lösung. Wie kann man auf solchen Treibsand bauen? Ihre belangloseste Tat kann Bände sprechen, ihr ausgefallenstes Verhalten kann von einer Haarnadel oder einer Brennschere abhängen. Guten Morgen, Watson.»

«Sie gehen?»

«Ja. Ich will den Morgen in der Godolphin Street mit unseren amtlich bestallten Freunden verplaudern. Die Lösung unseres Rätsels liegt bei Eduardo Lucas, obschon ich zugeben muß, daß ich keine Ahnung habe, wie sie vielleicht einmal aussehen wird. Es ist ein gewaltiger Fehler, sich auf theoretische Erörterungen einzulassen, ehe die Tatsachen vorliegen. Bleiben Sie auf dem Posten, mein lieber Watson, und empfangen Sie irgendwelche neue Besucher. Ich werde Sie, wenn möglich, zum Mittagessen wiedersehen.»

Den ganzen Tag lang sowie den nächsten und übernächsten war Holmes in einer Stimmung, die seine Freunde schweigsam und andere trübselig zu nennen pflegten. Er lief hinaus und herein, rauchte unentwegt, spielte ein paar Fetzen auf seiner Geige, versank in Träumereien, verschlang zu unregelmäßigen Zeiten belegte Brötchen und beantwortete kaum die Fragen, die ich beiläufig an ihn richtete. Mir war klar, daß es mit ihm und seiner Ermittlung nicht gut stand. Er wollte nichts über den Fall sagen, und die Einzelheiten der Leichenschau sowie die Verhaftung samt späterer Freilassung von John Mitton, dem Diener des Verstorbenen, erfuhr ich aus den Zeitungen. Die Geschworenen des Untersuchungsgerichts erkannten auf naheliegenden vorsätzlichen Mord, aber die Täter blieben so unbekannt wie bislang. Es wurde kein Beweggrund angedeutet. Der Raum steckte voller Wertgegenstände, doch keiner war entwendet worden. An den Papieren des Toten hatte sich niemand zu schaffen gemacht. Sie wurden sorgfältig geprüft, und es stellte sich heraus, daß Lucas eifrig das Studium der internationalen Politik betrieb, daß er über bemerkenswerte Sprachkenntnisse verfügte und ein un-

He had been on intimate terms with the leading politicians of several countries. But nothing sensational was discovered among the documents which filled his drawers. As to his relations with women, they appeared to have been promiscuous but superficial. He had many acquaintances among them, but few friends, and no one whom he loved. His habits were regular, his conduct inoffensive. His death was an absolute mystery and likely to remain so.

As to the arrest of John Mitton, the valet, it was a council of despair as an alternative to absolute inaction. But no case could be sustained against him. He had visited friends in Hammersmith that night. The *alibi* was complete. It is true that he started home at an hour which should have brought him to Westminster before the time when the crime was discovered, but his own explanation that he had walked part of the way seemed probable enough in view of the fineness of the night. He had actually arrived at twelve o'clock, and appeared to be overwhelmed by the unexpected tragedy. He had always been on good terms with his master. Several of the dead man's possessions – notably a small case of razors – had been found in the valet's boxes, but he explained that they had been presents from the deceased, and the housekeeper was able to corroborate the story. Mitton had been in Lucas's employment for three years. It was noticeable that Lucas did not take Mitton on the Continent with him. Sometimes he visited Paris for three months on end, but Mitton was left in charge of the Godolphin Street house. As to the housekeeper, she had heard nothing on the night of the crime. If her master had a visitor he had himself admitted him.

So for three mornings the mystery remained, so far as I could follow it in the papers. If Holmes knew more, he kept his own counsel, but, as he told me

ermüdlicher Plauderer und Briefeschreiber war. Mit den führenden Politikern mehrerer Länder hatte er auf vertrautem Fuß gestanden. Doch unter den Papieren, die seine Schubladen füllten, entdeckte man nichts Aufsehenerregendes. Was seine Beziehungen zu Frauen betraf, waren sie anscheinend wahllos, aber oberflächlich. Er hatte unter ihnen viele Bekannte, doch wenige Freundinnen und keine, die er liebte. Seine Gewohnheiten waren geregelt, sein Verhalten einwandfrei. Sein Tod war ein völliges Rätsel und würde es wahrscheinlich bleiben.

Was sie Verhaftung John Mittons, des Dieners, anbelangte, war sie ein verzweifelter Schritt als Alternative zu völliger Untätigkeit. Aber gegen ihn konnte kein Beweismaterial aufrechterhalten werden. Er hatte an jenem Abend Freunde in Hammersmith besucht. Das Alibi war lückenlos. Zwar hatte er sich zu einer Zeit auf den Heimweg gemacht, die es ihm hätte ermöglichen sollen, vor der Entdeckung des Verbrechens nach Westminster zu gelangen, doch seine eigene Erklärung, er sei einen Teil des Wegs zu Fuß gegangen, schien in Anbetracht der schönen Nacht durchaus glaubhaft. Tatsächlich war er um Mitternacht eingetroffen und zeigte sich von dem unerwarteten tragischen Vorfall überwältigt. Mit seinem Herrn hatte er stets auf gutem Fuß gestanden. Mehrere Gegenstände aus dem Besitz des Toten – vor allem ein kleines Rasierzeug – hatte man in den Kisten des Dieners gefunden, doch er erklärte, es seien Geschenke seines Herrn gewesen, und die Haushälterin konnte die Darstellung bestätigen. Mitton hatte seit drei Jahren bei Lucas im Dienst gestanden. Bemerkenswert war, daß Lucas seinen Diener nicht mit auf den Kontinent nahm. Manchmal reiste er für ein volles Vierteljahr nach Paris, überließ aber das Haus in der Godolphin Street der Obhut Mittons. Die Haushälterin hatte in der Nacht des Verbrechens nichts gehört. Wenn ihr Herr Besuch hatte, war dieser von ihm selbst eingelassen worden.

So blieb das Rätsel, soweit ich es aus den Zeitungen mitverfolgen konnte, drei Morgen lang bestehen. Falls Holmes mehr wußte, behielt er seine Gedanken für sich, doch als er

that Inspector Lestrade had taken him into his confidence in the case, I knew that he was in close touch with every development. Upon the fourth day there appeared a long telegram from Paris which seemed to solve the whole question.

A discovery has just been made by the Parisian police [said the *Daily Telegraph*] which raises the veil which hung round the tragic fate of Mr. Eduardo Lucas, who met his death by violence last Monday night at Godolphin Street, Westminster. Our readers will remember that the deceased gentleman was found stabbed in his room, and that some suspicion attached to his valet, but that the case broke down on an *alibi*. Yesterday a lady, who has been known as Mme. Henri Fournaye, occupying a small villa in the Rue d' Austerlitz, was reported to the authorities by her servants as being insane. An examination showed she had indeed developed mania of a dangerous and permanent form. On inquiry, the police have discovered that Mme. Henri Fournaye only returned from a journey to London on Tuesday last, and there is evidence to connect her with the crime at Westminster. A comparison of photographs has proved conclusively that M. Henri Fournaye and Eduardo Lucas were really one and the same person, and that the deceased had for some reason lived a double life in London and Paris. Mme. Fournaye, who is of Creole origin, is of an extremely excitable nature, and has suffered in the past from attacks of jealousy which have amounted to frenzy. It is conjectured that it was in one of these that she committed the terrible crime which has caused such a sensation in London. Her movements upon the Monday night have not yet been traced, but it is undoubted that a woman answering to her

mir sagte, Inspektor Lestrade habe ihn wegen des Falles ins Vertrauen gezogen, war mir klar, daß er sich mit jeder Entwicklung in enger Fühlung befand. Am vierten Tag traf ein langes Telegramm aus Paris ein, welches die ganze Frage zu lösen schien.

Soeben hat [laut *Daily Telegraph*] die Pariser Polizei eine Entdeckung gemacht, welche den Schleier lüftet, der das tragische Geschick von Mr. Eduardo Lucas umgab. Mr. Lucas hatte am vergangenen Montagabend in der Godolphin Street in Westminster einen gewaltsamen Tod erlitten. Unsere Leser werden sich entsinnen, daß das Opfer in seinem Zimmer erstochen aufgefunden wurde, daß sein Kammerdiener ein wenig in Verdacht geriet, daß aber das Beweismaterial einem Alibi nicht standhielt. Gestern wurde eine Dame, eine gewisse Madame Henri Fournaye, die in der Rue d'Austerlitz eine kleine Villa bewohnt, von ihren Dienstboten den Behörden als geisteskrank gemeldet. Eine Untersuchung ergab, daß sich bei ihr tatsächlich eine gefährliche und dauernde Fom von Irrsinn entwickelt hatte.

 Als die Polizei nachforschte, kam sie dahinter, daß Madame Henri Fournaye erst am vergangenen Dienstag von einer Reise nach London zurückgekehrt war und daß es Anhaltspunkte gibt, sie mit dem Verbrechen in Westminster in Verbindung zu bringen. Ein Vergleich von Photographien hat zwingend ergeben, daß Monsieur Henri Fournaye und Eduardo Lucas wirklich ein und dieselbe Person waren und daß der ums Leben Gekommene aus irgendeinem Grund in London und Paris ein Doppelleben geführt hatte. Madame Fournaye, kreolischer Herkunft, ist von äußerst reizbarer Natur und hat schon früher unter Eifersuchtsanfällen gelitten, die sich bis zur Raserei steigerten. Es wird vermutet, daß sie in einem dieser Anfälle das schreckliche Verbrechen beging, das in London so großes Aufsehen erregt hat. Wo sie sich am Montagabend überall aufhielt, ist noch nicht ermittelt, aber es steht fest, daß eine Frau, auf die ihre Beschrei-

description attracted much attention at Charing Cross Station on Tuesday morning by the wildness of her appearance and the violence of her gestures. It is probable, therefore, that the crime was either committed when insane, or that its immediate effect was to drive the unhappy woman out of her mind. At present she is unable to give any coherent account of the past, and the doctors hold out no hopes of the reëstablishment of her reason. There is evidence that a woman, who might have been Mme. Fournaye, was seen for some hours upon Monday night watching the house in Godolphin Street.

"What do you think of that, Holmes?" I had read the account aloud to him, while he finished his breakfast.

"My dear Watson," said he, as he rose from the table and paced up and down the room, "you are most long-suffering, but if I have told you nothing in the last three days, it is because there is nothing to tell. Even now this report from Paris does not help us much."

"Surely it is final as regards the man's death."

"The man's death is a mere incident — a trivial episode — in comparison with our real task, which is to trace this document and save a European catastrophe. Only one important thing has happened in the last three days, and that is that nothing has happened. I get reports almost hourly from the government, and it is certain that nowhere in Europe is there any sign of trouble. Now, if this letter were loose — no, it *can't* be loose — but if it isn't loose, where can it be? Who has it? Why is it held back? That's the question that beats in my brain like a hammer. Was it, indeed, a coincidence that Lucas should meet his death on the night when the letter disappeared? Did the letter ever reach him? If so, why is it not among his papers? Did this mad wife

bung paßt, am Dienstagmorgen auf dem Charing-Cross-Bahnhof wegen ihres wilden Auftretens und heftigen Gebarens viel Aufmerksamkeit hervorrief. Es ist daher wahrscheinlich, daß das Verbrechen im Zustand geistiger Verwirrung begangen wurde oder daß die unglückselige Frau als unmittelbare Folge davon den Verstand verlor. Zur Zeit kann sie keinen zusammenhängenden Bericht über das Vorgefallenen liefern, und die Ärzte haben keine Hoffnung, daß sie wieder zu Verstand kommt. Es gibt Anzeichen dafür, daß eine Frau, die Madame Fournaye gewesen sein könnte, am Montagabend gesehen wurde, wie sie einige Stunden lang das Haus in der Godolphin Street beobachtete.

«Was halten Sie davon, Holmes?» Ich hatte ihm den Bericht laut vorgelesen, während er zu Ende frühstückte.

«Mein lieber Watson», bemerkte er, stand vom Tisch auf und ging im Zimmer auf und ab, «Sie sind überaus langmütig, doch wenn ich Ihnen in den vergangenen drei Tagen nichts gesagt habe, so nur, weil es nichts zu sagen gab. Selbst jetzt hilft uns dieser Bericht aus Paris nicht viel.»

«Bestimmt ist er endgültig, was den Tod des Mannes betrifft.»

«Der Tod des Mannes ist ein bloßer Zufall – ein belangloses Ereignis – verglichen mit unserer wirklichen Aufgabe, die darin besteht, dieses Papier aufzustöbern und Europa vor Unheil zu bewahren. Nur etwas Wichtiges ist in den letzten drei Tagen geschehen: nämlich, daß nichts geschehen ist. Ich bekomme fast stündlich Berichte von der Regierung, und es steht fest, daß es nirgendwo in Europa ein Anzeichen von Unruhe gibt. Wenn dieser Brief frei verfügbar wäre – nein, er *kann nicht* frei verfügbar sein –, wenn er jedoch nicht frei verfügbar ist, wo kann er dann sein? Wer hat ihn? Warum wird er zurückgehalten? Das ist die Frage, die ständig wie ein Hammerschlag in meinem Kopf dröhnt. War es wirklich ein Zufall, daß Lucas ausgerechnet in der Nacht ums Leben kam, in welcher der Brief verschwand? Hat der Brief ihn je erreicht? Wenn ja, warum befindet er sich nicht unter seinen

of his carry it off with her? If so, is it in her house in Paris? How could I search for it without the French police having their suspicions aroused? It is a case, my dear Watson, where the law is as dangerous to us as the criminals are. Every man's hand is against us, and yet the interests at stake are colossal. Should I bring it to a successful conclusion, it will certainly represent the crowning glory of my career. Ah, here is my latest from the front!" He glanced hurriedly at the note which had been handed in. "Halloa! Lestrade seems to have observed something of interest. Put on your hat, Watson, and we will stroll down together to Westminster."

It was my first visit to the scene of the crime – a high, dingy, narrow-chested house, prim, formal, and solid, like the century which gave it birth. Lestrade's bulldog features gazed out at us from the front window, and he greeted us warmly when a big constable had opened the door and let us in. The room into which we were shown was that in which the crime had been committed, but no trace of it now remained save an ugly, irregular stain upon the carpet. This carpet was a small square drugget in the centre of the room, surrounded by a broad expanse of beautiful, old-fashioned wood-flooring in square blocks, highly polished. Over the fireplace was a magnificent trophy of weapons, one of which had been used on that tragic night. In the window was a sumptuous writing-desk, and every detail of the apartment, the pictures, the rugs, and the hangings, all pointed to a taste which was luxurious to the verge of effeminacy.

"Seen the Paris news?" asked Lestrade.

Holmes nodded.

"Our French friends seem to have touched the spot this time. No doubt it's just as they say. She knocked at the door – surprise visit, I guess, for he kept his life in water-tight compartments – he let

Papieren? Hat dieses verrückte Weib – seine Frau – ihn mitgenommen? Wenn ja, ist er in ihrem Haus in Paris? Wie könnte ich danach suchen, ohne den Argwohn der französischen Polizei zu erregen? Es ist ein Fall, mein lieber Watson, in dem das Gesetz für uns so gefährlich ist wie die Verbrecher. Jeder ist gegen uns, und doch sind die Interessen, die auf dem Spiele stehen, ungeheuer. Sollte ich den Fall zu einem erfolgreichen Abschluß bringen, wird er bestimmt die Krönung meiner Laufbahn darstellen. Oh! Hier ist mein Neuestes von der Front!» Er blickte rasch auf den Zettel, der hereingereicht worden war. «Hallo! Lestrade scheint etwas Aufschlußreiches beobachtet zu haben. Setzen Sie Ihren Hut auf, Watson; wir wollen zusammen nach Westminster bummeln.»

Es war mein erster Besuch am Schauplatz des Verbrechens – ein hohes, rußgeschwärztes, schmalbrüstiges Haus, langweilig, steif und gediegen wie das Jahrhundert, in dem es entstanden war. Lestrades Bulldoggengesicht starrte uns aus dem Fenster entgegen. Er begrüßte uns herzlich, nachdem ein kräftiger Polizist die Tür geöffnet und uns eingelassen hatte. Das Zimmer, in das man uns führte, war das, in dem das Verbrechen geschehen war, doch außer einem häßlichen, unregelmäßigen Fleck auf dem Teppich war keine Spur davon verblieben. Dieser Teppich, klein, quadratisch, aus grobem Wollstoff, lag in der Mitte des Zimmers; um ihn herum eine große Fläche schönen, altmodischen Parkettfußbodens, auf Hochglanz poliert. Über dem Kamin hing eine großartige Waffensammlung; ein Stück davon war an jenem unheilvollen Abend verwendet worden. Vor dem Fenster stand ein prächtiger Schreibtisch, und jedes einzelne Stück der Wohnung, die Bilder, die Läufer, die Wandbehänge – alles deutete auf einen Geschmack hin, der in seiner Üppigkeit ans Weibische grenzte.

«Nachrichten aus Paris gehört?» fragte Lestrade.

Holmes nickte.

«Diesmal haben unsere französischen Freunde anscheinend ins Schwarze getroffen. Zweifellos ist es so, wie sie sagen. Sie klopfte an die Tür – Überraschungsbesuch vermutlich, denn er schottete sein Leben hier wie in Paris wasserdicht

her in, couldn't keep her in the street. She told him how she had traced him, reproached him. One thing led to another, and then with that dagger so handy the end soon came.

It wasn't all done in an instant, though, for these chairs were all swept over yonder, and he had one in his hand as if he had tried to hold her off with it. We've got it all clear as if we had seen it."

Holmes raised his eyebrows.

"And yet you have sent for me?"

"Ah, yes, that's another matter – a mere trifle, but the sort of thing you take an interest in – queer, you know, and what you might call freakish. It has nothing to do with the main fact – can't have, on the face of it."

"What is it, then?"

"Well, you know, after a crime of this sort we are very careful to keep things in their position. Nothing has been moved. Officer in charge here day and night. This morning, as the man was buried and the investigation over – so far as this room is concerned – we thought we could tidy up a bit. This carpet. You see, it is not fastened down, only just laid there. We had occasion to raise it. We found –"

"Yes? You found –"

Holmes's face grew tense with anxiety.

"Well, I'm sure you would never guess in a hundred years what we did find. You see that stain on the carpet? Well, a great deal must have soaked through, must it not?"

"Undoubtedly it must."

"Well, you will be surprised to hear that there is no stain on the white woodwork to correspond."

"No stain! But there must –"

"Yes, so you would say. But the fact remains that there isn't."

He took the corner of the carpet in his hand and,

ab –›, er ließ sie ein, konnte sie nicht gut auf der Straße stehen lassen. Sie sagte, wie sie ihn aufgespürt hatte, machte ihm Vorhaltungen. Ein Wort gab das andere, eine Geste die andere, und da der Dolch so griffbereit war, kam bald das Ende. Dennoch geschah das nicht alles im Handumdrehen; diese Stühle waren nämlich alle dort hinübergeräumt, und einen hatte er in der Hand, als hätte er versucht, sie damit abzuwehren. Wir haben alles klar herausbekommen, als hätten wir es erlebt.»

Holmes zog die Augenbrauen in die Höhe.

«Und doch haben Sie nach mir geschickt?»

«Ach ja, da ist etwas anderes – eine bloße Kleinigkeit, aber so etwas, was Sie reizt –, merkwürdig, wissen Sie, man könnte es ausgefallen nennen. Es hat mit der Hauptsache nichts zu tun – kann offensichtlich nichts damit zu tun haben.»

«Na, was ist es denn?»

«Wissen Sie, nach einem Verbrechen dieser Art achten wir sehr darauf, daß die Dinge an ihrem Platz bleiben. Nichts ist verschoben worden. Tag und Nacht diensthabender Polizeibeamter anwesend. Heute früh, als der Mann begraben und die Untersuchung vorbei war – soweit es dieses Zimmer betrifft –, glaubten wir, ein wenig aufräumen zu können. Dieser Teppich . . . Sie sehen, er ist nicht am Boden festgemacht, bloß so hingelegt. Wir hatten Gelegenheit, ihn hochzuheben. Wir fanden . . .»

«Ja? Sie fanden . . .»

Holmes Gesicht straffte sich vor unruhiger Erwartung.

«Nun, Sie würden bestimmt in hundert Jahren nicht erraten, was wir tatsächlich entdeckt haben. Sehen Sie diesen Flecken auf dem Teppich? Na, davon muß ja viel durchgedrungen sein, nicht wahr?»

«Zweifellos.»

«Sie werden freilich überrascht sein zu hören, daß sich kein entsprechender Fleck auf dem hellen Parkett befindet.»

«Kein Fleck! Es muß aber doch . . .»

«Ja, das möchte man meinen. Doch Tatsache bleibt, daß keiner da ist.»

Er nahm eine Ecke des Teppichs in die Hand, wandte sie

turning it over, he showed that it was indeed as he said.

"But the under side is a stained as the upper. It must have left a mark."

Lestrade chuckled with delight at having puzzled the famous expert.

"Now, I'll show you the explanation. There *is* a second stain, but it does not correspond with the other. See for yourself." As he spoke he turned over another portion of the carpet, and there, sure enough, was a great crimson spill upon the square white facing of the old-fashioned floor. "What do you make of that, Mr. Holmes?

"Why, it is simple enough. The two stains did correspond, but the carpet has been turned round. As it was square and unfastened it was easily done."

"The official police don't need you, Mr. Holmes, to tell them that the carpet must have been turned round. That's clear enough, for the stains lie above each other – if you lay it over this way. But what I want to know is, who shifted the carpet, and why?"

I could see from Holmes's rigid face that he was vibrating with inward excitement.

"Look here, Lestrade," said he, "has that constable in the passage been in charge of the place all the time?"

"Yes, he has."

"Well, take my advice. Examine him carefully. Don't do it before us. We'll wait here. You take him into the back room. You'll be more likely to get a confession out of him alone. Ask him how he dared to admit people and leave them alone in this room. Don't ask him if he has done it. Take it for granted. Tell him you *know* someone has been here. Press him. Tell him that a full confession is his only chance of forgiveness. Do exactly what I tell you!"

nach oben und demonstrierte auf diese Weise, daß es wirklich so war, wie er sagte.

«Aber die Unterseite ist ebenso befleckt wie die obere. Das Blut muß eine Spur hinterlassen haben.»

Lestrade kicherte vor Entzücken, daß er den berühmten Sachverständigen verblüfft hatte.

«Gut. Ich werde Ihnen die Erklärung zeigen. Es *gibt* einen zweiten Fleck, doch er paßt nicht zu dem anderen. Überzeugen Sie sich selbst.» Währenddessen drehte er einen anderen Teil des Teppichs um, und siehe da – ein großer, hochroter Fleck wurde auf dem quadratischen, hellen Parkettbelag des altmodischen Fußbodens sichtbar. «Was sagen Sie dazu, Mr. Holmes?»

«Nun, das ist einfach genug. Die beiden Flecken haben tatsächlich zusammengepaßt, aber der Teppich ist herumgedreht worden. Da er quadratisch ist und lose lag, war das leicht zu machen.»

«Mr. Holmes, den Polizeibeamten brauchen Sie nicht zu sagen, daß der Teppich verdreht worden sein muß. Das ist hinreichend klar, denn die Flecken liegen übereinander – wenn man ihn so legt. Was ich aber wissen möchte, ist, wer den Teppich verdreht hat, und warum.»

Holmes' starrem Gesicht konnte ich anmerken, daß er vor innerer Erregung bebte.

«Hören Sie mal, Lestrade», fragte er, «hat der Polizist im Flur die ganze Zeit über den Ort bewacht?»

«Ja.»

«Nun, lassen Sie sich von mir raten! Vergewissern Sie sich seiner genau! Aber nicht in unserem Beisein. Wir werden hier warten. Sie gehen mit ihm ins Hinterzimmer. Vermutlich werden Sie ihm allein leichter ein Geständnis entlocken. Fragen Sie ihn, wieso er sich erdreisten konnte, jemanden eintreten und allein in diesem Zimmer zu lassen. Fragen Sie ihn nicht, ob er das getan hat! Nehmen sie es als gegeben an! Sagen Sie ihm, sie *wüßten*, daß jemand hier gewesen sei. Nehmen Sie ihn in die Zange! Sagen Sie ihm, ein volles Geständnis sei die einzige Möglichkeit, Nachsicht zu erwirken. Tun Sie genau, was ich Ihnen sage.»

"By George, if he knows I'll have it out of him!" cried Lestrade. He darted into the hall, and a few moments later his bullying voice sounded from the back room.

"Now, Watson, now!" cried Holmes with frenzied eagerness. All the demoniacal force of the man masked behind that listless manner burst out in a paroxysm of energy. He tore the drugget from the floor, and in an instant was down on his hands and knees clawing at each of the squares of wood beneath it. One turned sideways as he dug his nails into the edge of it. It hinged back like the lid of a box. A small black cavity opened beneath it. Holmes plunged his eager hand into it and drew it out with a bitter snarl of anger and disappointment. It was empty.

"Quick, Watson, quick! Get it back again!" The wooden lid was replaced, and the drugget had only just been drawn straight when Lestrade's voice was heard in the passage. He found Holmes leaning languidly against the mantelpiece, resigned and patient, endeavouring to conceal his irrepressible yawns.

"Sorry to keep you waiting, Mr. Holmes. I can see that you are bored to death with the whole affair. Well, he has confessed, all right. Come in here, MacPherson. Let these gentlemen hear of your most inexcusable conduct."

The big constable, very hot and penitent, sidled into the room.

"I meant no harm, sir, I'm sure. The young woman came to the door last evening – mistook the house, she did. And then we got talking. It's lonesome, when you're on duty here all day."

"Well, what happened then?"

"She wanted to see where the crime was done – had read about it in the papers, she said. She was a very respectable, well-spoken young woman, sir, and I saw no harm in letrting her have a peep.

«Bei Gott, wenn er Bescheid weiß, werde ich es aus ihm herauskriegen!» rief Lestrade. Er stürzte in die Halle, und kurz darauf ertönte seine Schikaniererstimme aus dem Hinterzimmer.

«Jetzt, Watson, jetzt!» rief Holmes in wahnsinnigem Eifer. Die ganze wilde Kraft des Mannes, die sich hinter dieser gelangweilten Art verbarg, entlud sich in einem Energieausbruch. Er riß den Wollteppich vom Fußboden weg, war im Nu auf allen vieren und zerrte an jeder Parkettplatte. Eine drehte sich seitwärts, als er seine Nägel in die Kante grub. Sie klappte zurück wie ein Schachteldeckel. Darunter tat sich ein enger, schwarzer Hohlraum auf, Holmes fuhr mit seiner Hand begierig hinein und – zog sie mit einem bitteren, Zorn und Enttäuschung verratenden Knurren zurück. Der Hohlraum war leer.

«Schnell, Watson, schnell! Mach das wieder zu! Die hölzerne Abdeckung wurde wieder eingesetzt, und gerade als der Teppich geglättet worden war, vernahm man im Flur Lestrades Stimme. Bei seinem Eintritt lehnte Holmes gelangweilt am Kaminsims und bemühte sich, ergeben und geduldig, sein heftiges Gähnen zu unterdrücken.

«Tut mir leid, daß ich Sie habe warten lassen, Mr. Holmes. Ich kann sehen, daß die ganze Geschichte Sie zu Tode langweilt. Nun, er hat gestanden. Schön. Kommen Sie herein, MacPherson! Erzählen Sie diesen Herren von Ihrem ganz und gar unentschuldbaren Verhalten!»

Sehr aufgeregt und zerknirscht schlich der stämmige Polizist herein.

«Ich dachte an nichts Böses, Sir, gewiß nicht. Die junge Frau erschien gestern abend an der Tür – sie hätte sich in der Hausnummer geirrt, sagte sie. Und dann kamen wir ins Gespräch. Es ist ja einsam, wenn man den ganzen Tag hier Wache schiebt.»

«Na, was geschah dann?»

«Sie wollte sehen, wo sich das Verbrechen zugetragen hatte – hatte davon in den Zeitungen gelesen, sagte sie. Sie war eine sehr achtbare, redegewandte junge Frau, Sir, und ich fand nichts dabei, sie einen Blick hineinwerfen zu lassen. Als sie

When she saw that mark on the carpet, down she dropped on the floor, and lay as if she were dead. I ran to the back and got some water, but I could not bring her to. Then I went round the corner to the Ivy Plant for some brandy, and by the time I had brought it back the young woman had recovered and was off – ashamed of herself, I daresay, and dared not face me."

"How about moving that drugget?"

"Well, sir, it was a bit rumpled, certainly, when I came back. You see, she fell on it and it lies on a polished floor with nothing to keep it in place. I straightened it out afterwards."

"It's a lesson to you that you can't deceive me, Constable MacPherson," said Lestrade, with dignity. "No doubt you thought that your breach of duty could never be discovered, and yet a mere glance at that drugget was enough to convince me that someone had been admitted to the room. It's lucky for you, my man, that nothing is missing, or you would find yourself in Queer Street. I'm sorry to have called you down over such a petty business, Mr. Holmes, but I thought the point of the second stain not corresponding with the first would interest you."

"Certainly, it was most interesting. Has this woman only been here once, constable?"

"Yes, sir, only once."

"Who was she?"

"Don't know the name, sir. Was answering an advertisement about typewriting and came to the wrong number – very pleasant, genteel young woman, sir."

"Tall? Handsome?"

"Yes, sir, she was a well-grown young woman. I suppose you might say she was handsome. Perhaps some would say she was very handsome. 'Oh, officer, do let me have a peep!' says she. She had pretty,

den Fleck auf dem Teppich sah, – gleich sank sie um und lag wie tot da. Ich lief nach hinten und brachte Wasser, doch ich konnte sie nicht aus ihrer Ohnmacht holen.

Dann rannte ich um die Ecke, um im ‹Efeu› Branntwein zu besorgen, und bis ich damit zurück war, hatte sich die junge Frau erholt und war weg – aus Scham, glaube ich wohl, weil sie mir nicht mehr unter die Augen kommen wollte.»

«Und wie war das mit dem Verschieben des Teppichs?»

«Nun, Sir, gewiß war er ein wenig verknautscht, als ich zurückkehrte. Sehen Sie, sie fiel darauf nieder, und er liegt auf einem gebohnerten Boden ohne eine Haftunterlage. Ich habe ihn hinterher geglättet.»

«Das ist für Sie eine Lehre, daß Sie mich nicht hintergehen können, Wachtmeister MacPherson», bemerkte Lestrade würdevoll. «Zweifellos haben Sie geglaubt, Ihr Pflichtverstoß könnte nie aufkommen, und doch genügte ein bloßer Blick auf diesen Wollteppich, um mich zu überzeugen, daß jemandem Einlaß in diesen Raum gewährt worden war. Ein Glück für Sie, mein Lieber, daß nichts fehlt, sonst wären Sie jetzt in der Queer Street.

Es tut mir leid, Mr. Holmes, daß ich Sie wegen einer solchen Kleinigkeit herbeibemüht habe, doch ich glaubte, die Sache mit dem zweiten Fleck, der nicht zum ersten paßte, würde sie reizen.»

«Gewiß, es war höchst aufschlußreich. Ist diese Frau nur einmal hier gewesen, Wachtmeister?»

«Ja, Sir, nur einmal.»

«Wer was sie denn?»

«Weiß den Namen nicht, Sir. Wollte sich gerade um eine ausgeschriebene Stenotypistinnenstelle bewerben und geriet an die falsche Hausnummer – eine sehr freundliche, wohlerzogene junge Frau, Sir.»

«Groß? Hübsch?»

«Ja, Sir, sie war eine gutgewachsene junge Frau. Vermutlich könnte man sie als hübsch bezeichnen. Einige würden vielleicht sagen, sie sei sehr hübsch. ‹Ach, Herr Offizier, lassen Sie mich doch einen Blick hineinwerfen!› sagte sie.

coaxing ways, as you might say, and I thought there was no harm in letting her just put her head through the door."

"How was she dressed?"

"Quiet, sir – a long mantle down to her feet."

"What time was it?"

"It was just growing dusk at the time. They were lighting the lamps as I came back with the brandy."

"Very good," said Holmes. "Come, Watson, I think that we have more important work elsewhere."

As we left the house Lestrade remained in the front room, while the repentant constable opened the door to let us out. Holmes turned on the step and held up something in his hand. The constable stared intently.

"Good Lord, sir!" he cried, with amazement on his face. Holmes put his finger on his lips, replaced his hand in his breast pocket, and burst out laughing as we turned down the street. "Excellent!" said he. "Come, friend Watson, the curtain rings up for the last act. You will be relieved to hear that there will be no war, that the Right Honourable Trelawney Hope will suffer no setback in his brilliant career, that the indiscreet Sovereign will receive no punishment for his indiscretion, that the Prime Minister will have no European complication to deal with, and that with a little tact and management upon our part nobody will be a penny the worse for what might have been a very ugly incident."

My mind filled with admiration for this extraordinary man.

"You have solved it!" I cried.

"Hardly that, Watson. There are some points which are as dark as ever. But we have so much that it will be our own fault if we cannot get the rest. We will go straight to Whitehall Terrace and bring the matter to a head."

Sie hatte eine nette, einschmeichelnde Art, wie man sagen könnte, und ich meinte, es wäre nichts dabei, sie bloß mal hineinlugen zu lassen.»

«Wie war sie denn gekleidet?»

«Unauffällig, Sir – langer, bis zu den Füßen reichender Mantel.»

«Wieviel Uhr war es?»

«Es wurde zu der Zeit gerade dunkel. Als ich mit dem Branntwein ankam, wurden eben die Lampen angezündet.»

«Sehr gut», sagte Holmes. «Kommen Sie, Watson, ich glaube, wir haben anderswo Wichtigeres zu tun.»

Als wir das Haus verließen, blieb Lestrade im vorderen Zimmer, während der zerknirschte Schutzmann uns aufsperrte, um uns hinauszulassen. Auf der Schwelle drehte sich Holmes um und hielt etwas in die Höhe. Der Wachtmeister glotzte.

«Guter Gott, Sir!» rief er baß erstaunt. Holmes legte den Finger an die Lippen, steckte die Hand wieder in die Brusttasche und brach, sobald wir in die Straße einbogen, in Gelächter aus. «Ausgezeichnet!» sagte er. «Kommen Sie, Freund Watson, der Vorhang hebt sich zum letzten Akt. Sie werden mit Erleichterung hören, daß es keinen Krieg geben wird, daß der Right Honourable Trelawney Hope auf seiner glänzenden Laufbahn keinen Rückschlag erleiden wird, daß der unbesonnene Monarch für seine Unüberlegtheit nicht bestraft werden wird, daß der Premierminister es mit keiner europäischen Verwicklung zu tun haben wird, und daß, bei ein wenig Fingerspitzengefühl und Geschick unsererseits, niemand einen Deut schlechter gestellt sein wird wegen einer Sache, die zu einem sehr häßlichen Vorfall hätte führen können.»

Bewunderung erfüllte mein Herz für diesen außerordentlichen Menschen.

«Sie haben das Rätsel gelöst!» rief ich aus.

«Das kaum, Watson. Einige Punkte sind so unklar wie eh und je. Doch wir haben so viel, daß es unsere eigene Schuld sein wird, wenn wir nicht auch das übrige kriegen können. Wir werden schnurstraks nach Whitehall Terrace fahren und die Sache entscheidungsreif klopfen.»

When we arrived at the residence of the European Secretary it was for Lady Hilda Trelawney Hope that Sherlock Holmes inquired. We were shown into the morning-room.

"Mr. Holmes!" said the lady, and her face was pink with her indignation. "This is surely most unfair and ungenerous upon your part. I desired, as I have explained, to keep my visit to you a secret, lest my husband should think that I was intruding into his affairs. And yet you compromise me by coming here and so showing that there are business relations between us."

"Unfortunately, madam, I had no possible alternative. I have been commissioned to recover this immensely important paper. I must therefore ask you, madam, to be kind enough to place it in my hands."

The lady sprang to her feet, with the colour all dashed in an instant from her beautiful face. Her eyes glazed – she tottered – I thought that she would faint. Then with a grand effort she rallied from the shock, and a supreme astonishment and indignation chased every other expression from her features.

"You – you insult me, Mr. Holmes."

"Come, come, madam, it is useless. Give up the letter."

She darted to the bell.

"The butler shall show you out."

"Do not ring, Lady Hilda. If you do, then all my earnest efforts to avoid a scandal will be frustrated. Give up the letter and all will be set right. If you will work with me I can arrange everything. If you work against me I must expose you."

She stood grandly defiant, a queenly figure, her eyes fixed upon his as if she would read his very soul. Her hand was on the bell, but she had forborne to ring it.

"You are trying to frighten me. It is not a very

Als wir in der Dienstwohnung des Europaministers ankamen, bat Sherlock Holmes, man möge ihn bei Lady Hilda Trelawney Hope anmelden. Wir wurden in den Morgensalon geführt.

«Mr. Holmes!» sagte die Dame, und ihr Gesicht war blaßrot vor Entrüstung. «Das ist gewiß höchst unschicklich und unritterlich von Ihnen. Ich wollte, wie ich erklärt habe, daß mein Besuch bei Ihnen geheim bleibt, damit mein Gatte nicht glauben sollte, ich drängte mich in seine Angelegenheiten. Und dennoch stellen Sie mich bloß, indem Sie hierherkommen und dadurch erkennen lassen, daß wir geschäftlich miteinander zu tun haben.»

«Leider, Madam, hatte ich keine andere Wahl. Ich bin beauftragt worden, dieses ungeheuer wichtige Papier wieder beizubringen. Daher, Madam, muß ich Sie bitten, es mir freundlichst auszuhändigen.»

Die Dame sprang auf; im Nu war aus ihrem schönen Gesicht alle Farbe gewichen. Ihre Augen wurden glasig – sie taumelte – ich glaubte, sie würde in Ohnmacht fallen. Dann überwand sie mit großem Kraftaufwand den Schock; höchstes Erstaunen und Empörung verbannten aus ihren Zügen jeden anderen Ausdruck.

«Sie – Sie beleidigen mich, Mr. Holmes.»

«Machen Sie mir nichts vor, Madam! Es hat keinen Zweck. Geben Sie den Brief her!»

Sie stürzte auf die Klingel zu.

«Der Butler soll Sie hinausgeleiten.»

«Läuten Sie nicht, Lady Hilda! Wenn Sie es tun, werden alle meine Bemühungen, ein Ärgernis zu vermeiden, vereitelt. Geben Sie den Brief her, und alles wird gut. Wenn Sie mit mir zusammenarbeiten, kann ich alles in Ordnung bringen. Arbeiten Sie gegen mich, muß ich Sie bloßstellen.»

Sie stand hochmütig herausfordernd da, eine königliche Gestalt, den Blick auf seine Augen gerichtet, als wolle sie sogar seine Seele ergründen. Ihre Hand war an der Klingel, doch sie hatte es vermieden zu läuten.

«Sie versuchen, mich zu erschrecken. Es ist nicht sehr

manly thing, Mr. Holmes, to come here and brow-beat a woman. You say that you know something. What is it that you know?"

"Pray sit down, madam. You will hurt yourself there if you fall. I will not speak until you sit down. Thank you."

"I give you five minutes, Mr. Holmes."

"One is enough, Lady Hilda. I know of your visit to Eduardo Lucas, of your giving him this document, of your ingenious return to the room last night, and of the manner in which you took the letter from the hiding-place under the carpet."

She stared at him with an ashen face and gulped twice before she could speak.

"You are mad, Mr. Holmes – you are mad!" she cried, at last.

He drew a small piece of cardboard from his pocket. It was the face of a woman cut out of a portrait.

"I have carried this because I thought it might be useful", said he. "The policeman has recognized it."

She gave a gasp, and her head dropped back in the chair.

"Come, Lady Hilda. You have the letter. The matter may still be adjusted. I have no desire to bring trouble to you.

My duty ends when I have returned the lost letter to your husband. Take my advice and be frank with me. It is your only chance."

Her courage was admirable. Even now she would not own defeat.

"I tell you again, Mr. Holmes, that you are under some absurd illusion."

Holmes rose from his chair.

"I am sorry for you, Lady Hilda. I have done my best for you. I can see that it is all in vain."

He rang the bell. The butler entered.

"Is Mr. Trelawney Hope at home?"

"He will be home, sir, at a quarter to one."

mannhaft, hierherzukommen, Mr. Holmes, und eine Frau einzuschüchtern. Sie behaupten, etwas zu wissen. Was wissen Sie denn?»

«Bitte setzen Sie sich, Madam! Wenn Sie hinfallen, werden Sie sich wehtun. Ich werde erst sprechen, wenn Sie sich setzen. Danke.»

«Ich gebe Ihnen fünf Minuten, Mr. Holmes.»

«Eine genügt, Lady Hilda. Ich weiß von Ihrem Besuch bei Eduardo Lucas, weiß, daß Sie ihm dieses Papier ausgehändigt haben, weiß, daß Sie gestern abend schlauerweise in sein Zimmer zurückgekehrt sind und weiß, wie Sie den Brief aus dem Versteck unter dem Teppich geholt haben.»

Sie starrte ihn mit aschfahlem Gesicht an und schluckte zweimal, ehe sie sprechen konnte.

«Sie sind verrückt, Mr. Holmes – Sie sind verrückt!» rief sie schließlich.

Er zog ein Stückchen Karton aus der Tasche – ein aus einer Photographie ausgeschnittenes Frauengesicht.

«Ich habe das mitgenommen, weil ich glaubte, es könnte von Nutzen sein», bemerkte er. «Der Polizist hat es wiedererkannt.»

Sie keuchte, und ihr Kopf fiel in den Sessel zurück.

«Hören Sie, Lady Hilda. Sie haben den Brief. Die Sache läßt sich immer noch einrenken. Ich habe kein Verlangen, Sie in Schwierigkeiten zu bringen. Meine Pflicht endet, sobald ich Ihrem Gatten den verlorengegangenen Brief zurückgegeben habe. Folgen Sie meinem Rat und seien Sie aufrichtig zu mir. Es ist Ihre einzige Möglichkeit.»

Ihr Mut war bewundernswert. Selbst jetzt wollte sie ihre Niederlage nicht eingestehen.

«Ich sage Ihnen nochmals, Mr. Holmes, daß Sie einer albernen Täuschung aufsitzen.»

Holmes erhob sich.

«Sie tun mir leid, Lady Hilda. Ich habe mein Bestes für Sie getan. Es ist alles vergeblich, wie ich sehe.»

Er klingelte. Der Butler trat ein.

«Ist Mr. Trelawney Hope zu Hause?»

«Er wird um Viertel vor eins hier sein, Sir.»

Holmes glanced at his watch.

"Still a quarter of an hour," said he. "Very good, I shall wait."

The butler had hardly closed the door behind him when Lady Hilda was down on her knees at Holmes's feet, her hands outstretched, her beautiful face upturned and wet with her tears.

"Oh, spare me, Mr. Holmes! Spare me!" she pleaded, in a frenzy of supplication. "For heaven's sake, don't tell him! I love him so! I would not bring one shadow on his life, and this I know would break his noble heart."

Holmes raised the lady. "I am thankful, madam, that you have come to your senses even at this last moment! There is not an instant to lose. Where is the letter?"

She darted across to a writing-desk, unlocked it, and drew out a long blue envelope.

"Here it is, Mr. Holmes. Would to heaven I had never seen it!"

How can we return it?" Holmes muttered. "Quick, quick, we must think of some way! Where is the despatch-box?"

"Still in the bedroom."

"What a stroke of luck! Quick, madam, bring it here!"

A moment later she had appeared with a red flat box in her hand.

"How did you open it before? You have a duplicate key? Yes, of course you have. Open it!"

From out of her bosom Lady Hilda had drawn a small key. The box flew open. It was stuffed with papers. Holmes thrust the blue envelope deep down into the heart of them, between the leaves of some other document. The box was shut, locked, and returned to the bedroom.

"Now we are ready for him," said Holmes. "We have still ten minutes. I am going far to screen you,

Holmes blickte auf seine Uhr.

«Noch eine Viertelstunde», sagte er. «Sehr schön, ich werde warten.»

Kaum hatte der Butler die Tür hinter sich geschlossen, als Lady Hilda vor Holmes auf den Knien lag, die Hände ausgestreckt, das schöne tränenüberströmte Gesicht zu ihm erhoben.

«Oh, schonen Sie mich, Mr. Holmes! Schonen Sie mich!» flehte sie, wie eine Wahnsinnige bettelnd. «Um Himmels willen, sagen Sie ihm nichts! Ich liebe ihn doch so sehr! Ich möchte keine Trübung in sein Leben bringen und weiß, daß dies sein edles Herz brechen würde.»

Holmes half der Dame in die Höhe. «Ich bin dankbar, Madam, daß Sie, wenn auch erst in dieser letzten Minute, zur Vernunft gekommen sind. Es ist kein Augenblick zu verlieren. Wo ist der Brief?»

Sie eilte an einen Schreibtisch hinüber, schloß ihn auf und holte einen langen, blauen Umschlag heraus.

«Hier ist er, Mr. Holmes. Wollte Gott, ich hätte ihn nie gesehen!»

«Wie können wir ihn zurückbringen?» murmelte Holmes. «Rasch, rasch! Es muß uns eine Möglichkeit einfallen. Wo ist die Kassette?»

«Noch immer in seinem Schlafzimmer.»

«Was für ein Glück! Schnell, Madam, bringen Sie sie hierher!»

Kurz darauf erschien sie mit einer flachen, roten Kassette in der Hand.

«Wie haben Sie die damals geöffnet? Haben Sie einen Nachschlüssel? Ja natürlich. Schließen Sie sie auf!»

Aus ihrem Ausschnitt hatte Lady Hilda ein Schlüsselchen hervorgeholt. Die Kassette sprang auf. Sie war vollgestopft mit Papieren. Holmes warf den Umschlag zuunterst zwischen die Blätter eines anderen Dokuments. Die Kassette wurde geschlossen, versperrt und ins Schlafzimmer zurückgebracht.

«Jetzt können wir ihn erwarten», sagte Holmes. «Wir haben noch zehn Minuten. Ich gehe sehr weit, um sie zu

Lady Hilda. In return you will spend the time in telling me frankly the real meaning of this extra-ordinary affair."

"Mr. Holmes, I will tell you everything," cried the lady. "Oh, Mr. Holmes, I would cut off my right hand before I gave him a moment of sorrow! There is no woman in all London who loves her husband as I do, and yet if he knew how I have act-ed – how I have been compelled to act – he would never forgive me. For his own honour stands so high that he could not forget or pardon a lapse in another. Help me, Mr. Holmes! My happiness, his happiness, our very lives are at stake!"

"Quick, madam, the time grows short!"

"It was a letter of mine, Mr. Holmes, an indis-creet letter written before my marriage – a foolish letter, a letter of an impulsive, loving girl. I meant no harm, and yet he would have thought it cri-minal. Had he read that letter his confidence would have been forever destroyed. It is years since I wrote it. I had thought that the whole matter was forgotten. Then at last I heard from this man, Lucas, that it had passed into his hands, and that he would lay it before my husband. I implored his mercy. He said that he would return my letter if I would bring him a certain document which he described in my husband's despatch-box. He had some spy in the office who had told him of its existence. He assured me that no harm could come to my hus-band. Put yourself in my position, Mr. Holmes! What was I to do?"

"Take your husband into your confidence."

"I could not, Mr. Holmes, I could not! On the one side seemed certain ruin, on the other, terrible as it seemed to take my husband's paper, still in a matter of politics I could not understand the con-sequences, while in a matter of love and trust they were only too clear to me. I did it, Mr. Holmes! I

decken, Lady Hilda. Sie werden dafür die Zeit opfern, mir wirklich aufrichtig die wahre Bedeutung dieser außerordentlichen Angelegenheit zu erklären.»

«Mr. Holmes, ich will Ihnen alles sagen», rief die Dame. «Ach, Mr. Holmes, ich würde mir lieber die rechte Hand abhacken, als ihm einen Augenblick lang Kummer zu bereiten. Es gibt keine Frau in ganz London, die ihren Mann so herzlich liebt wie ich, und doch würde er mir nie verzeihen, wenn er wüßte, wie ich gehandelt habe – wie ich habe handeln müssen. Denn seine eigene Ehre hat einen so hohen Rang, daß er ein Versagen bei jemand anderem nie vergessen oder verzeihen könnte. Helfen Sie mir, Mr. Holmes! Mein Glück, sein Glück, sogar unser beider Leben steht auf dem Spiel.»

«Rasch, Madam, die Zeit wird knapp!»

«Es handelte sich um einen Brief von mir, Mr. Holmes, einen unvorsichtigen, vor meiner Heirat geschriebenen Brief, einen törichten Brief, um den Brief eines ungestümen, verliebten Mädchens. Ich hatte nichts Böses im Sinn, und doch hätte mein Gatte ihn als ein Verbrechen betrachtet. Hätte er diesen Brief gelesen, wäre sein Vertrauen für immer zerstört gewesen. Ich habe ihn vor Jahren geschrieben. Ich hatte geglaubt, über die ganze Sache wäre Gras gewachsen. Dann erfuhr ich schließlich von diesem Lucas, daß der Brief ihm in die Hände geraten sei und daß er ihn meinem Mann vorlegen würde. Ich flehte ihn um Schonung an. Er sagte zu, mir den Brief zurückzugeben, wenn ich ihm ein bestimmtes Dokument brächte, das sich angeblich in der Kassette meines Mannes befand. Er hatte einen Spitzel im Ministerium, der ihm vom Vorhandensein des Papieres berichtet hatte. Meinem Gatten würde, so versicherte er mir, kein Schaden entstehen. Versetzen Sie sich in meine Lage, Mr. Holmes! Was sollte ich tun?»

«Ihren Gatten ins Vertrauen ziehen.»

«Das konnte ich nicht, Mr. Holmes, ich konnte es nicht. Hier schien mich das sichere Verderben zu erwarten, dort konnte ich, wenn es mir auch schrecklich war, meinem Gatten ein Dokument zu entwenden, dennoch in einer politischen Angelegenheit nicht die Folgen absehen, während diese mir nur allzu klar waren, wo es um Liebe und Vertrauen ging. Ich

took an impression of his key. This man, Lucas, furnished a duplicate. I opened his despatch-box, took the paper, and conveyed it to Godolphin Street."

"What happened there, madam?"

"I tapped at the door as agreed. Lucas opened it. I followed him into his room, leaving the hall door ajar behind me, for I feared to be alone with the man. I remember that there was a woman outside as I entered. Our business was soon done. He had my letter on his desk, I handed him the document. He gave me the letter. At this instant there was a sound at the door. There were steps in the passage. Lucas quickly turned back the drugget, thrust the document into some hiding-place there, and covered it over.

"What happened after that is like some fearful dream. I have a vision of a dark, frantic face, of a woman's voice, which screamed in French, 'My waiting is not in vain. At last, at last I have found you with her!' There was a savage struggle. I saw him with a chair in his hand, a knife gleamed in hers. I rushed from the horrible scene, ran from the house, and only next morning in the paper did I learn the dreadful result. That night I was happy, for I had my letter, and I had not seen yet what the future would bring.

"It was the next morning that I realized that I had only exchanged one trouble for another. My husband's anguish at the loss of his paper went to my heart. I could hardly prevent myself from there and then kneeling down at his feet and telling him what I had done. But that again would mean a confession of the past. I came to you that morning in order to understand the full enormity of my offence. From the instant that I grasped it my whole mind was turned to the one thought of getting back my husband's paper. It must still be where Lucas had placed it, for it was concealed before this dread-

hab's getan, Mr. Holmes. Ich machte einen Abdruck von seinem Schlüssel. Dieser Lucas lieferte einen Nachschlüssel. Ich öffnete die Dokumentenkassette, entnahm das Papier und brachte es in die Godolphin Street.»

«Und was geschah dort, Madam?»

«Ich klopfte, wie vereinbart, an die Tür. Lucas öffnete. Ich folgte ihm in sein Zimmer und ließ die Korridortür hinter mir weit offen, denn ich hatte Angst, mit dem Mann allein zu sein. Ich erinnere mich, daß, als ich eintrat, eine Frau draußen war. Unser Geschäft war schnell erledigt. Er hatte meinen Brief auf seinem Schreibtisch, ich händigte ihm das Dokument aus. Er gab mir den Brief. In diesem Augenblick entstand an der Tür ein Geräusch. Im Flur waren Schritte zu hören. Lucas schlug schnell den Wollteppich zurück, warf das Papier dort in ein Versteck und deckte den Teppich wieder darüber.

Was danach geschah, ist wie ein entsetzlicher Traum. Ich sehe noch ein dunkles, wütendes Gesicht vor mir, ich höre noch eine Frauenstimme auf Französisch kreischen: ‹Mein Warten ist nicht vergeblich. Endlich, endlich, habe ich dich mit ihr erwischt!› Es gab ein wildes Handgemenge. Ich sah ihn mit einem Stuhl in der Hand; in der ihren blinkte ein Messer. Eilends verließ ich den fürchterlichen Schauplatz, lief vom Haus weg und erfuhr erst am folgenden Morgen aus der Zeitung den schrecklichen Ausgang. An jenem Abend war ich glücklich, denn ich hatte meinen Brief und ich hatte noch keine Ahnung, was die Zukunft bringen würde.

Am nächsten Morgen erkannte ich, daß ich nur einen Kummer gegen einen anderen eingetauscht hatte. Die Qual meines Gatten wegen des abhanden gekommenen Papiers ging mir zu Herzen. Ich konnte mich kaum davon abhalten, sofort vor ihm auf die Knie zu fallen und ihm zu bekennen, was ich getan hatte. Doch das würde wieder auf ein Geständnis der Vergangenheit hinauslaufen.

Ich kam an jenem Morgen zu Ihnen, um die ganze Ungeheuerlichkeit meines Vergehens zu begreifen. Von dem Augenblick an, da ich sie erfaßte, galt mein ganzes Streben dem einen Gedanken, das Dokument meines Gatten zurückzuholen. Es mußte noch dort

ful woman entered the room. If it had not been for her coming, I should not have known where his hiding-place was. How was I to get into the room? For two days I watched the place, but the door was never left open. Last night I made a last attempt. What I did and how I succeeded, you have already learned. I brought the paper back with me, and thought of destroying it, since I could see no way of returning it without confessing my guilt to my husband. Heavens, I hear his step upon the stair!"

The European Secretary burst excitedly into the room.

"Any news, Mr. Holmes, any news?" he cried.

"I have some hopes."

"Ah, thank heaven!" His face became radiant. "The Prime minister is lunching with me. May he share your hopes? He has nerves of steel, and yet I know that he has hardly slept since this terrible event. Jacobs, will you ask the Prime Minister to come up? As to you, dear, I fear that this is a matter of politics. We will join you in a few minutes in the dining-room."

The Prime Minister's manner was subdued, but I could see by the gleam of his eyes and the twitchings of his bony hands that he shared the excitement of his young colleague.

"I understand that you have something to report, Mr. Holmes?"

"Purely negative as yet," my friend answered. "I have inquired at every point where it might be, and I am sure that there is no danger to be apprehended."

"But that is not enough, Mr. Holmes. We cannot live forever on such a volcano. We must have something definite."

"I am in hopes of getting it. That is why I am here. The more I think of the matter the more convinced I am that the letter has never left this house."

sein, wo Lucas es hingelegt hatte, denn es wurde versteckt, ehe diese schreckliche Frau das Zimmer betrat. Wäre sie nicht gekommen, hätte ich nicht erfahren, wo sich das Versteck befand. Wie sollte ich ins Zimmer gelangen? Zwei Tage lang spähte ich den Ort aus, aber die Tür blieb nie offen. Gestern abend machte ich einen letzten Versuch. Was ich tat und wie es mir gelang, haben Sie schon gehört. Ich brachte das Papier mit nach Hause und dachte daran, es zu vernichten, da ich ja keine Möglichkeit sehen konnte, es wieder zurückzulegen, ohne meinem Gatten meine Schuld zu gestehen. Du lieber Himmel! Ich höre seine Schritte auf der Treppe.»

Der Europaminister stürzte aufgeregt ins Zimmer.

«Etwas Neues, Mr. Holmes, etwas Neues?» rief er.

«Ich habe einige Hoffnungsschimmer.»

«Oh, dem Himmel sei Dank!» Sein Gesicht verklärte sich. «Der Premierminister speist mit mir. Kann er Ihre Hoffnungen teilen? Er hat Nerven aus Stahl, und dennoch weiß ich, daß er seit diesem schrecklichen Vorfall kaum geschlafen hat. Jacobs, wollen Sie den Herrn Premierminister bitten, heraufzukommen? Was dich betrifft, meine Liebe, – hier geht's leider um Politik. Wir werden in ein paar Minuten ins Speisezimmer nachkommen.»

Das Auftreten des Premierministers war beherrscht, doch am Glanz seiner Augen und den Zuckungen seiner knochigen Hände konnte ich merken, daß er die Erregung seines jungen Kollegen teilte.

«Verstehe ich richtig, daß Sie etwas zu berichten haben, Mr. Holmes?»

«Bislang rein negativ», antwortete mein Freund. «Ich habe überall, wo es sein könnte, nachgeforscht und bin sicher, daß keine Gefahr droht.»

«Aber das genügt nicht, Mr. Holmes. Wir können nicht dauernd auf einem solchen Vulkan leben. Wir müssen Gewißheit haben.»

«Ich hoffe, sie zu bekommen. Deswegen bin ich ja hier. Je mehr ich über die Sache nachdenke, desto mehr festigt sich meine Überzeugung, daß der Brief dieses Haus nie verlassen hat.»

"Mr. Holmes!"

"If it had it would certainly have been public by now."

"But why should anyone take it in order to keep it in his house?"

"I am not convinced that anyone did take it."

"Then how could it leave the despatch-box?"

"I am not convinced that it ever did leave the despatch-box."

"Mr. Holmes, this joking is very ill-timed. You have my assurance that it left the box."

"Have you examined the box since Tuesday morning?"

"No. It was not necessary."

"You may conceivably have overlooked it."

"Impossible, I say."

"But I am not convinced of it. I have known such things to happen. I presume there are other papers there. Well, it may have got mixed with them."

"It was on the top."

"Someone may have shaken the box and displaced it."

"No, no, I had everything out."

"Surely it is easily decided, Hope," said the Premier. "Let us have the despatch-box brought in."

The Secretary rang the bell.

"Jacobs, bring down my despatch-box. This is a farcical waste of time, but still, if nothing else will satisfy you, it shall be done. Thank you, Jacobs, put it here. I have always had the key on my watch-hain. Here are the papers, you see. Letter from Lord Merrow, report from Sir Charles Hardy, memorandum from Belgrade, note on the Russo-German grain taxes, letter from Madrid, note from Lord Flowers – Good heavens! what is this? Lord Bellinger! Lord Bellinger!"

The Premier snatched the blue envelope from his hand.

«Mr. Holmes!»

«Es wäre sonst mittlerweile bestimmt bekannt geworden.»

«Aber warum sollte jemand ihn an sich nehmen, um ihn bei sich zu Hause aufzubewahren?»

«Ich bin nicht überzeugt, daß ihn wirklich jemand entwendet hat.»

«Wie konnte er dann aus der Kassette verschwinden?»

«Ich bin nicht überzeugt, daß er je aus der Kassette verschwunden ist.»

«Mr. Holmes, diese Scherzerei ist sehr unangebracht. Sie haben mein Versprechen, daß er aus der Kassette verschwand.»

«Haben Sie die Kassette seit Dientag morgen untersucht?»

«Nein. Das war nicht notwendig.»

«Es ist vielleicht denkbar, daß Sie ihn übersehen haben.»

«Unmöglich, sage ich.»

«Aber ich bin nicht davon überzeugt. Ich habe schon erlebt, daß dergleichen vorkommt. Vermutlich sind noch andere Papiere drinnen. Nun, der Brief kann dazwischen geraten sein.»

«Er lag obenauf.»

«Jemand hat vielleicht die Kassette geschüttelt und ihn verschoben.»

«Nein, nein, ich hatte alles herausgenommen.»

«Das läßt sich gewiß leicht entscheiden, Hope», sagte der Premier. «Lassen Sie doch die Kassette hereinbringen!»

Der Minister klingelte.

«Jacobs, bringen Sie meine Kassette herunter! Das ist zwar eine lächerliche Zeitverschwendung, dennoch – wenn sonst nichts Sie zufriedenstellen wird, soll's geschehen. Danke, Jacobs, stellen Sie sie hierher! Ich habe den Schlüssel immer an meiner Uhrkette. Hier sind die Papiere, sehen Sie. Brief von Lord Merrow, Bericht von Sir Charles Hardy, Memorandum aus Belgrad, Vermerk über die deutsch-russischen Getreidesteuern, Brief aus Madrid, kurze Mitteilung von Lord Flowers – du lieber Himmel! Was ist das? Lord Bellinger! Lord Bellinger!»

Der Premier riß dem Minister den blauen Umschlag aus der Hand.

"Yes, it is it – and the letter is intact. Hope, I congratulate you."

"Thank you! Thank you! What a weight from my heart. But this is inconceivable – impossible. Mr. Holmes, you are a wizard, a sorcerer! How did you know it was there?"

"Because I knew it was nowhere else."

"I cannot believe my eyes!" He ran wildly to the door. "Where is my wife? I must tell her that all is well. Hilda! Hilda!" we heard his voice on the stairs.

The Premier looked at Holmes with twinkling eyes.

"Come, sir," said he. "There is more in this than meets the eye. How came the letter back in the box?"

Holmes turned away smiling from the keen scrutiny of those wonderful eyes.

"We also have our diplomatic secrets," said he and, picking up his hat, he turned to the door.

«Ja, er ist's – und der Brief ist unversehrt. Hope, ich beglückwünsche Sie.»

«Ich danke Ihnen! Danke! Welche Last ist mir vom Herzen! Das ist doch unvorstellbar – unmöglich. Mr. Holmes, Sie sind ein Hexenmeister, ein Zauberer! Wieso wußten Sie, daß der Brief hier ist?»

«Weil ich wußte, daß er nirgendwo sonst war.»

«Ich kann meinen Augen nicht trauen.» Er lief zur Tür, außer sich. «Wo ist meine Frau? Ich muß ihr sagen, daß alles gut ist. Hilda! Hilda!» hörten wir seine Stimme auf der Treppe.

Der Premier blickte Holmes zwinkernd an.

«Hören Sie, Sir», sagte er. «Da steckt doch mehr dahinter, als es den Anschein hat. Wie kam der Brief in die Kassette zurück?»

Holmes entzog sich lächelnd dem durchdringenden Blick dieser wundervollen Augen.

«Auch wir haben unsere diplomatischen Geheimnisse», meinte er, griff nach seinem Hut und wandte sich zum Gehen.

During my long and intimate acquaintance with Mr. Sherlock Holmes I had never heard him refer to his relations, and hardly ever to his own early life. This reticence upon his part had increased the somewhat inhuman effect which he produced upon me, until sometimes I found myself regarding him as an isolated phenomenon, a brain without a heart, as deficient in human sympathy as he was pre-eminent in intelligence. His aversion to women and his disinclination to form new friendships were both typical of his unemotional character, but not more so than his complete suppression of every reference to his own people. I had come to believe that he was an orphan with no relatives living; but one day, to my very great surprise, he began to talk to me about his brother.

It was after tea on a summer evening, and the conversation, which had roamed in a desultory, spasmodic fashion from golf clubs to the causes of the change in the obliquity of the ecliptic, came round at last to the question of atavism and hereditary aptitudes. The point under discussion was, how far any singular gift in an individual was due to his ancestry and how far to his own early training.

"In your own case," said I, "from all that you have told me, it seems obvious that your faculty of observation and your peculiar facility for deduction are due to your own systematic training."

"To some extent," he answered thoughtfully. "My ancestors were country squires, who appear to have led much the same life as is natural to their class. But, non the less, my turn that way is in my veins, and may have come with my grandmother, who was the sister of Vernet, the French artist. Art in the blood is liable to take the strangest forms."

Während meines langen und vertrauten Umgangs mit Sherlock Holmes hatte ich nie gehört, daß er sich auf seine Verwandtschaft berief und kaum je auf sein eigenes früheres Leben. Diese Verschwiegenheit über seine Person hatte die Wirkung des ein wenig Unmenschlichen, die er auf mich ausübte, verstärkt, so daß ich manchmal nicht umhin konnte, ihn als eine beziehungslose Erscheinung anzusehen, als ein Kopf ohne Herz, ebenso unzulänglich in menschlicher Wechselbeziehung wie überragend an Intelligenz. Seine Abneigung gegen Frauen und seine Unlust, neue Freundschaften zu schließen, waren beide bezeichnend für sein nüchternes Wesen, aber auch nicht weniger sein völliges Unterdrücken jeglicher Bezugnahme auf seine eigene Familie. Ich war zu dem Glauben gekommen, daß er eine Waise ohne lebende Verwandte war; doch eines Tages, zu meiner sehr großen Überraschung, begann er zu mir über seinen Bruder zu sprechen.

Es war nach dem Tee an einem Sommerabend, und die Unterhaltung, die auf planlose, sprunghafte Art von Golfklubs zu den Gründen der Veränderung in der Schiefe der Ekliptik wanderte, landete schließlich bei dem Thema Atavismus und ererbte Anlagen. Die diskutierte Kernfrage war, wieweit eine außergewöhnliche Begabung eines Individuums seinen Vorfahren zuzuschreiben ist und wieweit seiner eigenen frühen Schulung.

«In Ihrem Fall scheint es», sagte ich, «aus allem, was Sie mir erzählt haben, offensichtlich, daß Ihre Beobachtungsgabe und Ihre besondere Geschicklichkeit bei Schlußfolgerungen auf Ihre eigene planmäßige Schulung zurückzuführen sind.»

«In gewissem Ausmaß ja», antwortete er nachdenklich. «Meine Vorfahren waren Gutsherren, die so ziemlich das gleiche Leben geführt haben müssen, wie es für diese Schicht üblich ist. Trotzdem liegt mir eine solche Begabung im Blut; sie mag von meiner Großmutter stammen, der Schwester des französischen Malers Vernet. Künstlerische Veranlagung nimmt oft die merkwürdigsten Formen an.»

"But how do you know that it is hereditary?"

"Because my brother Mycroft possesses it in a larger degree than I do."

This was news to me indeed. If there were another man with such singular powers in England, how was it that neither police nor public had heard of him? I put the question, with a hint that it was my companion's modesty which made him acknowledge his brother as his superior. Holmes laughed at my suggestion.

"My dear Watson," said he, "I cannot agree with those who rank modesty among the virtues. To the logician all things should be seen exactly as they are, and to underestimate one's self is as much a departure from truth as to exaggerate one's own powers. When I say, therefore, that Mycroft has better powers of observation than I, you may take it that I am speaking the exact and literal truth."

"Is he your junior?"

"Seven years my senior."

"How comes it that he is unknown?"

"Oh, he is very well known in his own circle."

"Where, then?"

"Well, in the Diogenes Club, for example."

I had never heard of the institution, and my face must have proclaimed as much, for Sherlock Holmes pulled out his watch.

"The Diogenes Club is the queerest club in London, and Mycroft one of the queerest men. He's always there from quarter to five to twenty to eight. It's six now, so if you care for a stroll this beautiful evening I shall be very happy to introduce you to two curiosities."

Five minutes later we were in the street, walking towards Regent's Circus.

"You wonder," said my companion, "why it is that Mycroft does not use his powers for detective work. He is incapable of it."

«Doch wie wollen Sie wissen, daß es erblich ist?»

«Weil mein Bruder Mycroft es auch besitzt – in höherem Grad als ich.»

Das war nun wirklich für mich etwas Neues. Wenn es einen zweiten Mann mit solchen einzigartigen Geistesfähigkeiten in England geben sollte, wie konnte es dann sein, daß weder die Polizei noch die Öffentlichkeit von ihm gehört hatten? Ich stellte diese Frage mit einer Anspielung auf die Bescheidenheit meines Gefährten, die ihn seinen Bruder als den ihm Überlegenen anerkennen ließ. Holmes lachte über diese Erwägung.

«Mein lieber Watson», sagte er, «ich kann denen nicht zustimmen, die Bescheidenheit zu den Tugenden zählen. Dem Logiker sollten alle Dinge genauso erscheinen wie sie sind, und sein eigenes Selbst zu unterschätzen ist ebenso eine Abweichung von der Wahrheit wie das Übertreiben der eigenen Talente. Wenn ich deshalb sage, daß Mycroft bessere Beobachtungsfähigkeiten besitzt als ich, müssen Sie es schon hinnehmen, daß ich die genaue und nüchterne Wahrheit sage.»

«Ist er jünger als Sie?»

«Sieben Jahre älter.»

«Wie kommt es, daß er unbekannt ist?»

«Oh, man kennt ihn in seinem eigenen Kreis sehr gut.»

«Wo also?»

«Nun, im Diogenes Klub, zum Beispiel.»

Ich hatte von dieser Einrichtung noch nie etwas gehört, und mein Gesicht muß das voll zum Ausdruck gebracht haben, denn Sherlock Holmes zog seine Uhr hervor.

«Der Diogenes Klub ist der absonderlichste Klub in London, und Mycroft einer der absonderlichsten Männer. Er hält sich dort immer von Viertel vor fünf bis zwanzig vor acht auf. Jetzt ist es sechs. Wenn Ihnen also ein kleiner Bummel an diesem schönen Abend zusagen würde, werde ich mich glücklich schätzen, Sie mit zwei Kuriositäten bekannt zu machen.»

Fünf Minuten später waren wir auf der Straße und gingen in Richtung Regent's Circus.

«Sie wundern sich darüber», sagte mein Gefährte, «warum Mycroft seine Fähigkeiten nicht für Detektivarbeit einsetzt. Er ist dazu unfähig.»

"But I thought you said —"

"I said that he was my superior in observation and deduction. If the art of the detective began and ended in reasoning from an armchair, my brother would be the greatest criminal agent that ever lived. But he has no ambition and no energy. He will not even go out of his way to verify his own solutions, and would rather be considered wrong than take the trouble to prove himself right. Again and again I have taken a problem to him, and have received an explanation which has afterwards proved to be the correct one. And yet he was absolutely incapable of working out the practical points which must be gone into before a case could be laid before a judge or jury."

"It is not his profession, then?"

"By no means. What is to me a means of livelihood is to him the merest hobby of a dilettante. He has an extraordinary faculty for figures, and audits the books in some of the government departments. Mycroft lodges in Pall Mall, and he walks round the corner into Whitehall every morning and back every evening. From year's end to year's end he takes no other exercise, and is seen nowhere else, except only in the Diogenes Club, which is just opposite his rooms."

"I cannot recall the name."

"Very likely not. There are many men in London, you know, who, some from shyness, some from misanthropy, have no wish for the company of their fellows. Yet they are not averse to comfortable chairs and the latest periodicals. It is for the convenience of these that the Diogenes Club was started, and it now contains the most unsociable and unclubable men in town. No member is permitted to take the least notice of any other one. Save in the Stranger's Room, no talking is, under any circumstances, allowed, and three offences, if brought to the notice of

«Ich dachte, Sie sagten . . .»

«Ich sagte, daß er mit seiner Fähigkeit zu beobachten und Schlüsse zu ziehen mir überlegen ist. Wenn die Kunst des Detektivs damit begänne und endete, daß man von einem Lehnstuhl aus Folgerungen zieht, dann wäre mein Bruder der größte Kriminalbeamte, der jemals lebte. Aber er besitzt keinen Ehrgeiz und keine Tatkraft. Er wird nicht einmal von seiner gewohnten Art abweichen, um seine Lösungen durch Beweise zu erhärten, und zieht es vor, daß man glaubt, er sei im Unrecht, als daß er sich die Mühe macht, seine Theorie als richtig zu beweisen. Immer wieder habe ich ihm Probleme vorgelegt und eine Erklärung erhalten, die sich hinterher als zutreffend erwies. Und dennoch war er völlig unfähig, die tatsächlichen Anhaltspunkte zum Vorschein zu bringen, die erarbeitet werden mußten, bevor ein Fall einem Richter oder Geschworenen vorgelegt werden konnte.»

«Es ist also dann nicht sein Beruf?»

«Keineswegs. Was mir zum Lebensunterhalt dient, ist bei ihm die Liebhaberei eines Amateurs. Er besitzt einen außergewöhnlichen Sinn für Zahlen und prüft die Bücher bei einigen Ministerien der Regierung.

Mycroft wohnt in der Pall Mall und geht jeden Morgen nur um die Ecke in die Whitehall und abends wieder zurück. Jahraus, jahrein schafft er sich keine andere Bewegung und wird nirgendwo sonst gesehen, außer im Diogenes Klub, der genau seiner Wohnung gegenüberliegt.»

«Ich habe den Namen noch nie nennen hören.»

«Schon möglich. Wissen Sie, es gibt viele Männer in London, die keinen Wunsch nach Umgang mit ihren Mitmenschen haben, einige aus Scheu, andere aus Menschenfeindlichkeit. Dennoch sind sie gemütlichen Lehnstühlen und neuesten Zeitschriften nicht abhold. Für deren Behaglichkeit wurde der Diogenes Klub gegründet, und in ihm sind die ungeselligsten und klubuntypischsten Männer in der Stadt. Den Mitgliedern ist nicht gestattet, auch nur die geringste Notiz voneinander zu nehmen. Außer im Besucherzimmer ist Sprechen unter gar keinen Umständen erlaubt, und drei Verstöße, sollten sie dem

the committee, render the talker liable to expulsion. My brother was one of the founders, and I have myself found it a very soothing atmosphere."

We had reached Pall Mall as we talked, and were walking down it from the St. James's end. Sherlock Holmes stopped at a door some little distance from the Carlton, and, cautioning me not to speak, he led the way into the hall. Through the glass panelling I caught a glimpse of a large and luxurious room, in which a considerable number of men were sitting about and reading papers, each in his own little nook. Holmes showed me into a small chamber which looked out into Pall Mall, and then, leaving me for a minute, he came back with a companion whom I knew could only be his brother.

Mycroft Holmes was a much larger and stouter man than Sherlock. His body was absolutely corpulent, but his face, though massive, had preserved something of the sharpness of expression which was so remarkable in that of his brother. His eyes, which were of a peculiarly light, watery gray, seemed to always retain that far-away, introspective look which I had only observed in Sherlock's when he was exerting his full powers.

"I am glad to meet you, sir," said he, putting out a broad, fat hand like the flipper of a seal. "I hear of Sherlock everywhere since you became his chronicler. By the way, Sherlock, I expected to see you round last week to consult me over that Manor House case. I thought you might be a little out of your depth."

"No, I solved it," said my friend, smiling.

"It was Adams, of course."

"Yes, it was Adams."

"I was sure of it from the first."

The two sat down together in the bow-window of the club. "To anyone who wishes to study mankind this is the spot," said Mycroft. "Look at the magnifi-

Vorstand gemeldet werden, sichern dem Sprechenden mühelos die Ausschließung. Mein Bruder war einer der Gründer, und ich selbst finde die Stimmung dort sehr wohltuend.»

Wir hatten während unserer Unterhaltung die Pall Mall erreicht und gingen sie von St. James aus hinunter. Sherlock Holmes blieb kurz vor dem Carlton an einer Tür stehen, und indem er mich ermahnte, nicht zu sprechen, schritt er voran in die Halle. Durch eine Glasverkleidung bekam ich flüchtig einen großen und verschwenderisch eingerichteten Raum zu sehen, in dem beachtlich viele Männer herumsaßen und Zeitungen lasen, jeder in seinem eigenen Winkelchen. Holmes führte mich in ein kleines Zimmer, das auf die Pall Mall hinausschaute, dann verließ er mich für eine Minute und kam mit einem Begleiter zurück, von dem ich gleich wußte, daß es nur sein Bruder sein konnte.

Mycroft Holmes war ein viel größerer und kräftigerer Mann als Sherlock. Er hatte einen gewaltigen Leibesumfang, doch sein Gesicht, wenn auch massig, hatte etwas von der Schärfe des Ausdrucks bewahrt, der in dem seines Bruders so bemerkenswert war. Seine Augen, eigentümlich hell, von wässerigem Grau, schienen den geistesabwesenden, nach innen gerichteten Blick, den ich bei Sherlock nur beobachtet hatte, wenn er seine ganzen geistigen Fähigkeiten einsetzte, ständig beizubehalten.

«Ich freue mich, Sie kennenzulernen, Sir», sagte er und streckte mir eine breite, fette Hand, vergleichbar der Flosse einer Robbe, entgegen. «Überall höre ich von Sherlock, seit Sie sein Chronist sind. Übrigens, Sherlock, vergangene Woche hatte ich erwartet, daß du mich wegen des Herrensitzes um Rat fragen würdest. Ich stellte mir vor, daß es ein wenig über dein Begriffsvermögen geht.»

«Nein, ich habe es herausgebracht», lächelte mein Freund.

«Es war natürlich Adams.»

«Ja, es war Adams.»

«Ich war mir von Anfang an sicher.»

Die beiden setzten sich in das Erkerfenster des Klubs. «Für jemanden, der die Menschheit studieren möchte, ist dies der richtige Platz», sagte Mycroft. «Schau dir die fabelhaften

cent types! Look at these two men who are coming towards us, for example."

"The billiard-marker and the other?"

"Precisely. What do you make of the other?"

The two men had stopped opposite the window. Some chalk marks over the waistcoat pocket were the only signs of billiards which I could see in one of them. The other was a very small, dark fellow, with his hat pushed back and several packages under his arm.

"An old soldier, I perceive," said Sherlock.

"And very recently discharged," remarked the brother.

"Served in India, I see."

"And a non-commissioned officer."

"Royal Artillery, I fancy," said Sherlock.

"And a widower."

"But with a child."

"Children, my dear boy, children."

"Come," said I, laughing, "this is a little too much."

"Surely," answered Holmes, "it is not hard to say that a man with that bearing, expression of authority, and sun-baked skin, is a soldier, is more than a private, and is not long from India."

"That he has not left the service long is shown by his still wearing his ammunition boots, as they are called," observed Mycroft.

"He had not the cavalry stride, yet he wore his hat on one side, as is shown by the lighter skin and that side of his brow. His weight is against his being a sapper. He is in the artillery."

"Then, of course, his complete mourning shows that he has lost someone very dear. The fact that he is doing his own shopping looks as though it were his wife. He has been buying things for children, you perceive. There is a rattle, which shows that one of them is very young. The wife probably died

Typen an. Die beiden Männer zum Beispiel, die da auf uns zukommen.»

«Der Markör und der andere?»

«Genau. Was hältst du von dem anderen?»

Die beiden Männer waren dem Fenster gegenüber stehengeblieben. Ein paar Kreideflecken auf der Westentasche waren die einzigen Hinweise auf Billard, die ich bei einem der beiden sehen konnte. Der andere war ein sehr kleiner, dunkler Bursche mit zurückgeschobenem Hut und mehreren Paketen unterm Arm.

«Ein ehemaliger Soldat, vermute ich», sagte Sherlock.

«Und erst vor kurzem verabschiedet», bemerkte der Bruder.

«Diente in Indien, wie ich sehe.»

«Als Unteroffizier.»

«Königliche Artillerie, nehme ich an.»

«Und Witwer.»

«Doch mit Kind.»

«Kindern, mein lieber Junge, Kindern!»

«Kommen Sie», sagte ich lachend, «das geht ein wenig zu weit.»

«Nun, es ist doch nicht schwer festzustellen», antwortete Holmes, «daß ein Mann mit dieser Körperhaltung, dieser Kraft im Gesichtsausdruck und dieser sonnengebräunten Haut ein Soldat ist, und mehr als ein gemeiner Soldat und noch nicht lange aus Indien zurück!»

«Daß er erst vor kurzem aus dem Dienst geschieden ist, sieht man an den sogenannten Kommiß-Stiefeln, die er noch trägt», bemerkte Mycroft.

«Er hatte nicht den Gang des Reiters, doch er muß die Mütze schräg getragen haben, wie man an der helleren Haut auf dieser Seite der Stirn sieht. Sein Gewicht spricht dagegen, daß er bei den Pionieren war. Also war er bei der Artillerie.»

«Dann zeigt natürlich seine tiefschwarze Trauerkleidung, daß er jemanden, den er sehr liebte, verloren hat. Die Tatsache, daß er seine Einkäufe selber erledigt, läßt meinen, daß es seine Frau war. Er hat Sachen für Kinder gekauft, wie Sie sehen. Es ist eine Rassel, was zeigt, daß eines von ihnen noch sehr klein ist. Die Ehefrau starb wahrscheinlich im

in childbed. The fact that he has a picture-book under his arm shows that there is another child to be thought of."

I began to understand what my friend meant when he said that his brother possessed even keener faculties than he did himself. He glanced across at me and smiled. Mycroft took snuff from a tortoise-shell box and brushed away the wandering grains from his coat front with a large, red silk handkerchief.

"By the way, Sherlock," said he, "I have had something quite after your own heart – a most singular problem – submitted to my judgment. I really had not the energy to follow it up save in a very incomplete fashion, but it gave me a basis for some pleasing speculations. If you would care to hear the facts –"

"My dear Mycroft, I should be delighted."

The brother scribbled a note upon a leaf of his pocket-book, and, ringing the bell, he handed it to the waiter.

"I have asked Mr. Melas to step across," said he. "He lodges on the floor above me, and I have some slight acquaintance with him, which led him to come to me in his perplexity. Mr. Melas is a Greek by extraction, as I understand, and he is a remarkable linguist. He earns his living partly as interpreter in the law courts and partly by acting as guide to any wealthy Orientals who may visit the Northumberland Avenue hotels. I think I will leave him to tell his very remarkable experience in his own fashion."

A few minutes later we were joined by a short, stout man whose olive face and coal black hair proclaimed his Southern origin, though his speech was that of an educated Englishman. He shook hands eagerly with Sherlock Holmes, and his dark eyes sparkled with pleasure when he understood that the specialist was anxious to hear his story.

"I do not believe that the police credit me – on my

Kindbett. Die Tatsache, daß er unter dem Arm ein Bilderbuch hat, tut kund, daß man sich noch ein anderes Kind vorstellen muß.»

Ich begann zu verstehen, was mein Freund gemeint hatte, als er sagte, daß sein Bruder noch größere Fähigkeiten als er besitze. Er blickte zu mir herüber und lächelte. Mycroft nahm eine Prise aus einer Schildpattdose und fegte sich mit einem großen roten Seidentaschentuch verstreutes Pulver von der Jackenbrust.

«Übrigens, Sherlock», sagte er, «mir wurde etwas zur Beurteilung unterbreitet, etwas ganz nach deinem Geschmack – ein höchst außergewöhnliches Problem. Ich hatte wirklich nicht die Tatkraft, der Sache mehr als nur auf sehr unzureichende Art auf den Fersen zu bleiben, doch es gab mir die Grundlage für unterhaltsame Spekulationen. Würdest du gerne die Tatsachen hören?»

«Mein lieber Mycroft, mit Vergnügen.»

Der Bruder kritzelte eine Mitteilung auf ein Blatt seines Notizbuches, läutete die Glocke und reichte das Blatt dem Ober.

«Ich habe Mr. Melas gebeten, kurz herüberzukommen», sagte er. «Er wohnt ein Stockwerk über mir, und wir kennen uns flüchtig, was ihn veranlaßte, in seiner Bestürzung zu mir zu kommen. Soviel ich weiß, ist Mr. Melas Grieche von Geburt, und er ist ein außerordentlicher Linguist. Er verdient sich seinen Unterhalt teils als Dolmetscher an den Gerichtshöfen, teils als Führer irgendwelcher reicher Orientalen, die in den Hotels auf der Northumerland Avenue zu Gast sind. Ich denke, ich werde es ihm überlassen, sein sehr ungewöhnliches Erlebnis auf seine Weise zu berichten.»

Wenige Minuten später gesellte sich ein kleiner, gedrungener Mann zu uns, dessen olivfarbenes Gesicht und kohlschwarzes Haar die südliche Herkunft verrieten, obwohl seine Sprache die eines gebildeten Engländers war. Er schüttelte Sherlock Holmes lebhaft die Hand, und seine dunklen Augen leuchteten vor Freude, als er vernahm, daß der Fachmann unbedingt seine Geschichte hören wollte.

«Ich kann mir nicht vorstellen, daß die Polizei mir Glauben

word, I do not," said he in a wailing voice. "Just because they have never heard of it before, they think that such a thing cannot be. But I know that I shall never be easy in my mind until I know what has become of my poor man with the sticking-plaster upon his face."

"I am all attention," said Sherlock Holmes.

"This is Wednesday evening," said Mr. Melas. "Well, then, it was Monday night – only two days ago, you understand – that all this happened. I am an interpreter, as perhaps my neighbour there has told you. I interpret all languages – or nearly all – but as I am a Greek by birth and with a Grecian name, it is with that particular tongue that I am principally associated. For many years I have been the chief Greek interpreter in London, and my name is very well known in the hotels.

"It happens not unfrequently that I am sent for at strange hours by foreigners who get into difficulties, or by travellers who arrive late and wish my services. I was not surprised, therefore, on Monday night when a Mr. Latimer, a very fashionable dressed young man, came up to my rooms and asked me to accompany him in a cab which was waiting at the door. A Greek friend had come to see him upon business, he said, and as he could speak nothing but his own tongue, the services of an interpreter were indispensable. He gave me to understand that his house was some little distance off, in Kensington, and he seemed to be in a great hurry, bustling me rapidly into the cab when we had descended to the street.

"I say into the cab, but I soon became doubtful as to whether is was not a carriage in which I found myself. It was certainly more roomy than the ordinary fourwheeled disgrace to London, and the fittings, though frayed, were of rich quality. Mr. Latimer seated himself opposite to me and we started off through Charing Cross and up the Shaftesbury Ave-

schenkt – auf mein Wort, ich kann es nicht», sagte er mit klagender Stimme. «Nur weil sie davon noch nie gehört haben, denken sie, daß so etwas nicht sein kann. Doch ich weiß, daß ich mich nie wieder behaglich fühlen werde, solange ich nicht weiß, was aus meinem armen Mann mit den Heftpflastern auf dem Gesicht geworden ist.»

«Ich bin ganz Ohr», sagte Sherlock Holmes.

«Heute ist Mittwoch abend», sagte Mr. Melas. «Nun denn, Montag nacht – erst vor zwei Tagen, wohlgemerkt – passierte das alles. Ich bin Dolmetscher, wie Ihnen vielleicht mein Nachbar dort gesagt hat.

Ich dolmetsche alle Sprachen – oder fast alle – doch da ich von Geburt Grieche bin und einen griechischen Namen trage, werde ich in erster Linie mit dieser Sprache in Verbindung gebracht. Viele Jahre lang war ich der Haupt-Dolmetscher für Griechisch in London, und in Hotels ist mein Name sehr bekannt.

Es geschieht nicht selten, daß zu ungewöhnlichen Uhrzeiten Ausländer, die in Schwierigkeiten sind, oder Reisende, die spät eintreffen und meine Dienste benötigen, nach mir schicken. Deshalb war ich Montag abend nicht überrascht, als ein Mr. Latimer, ein sehr modisch gekleideter junger Mann, herauf in meine Wohnung kam und mich bat, ihn in einer Droschke, die vor der Haustür warte, zu begleiten. Ein griechischer Freund habe ihn in geschäftlichen Angelegenheiten aufgesucht, sagte er, und da er nur seine eigene Sprache beherrsche, sei die Hilfe eines Dolmetschers unerläßlich. Er gab mir zu verstehen, daß sein Haus etwas entfernt liege, in Kensington, und er schien es sehr eilig zu haben, denn er schob mich rasch in die Droschke, nachdem wir auf die Straße hinuntergegangen waren.

Ich sage ‹in die Droschke›, doch bald schon kam mir der Verdacht, daß ich mich in einer Equipage befand. Das Fahrzeug war bestimmt geräumiger als der gewöhnliche vierrädrige Londoner Schandkarren, und die Ausstattung, wenn auch abgenutzt, war aus kostbarem Material. Mr. Latimer setzte sich mir gegenüber, und wir fuhren los über Charing Cross und die Shaftesbury Avenue hinauf. Wir waren in die Oxford

nue. We had come out upon Oxford Street and I had ventured some remark as to this being a roundabout way to Kinsington, when my words were arrested by the extraordinary conduct of my companion.

"He began by drawing a most formidable-looking bludgeon loaded with lead from his pocket, and switching it backward and forward several times, as if to test its weight and strength. Then he placed it without a word upon the seat beside him. Having done this, he drew up the windows on each side, and I found to my astonishment that they were covered with paper so as to prevent my seeing through them.

"'I am sorry to cut off your view, Mr. Melas,' said he. 'The fact is that I have no intention that you should see what the place is to which we are driving. It might possibly be inconvenient to me if you could find your way there again.'

"As you can imagine, I was utterly taken aback by such an address. My companion was a powerful, broad-shouldered young fellow, and, apart from the weapon, I should not have had the slightest chance in a struggle with him.

"'This is very extraordinary conduct, Mr. Latimer,' I stammered. 'You must be aware that what you are doing is quite illegal.'

"'It is somewhat of a liberty, no doubt,' said he, 'but we'll make it up to you. I must warn you, however, Mr. Melas, that if at any time to-night you attempt to raise an alarm or do anything which is against my interest, you will find it a very serious thing. I beg you to remember that no one knows where you are, and that, whether you are in this carriage or in my house, you are equally in my power.'

"His words were quiet, but he had a rasping way of saying them, which was very menacing. I sat in silence wondering what on earth could be his reason for kidnapping me in this extraordinary fashion.

Street eingebogen und ich hatte eine Bemerkung gewagt, daß dies ein umständlicher Weg nach Kensington sei, als meinen Worten durch das seltsame Benehmen meines Gefährten Einhalt geboten wurde.

Es begann damit, daß er einen sehr eindrucksvoll aussehenden bleibeschlagenen Knüppel aus seiner Tasche zog und ihn mehrmals hin- und hersausen ließ, als wolle er Gewicht und Schlagkraft prüfen. Dann legte er ihn wortlos neben sich auf den Sitz. Danach schob er die Fenster auf beiden Seiten hoch und zu meiner Überraschung sah ich, daß sie mit Papier abgedeckt waren, wie um mich am Hinausblicken zu hindern.

‹Es tut mir leid, daß ich Ihnen den Blick nehme, Mr. Melas›, sagte er. ‹Tatsache ist, daß ich Sie nicht sehen lassen möchte, zu welchem Punkt wir fahren. Unter Umständen wäre es für mich unvorteilhaft, wenn Sie den Weg dorthin wieder finden könnten.›

Sie können sich vorstellen, daß ich durch eine solche Rede völlig aus der Fassung geriet. Mein Begleiter war ein kraftvoller, breitschultriger, junger Bursche, und ich würde in einem Kampf mit ihm nicht die geringste Aussicht gehabt haben, ganz abgesehen von der Waffe.

‹Ihr Betragen ist sehr seltsam, Mr. Latimer›, stammelte ich. ‹Sie müssen sich darüber im klaren sein, daß Ihr Handeln völlig gesetzwidrig ist.›

‹Es ist etwas ungehörig, zweifellos›, sagte er, ‹doch wir werden es wiedergutmachen. Ich muß Sie jedoch darauf hinweisen, Mr. Melas, daß es, wenn Sie zu irgendeiner Zeit heute nacht versuchen, Alarm zu schlagen oder irgend etwas tun, was gegen mein Interesse ist, eine sehr ernste Angelegenheit für Sie werden wird. Ich bitte Sie, nicht zu vergessen, daß niemand weiß, wo Sie sich befinden, und daß Sie, ob in dieser Equipage oder in meinem Haus, gleichermaßen in meiner Gewalt sind.›

Seine Worte kamen ganz ruhig, doch es lag etwas Aufreizendes darin, das sehr bedrohlich wirkte. Ich saß schweigsam und fragte mich, was um alles in der Welt er für eine Veranlassung haben mochte, mich auf diese ungewöhnliche

Whatever it might be, it was perfectly clear that there was no possible use in my resisting, and that I could only wait to see what might befall.

"For nearly two hours we drove without my having the least clue as to where we were going. Sometimes the rattle of the stones told of a paved causeway, and at others oursmooth, silent course suggested asphalt; but, save by this variation in sound, there was nothing at all which could in the remotest way help me to form a guess as to where we were. The paper over each window was impenetrable to light, and a blue curtain was drawn across the glasswork in front. It was a quarterpast seven when we left Pall Mall, and my watch showed me that it was ten minutes to nine when we at last came to a standstill. My companion let down the window, and I caught a glimpse of a low, arched doorway with a lamp burning above it. As I was hurried from the carriage it swung open, and I found myself inside the house, with a vague impression of a lawn and trees on each side of me as I entered. Whether these were private grounds, however, or *bona-fide* country was more than I could possibly venture to say.

"There was a coloured gas-lamp inside which was turned so low that I could see little save that the hall was of some size and hung with pictures. In the dim light I could make out that the person who had opened the door was a small, mean-looking, middle-aged man with rounded shoulders. As he turned towards us the glint of the light showed me that he was wearing glasses.

"'Is this Mr. Melas, Harold?' said he.

"'Yes.'

"'Well done, well done! No ill-will, Mr. Melas, I hope, but we could not get on without you. If you deal fair with us you'll not regret it, but if you try any tricks, God help you!' He spoke in a nervous, jerky fashion, and with little giggling laughs in be-

Weise zu entführen. Was auch immer, völlig klar war, daß es auf keinen Fall Zweck hatte, mich zu widersetzen. Ich konnte nur abwarten, was sich ereignen würde.

Fast zwei Stunden lang fuhren wir, ohne daß ich den geringsten Anhaltspunkt erhielt, wohin es ging. Manchmal zeugte das Rattern auf Steinen von einer gepflasterten Chaussee, dann wieder ließ unsere glatte, ruhige Fahrt Asphalt vermuten; doch außer dieser Abwechslung im Fahrgeräusch gab es nichts, was mir nur im entferntesten helfen konnte, eine Vermutung über die Gegend anzustellen. Das Papier vor den Fenstern war lichtundurchlässig, und vor die Frontscheibe war ein blauer Vorhang gezogen.

Viertel nach sieben hatten wir die Pall Mall verlassen, und meine Uhr zeigte zehn vor neun, als wir schließlich zum Stehen kamen. Mein Begleiter ließ das Fenster herunter, und ich hatte flüchtig den Anblick eines niedrigen Türbogens mit einer darüber brennenden Lampe. Als ich eilig aus der Equipage gescheucht wurde, ging die Tür auf, und ich befand mich im Hausinnern, mit der undeutlichen Vorstellung, beim Betreten einen Vorrasen und rechts und links Bäume gesehen zu haben. Ob jedoch der Grund und Boden Privatbesitz war oder zu einem Fideikommiß gehörte, das zu bestimmen traue ich mich keinesfalls.

Innen im Haus gab es ein farbiges Gaslicht, das jedoch so niedrig gedreht war, daß ich nur wenig sehen konnte, außer einer Halle, die recht groß und mit Bildern behängt war. In dem schwachen Licht konnte ich erkennen, daß die Person, die die Tür geöffnet hatte, ein kleiner, gemein aussehender Mann mittleren Alters mit hängenden Schultern war. Als er sich uns zuwandte, zeigte mir ein Funkeln, daß er eine Brille trug.

‹Ist dies Mr. Melas, Harold?› sagte er.

‹Ja.›

‹Sehr gut, sehr gut! Keine Feindseligkeit, Mr. Melas, hoffe ich. Wir konnten eben ohne Sie nicht vorankommen. Wenn Sie sich anständig uns gegenüber verhalten, werden Sie es nicht zu bedauern haben, doch wenn Sie irgendwelche Finten versuchen, dann sei Gott mit Ihnen!› Er sprach nervös und

tween, but somehow he impressed me with fear more than the other.

"'What do you want with me?' I asked.

"'Only to ask a few questions of a Greek gentleman who is visiting us, and to let us have the answers. But say no more than you are told to say, or —' here came the nervous giggle again — 'you had better never have been born.'

"As he spoke he opened a door and showed the way into a room which appeared to be very richly furnished, but again the only light was afforded by a single lamp half-turned down. The chamber was certainly large, and the way in which my feet sank into the carpet as I stepped across it told me of its richness. I caught glimpses of velvet chairs, a high white marble mantelpiece, and what seemed to be a suit of Japanese armour at one side of it. There was a chair just under the lamp, and the elderly man motioned that I should sit in it. The younger had left us, but he suddenly returned through another door, leading with him a gentleman clad in some sort of loose dressing-gown who moved slowly towards us. As he came into the circle of dim light which enabled me to see him more clearly I was thrilled with horror at his appearance. He was deadly pale and terribly emaciated, with the protruding, billiant eyes of a man whose spirit was greater than his strength. But what shocked me more than any signs of physical weakness was that his face was grotesquely criss-crossed with sticking-plaster, and that one large pad of it was fastened over his mouth.

"'Have you the slate, Harold?' cried the older man, as this strange being fell rather than sat down into a chair. 'Are his hands loose? Now, then, give him the pencil. You are to ask the questions, Mr. Melas, and he will write the answers. Ask him first of all whether he is prepared to sign the papers?'"

"The man's eyes flashed fire.

abgehackt, mit kurzem kichernden Lachen dazwischen, doch irgendwie flößte er mir noch mehr Furcht ein als der andere.

‹Was wollen Sie von mir?› fragte ich.

‹Nur einem griechischen Herrn, der bei uns zu Besuch ist, einige Fragen stellen und uns die Antworten wissen lassen. Doch sagen Sie nicht mehr, als man Sie zu sagen heißt, oder› – hier kam wieder das nervöse Lachen – ‹sie wären besser nie geboren worden.›

Während er sprach, öffnete er eine Tür und ging voran in ein Zimmer, das sehr reich möbliert schien, doch wiederum spendete nur eine einzige halb heruntergedrehte Lampe Licht. Der Raum war bestimmt groß und die Art, wie meine Füße beim Gehen in den Teppich sanken, ließ auf eine üppige Ausstattung schließen. Undeutlich erblickte ich samtbezogene Sessel, eine hohe Kamineinfassung aus weißem Marmor und auf deren einer Seite die Teile eines japanischen Harnischs. Unter der Lampe stand ein Sessel, und der ältere Mann forderte mich mit einem Wink auf, mich hineinzusetzen. Der jüngere hatte uns verlassen, doch alsbald kehrte er durch eine andere Tür zurück und führte mit sich einen Herrn, der mit einer Art lockerem Morgenmantel bekleidet war und sich langsam auf uns zubewegte. Als er in den schwachen Lichtkreis trat und es mir möglich wurde, ihn deutlicher zu sehen, packte mich über seine Erscheinung schieres Entsetzen. Er war leichenblaß und schrecklich abgezehrt und hatte die hervortretenden leuchtenden Augen eines Mannes, dessen seelisch-geistige Kraft größer ist als seine körperliche. Doch noch mehr als alle Anzeichen körperlicher Schwäche entsetzte mich, daß sein Gesicht auf seltsame Weise kreuz und quer mit Heftpflastern bedeckt war und daß ein ganz großes Stück über seinem Mund klebte.

‹Hast du die Schiefertafel, Harold?› rief der ältere Mann, als dieses befremdliche Wesen in einen Sessel mehr fiel als sich setzte. ‹Sind seine Hände frei? Nun, dann gib ihm den Stift. Sie sollen die Fragen stellen, Mr. Melas, und er wird die Antworten niederschreiben. Fragen Sie ihn als erstes, ob er bereit ist, die Papiere zu unterzeichnen.›

Die Augen des Mannes schossen Blitze.

"'Never!' he wrote in Greek upon the slate.

"'On no conditions?' I asked at the bidding of our tyrant.

"'Only if I see her married in my presence by a Greek priest whom I know.'

"The man giggled in his venomous way.

"'You know what awaits you, then?'

"'I care nothing for myself.'

"These are samples of the questions and answers which made up our strange half-spoken, half-written conversation. Again and again I had to ask him whether he would give in and sign the documents. Again and again I had the same indignant reply. But soon a happy thought came to me. I took to adding on little sentences of my own to each question, innocent ones at first, to test whether either of our companions knew anything of the matter, and then, as I found that they showed no sign I played a more dangerous game. Our conversation ran something like this:

"'You can do no good by this obstinacy. *Who are you?*'

"'I care not. *I am stranger in London.*'

"'Your fate will be on your own head. *How long have you been here?*'

"'Let it be so. *Three weeks.*'

"'The property can never be yours. *What ails you?*'

"'It shall not go to villains. *They are starving me.*'

"'You shall go free if you sign. *What house is this?*'

"'I will never sign. *I do not know.*'

"'You are not doing her any service. *What is your name?*'

"'Let me hear her say so. *Kratides.*'

"'You shall see her if you sign. *Where are you from?*'

"'Then I shall never see her. *Athens.*'

"Another five minutes, Mr. Holmes, and I should

‹Niemals!› schrieb er in Griechisch auf die Tafel.

‹Unter keiner Bedingung?› fragte ich auf Verlangen unserer Tyrannen.

‹Nur wenn sie in meiner Gegenwart von einem griechischen Priester, den ich kenne, getraut wird.›

Der Mann kicherte auf seine gehässige Art.

‹Sie wissen, was Sie dann erwartet?›

‹Was mit mir geschieht, kümmert mich nicht.›

Dies sind Beispiele der Fragen und Antworten, aus der unsere merkwürdige, halb gesprochene, halb geschriebene Unterhaltung bestand. Immer wieder mußte ich ihn fragen, ob er nachgeben und die Dokumente unterzeichnen würde. Und immer wieder erhielt ich dieselbe entrüstete Antwort. Doch bald hatte ich einen glücklichen Einfall. Ich ging dazu über, kleine eigene Sätze jeder Frage hinzuzufügen, anfänglich harmlose, um auszuprobieren, ob einer unserer Gefährten irgend etwas von der Sache mitbekam, und als ich herausfand, daß sie keine Reaktion zeigten, spielte ich ein gefährlicheres Spiel. Unsere Unterhaltung verlief ungefähr so:

‹Ihr Starrsinn bringt nichts Gutes. *Wer sind Sie?*›

‹Das kümmert mich nicht. *Ich bin fremd in London.*›

‹Ihr Schicksal haben Sie sich selber zuzuschreiben. *Wie lange sind Sie schon hier?*›

‹Dann soll es so sein. *Drei Wochen.*›

‹Das Vermögen wird Ihnen niemals bleiben. *An was leiden Sie?*›

‹Es soll nicht an Schurken gehen. *Sie lassen mich verhungern.*›

‹Sie werden frei sein, wenn Sie unterschreiben. *Was ist dies hier für ein Haus?*›

‹Ich werde niemals unterschreiben. *Ich weiß es nicht.*›

‹Damit leisten Sie ihr keinen guten Dienst. *Wie heißen Sie?*›

‹Lassen Sie sie selber mir das sagen. *Kratides.*›

‹Sie werden sie sehen, wenn Sie unterschreiben. *Woher kommen Sie?*›

‹Dann werde ich sie niemals sehen. *Athen.*›

Noch weitere fünf Minuten, Mr. Holmes, und ich hätte die

have wormed out the whole story under their very noses. My very next question might have cleared the matter up, but at that instant the door opened and a woman stepped into the room. I could not see her clearly enough to know more than that she was tall and graceful, with black hair, and clad in some sort of loose white gown.

"'Harold,' said she, speaking English with a broken accent. 'I could not stay away longer. It is so lonely up there with only – Oh, my God, it is Paul!'

"These last words were in Greek, and at the same instant the man with a convulsive effort tore the plaster from his lips, and screaming out 'Sophy! Sophy!' rushed into the woman's arms. Their embrace was but for an instant, however, for the younger man seized the woman and pushed her out of the room, while the elder easily overpowered his emaciated victim and dragged him away through the other door. For a moment I was left alone in the room, and I sprang to my feet with some vague idea that I might in some way get a clue to what this house was in which I found myself. Fortunately, however, I took no steps, for looking up I saw that the older man was standing in the doorway, with his eyes fixed upon me.

"'That will do, Mr. Melas,' said he. 'You perceive that we have taken you into our confidence over some very private business. We should not have troubled you, only that our friend who speaks Greek and who began these negotiations has been forced to return to the East. It was quite necessary for us to find someone to take his place, and we were fortunate in hearing of your powers.'

"I bowed.

"'There are five sovereigns here,' said he, walking up to me, 'which will, I hope, be a sufficient fee. But remember,' he added, tapping me lightly on the chest and giggling, 'if you speak to a human soul about

ganze Geschichte unmittelbar unter ihren Nasen herausgekriegt. Schon meine nächste Frage hätte vielleicht die Angelegenheit erhellt, doch in diesem Augenblick öffnete sich die Tür, und eine Frau trat ins Zimmer. Ich konnte sie nicht deutlich genug sehen, um mehr zu wissen, als daß sie groß und anmutig war, schwarzes Haar hatte und in eine Art lose hängendes, weißes Gewand gekleidet war.

‹Harold›, sagte sie in einem Englisch mit gebrochenem Akzent, ‹ich konnte nicht länger fernbleiben. Es ist dort oben so einsam mit nur . . . Oh, mein Gott, das ist Paul!›

Diese letzten Worte waren auf Griechisch, und im selben Augenblick zog der Mann mit einer krampfhaften Anstrengung das Pflaster von seinen Lippen, und mit dem Schrei ‹Sophie! Sophie!› stürzte er in die Arme der Frau. Ihre Umarmung dauerte jedoch nur einen Augenblick, denn der jüngere Mann packte die Frau und stieß sie aus dem Zimmer, während der ältere mit Leichtigkeit sein abgezehrtes Opfer überwältigte und ihn durch die andere Tür zerrte.

Ganz kurz war ich im Zimmer allein gelassen und sprang in der unbestimmten Vorstellung auf, ich könnte irgendwie Aufschluß über dieses Haus, in dem ich mich befand, gewinnen. Glücklicherweise jedoch tat ich keine Schritte, denn als ich aufblickte, sah ich den älteren Mann in der Türöffnung stehen, die Augen auf mich gerichtet.

‹Das wäre es gewesen, Mr. Melas›, sagte er. ‹Sie merken, daß wir Sie wegen einer sehr privaten Angelegenheit ins Vertrauen gezogen haben. Wir würden Sie nicht bemüht haben, wenn nicht unser Freund, der Griechisch spricht und diese Verhandlungen begonnen hatte, genötigt gewesen wäre, in den Osten zurückzukehren. Es war für uns unbedingt erforderlich, jemanden an seiner Statt zu finden, und glücklicherweise erfuhren wir von Ihrem Können.›

Ich verbeugte mich.

‹Hier sind fünf Sovereigns›, sagte er, auf mich zukommend, ‹was, wie ich hoffe, eine ausreichende Bezahlung ist. Doch vergessen Sie nicht›, fügte er hinzu und klopfte mir kichernd leicht auf die Brust, ‹wenn Sie gegenüber einer menschlichen

this – one human soul, mind – well, may God have mercy upon your soul!'

"I cannot tell you the loathing and horror with which this insignificant-looking man inspired me. I could see him better now as the lamp-light shone upon him. His features were peaky and sallow, and his little pointed beard was thready and ill-nourished. He pushed his face forward as he spoke and his lips and eyelids were continually twitching like a man with St. Vitus's dance. I could not help thinking that his strange, catchy little laugh was also a symptom of some nervous malady. The terror of his face lay in his eyes, however, steel gray, and glistening coldly with a malignant, inexorable cruelty in their depths.

"'We shall know if you speak of this,' said he. 'We have our own means of information. Now you will find the carriage waiting, and my friend will see you on your way.'

"I was hurried through the hall and into the vehicle, again obtaining that momentary glimpse of trees and a garden. Mr. Latimer followed closely at my heels and took his place opposite to me without a word. In silence we again drove for an interminable distance with the windows raised, until at last, just after midnight, the carriage pulled up.

"'You will get down here, Mr. Melas,' said my companion. 'I am sorry to leave you so far from your house, but there is no alternative. Any attempt upon your part to follow the carriage can only end in injury to yourself.'

"He opened the door as he spoke, and I had hardly time to spring out when the coachman lashed the horse and the carriage rattled away. I looked around me in astonishment. I was on some sort of a heathy common mottled over with dark clumps of furze-bushes. Far away stretched a line of houses, with a light here and there in the upper windows.

Seele etwas davon erwähnen – einer einzigen menschlichen Seele, wohlgemerkt –, dann möge Gott Ihnen gnädig sein!›

Ich kann Ihnen gar nicht sagen, wie sehr mich dieser unbedeutend aussehende Mann mit Abscheu und Entsetzen erfüllte. Ich konnte ihn jetzt besser sehen, da das Lampenlicht auf ihn fiel. Seine Gesichtszüge waren mager und fahl und sein kleiner spitzer Bart schütter und ungepflegt. Er schob sein Gesicht während des Sprechens vor, und seine Lippen und Augenlider zuckten unentwegt, als hätte er den Veitstanz. Ich konnte mich des Eindrucks nicht erwehren, daß auch sein merkwürdiges, abgerissenes kleines Lachen Anzeichen eines Nervenleidens war. Das Entsetzliche an seinem Gesicht lag jedoch in seinen Augen, die stahlgrau waren und in ihren Tiefen von bösartiger unerbittlicher Grausamkeit kalt glitzerten.

‹Wir werden es erfahren, wenn Sie darüber sprechen›, sagte er. ‹Wir haben unsere eigenen Mittel, dies zu erkunden. Die Kutsche wartet schon auf Sie, und mein Freund wird Sie begleiten.›

Ich wurde eilig durch die Halle in das Fahrzeug geleitet, wobei ich wiederum flüchtig Bäume und einen Garten zu sehen bekam. Mr. Latimer folgte mir dicht auf den Fersen und nahm seinen Platz mir gegenüber wortlos ein. Schweigend fuhren wir wieder eine endlose Strecke mit hochgezogenen Fenstern, bis schließlich, kurz nach Mitternacht, die Kutsche anhielt.

‹Sie werden hier aussteigen, Mr. Melas›, sagte mein Begleiter. ‹Es tut mir leid, daß ich Sie so weit entfernt von Ihrem Zuhause absetze, doch es gibt keine andere Wahl. Jeder Versuch Ihrerseits, der Kutsche zu folgen, kann nur zu Ihrem eigenen Schaden enden.›

Er öffnete während dieser Worte die Tür, und ich hatte kaum Zeit, hinauszuspringen, als der Kutscher schon über dem Pferd die Peitsche schwang und die Kutsche davonratterte. Ich blickte mich verwundert um. Ich befand mich auf einer Art Gemeindeland, mit Heide bewachsen, die von dunklen Gruppen Stechginsterbüschen durchsetzt war. Weit entfernt erstreckte sich eine Häuserreihe mit hier und dort Licht in

On the other side I saw the red signal-lamps of a railway.

"The carriage which had brought me was already out of sight. I stood gazing round and wondering where on earth I might be, when I saw someone coming towards me in the darkness. As he came up to me I made out that he was a railway porter.

"'Can you tell me what place this is?' I asked.

"'Wandsworth Common,' said he.

"'Can I get a train into town?'

"'If you walk on a mile or so to Clapham Junction,' said he, 'you'll just be in time for the last to Victoria.'

"So that was the end of my adventure, Mr. Holmes. I do not know where I was, nor whom I spoke with, nor anything save what I have told you. But I know that there is foul play going on, and I want to help that unhappy man if I can. I told the whole story to Mr. Mycroft Holmes next morning, and subsequently to the police."

We all sat in silence for some little time after listening to this extraordinary narrative. Then Sherlock looked across at his brother.

"Any steps?" he asked.

Mycroft picked up the *Daily News*, which was lying on the side-table.

"Anybody supplying any information as to the whereabouts of a Greek gentleman named Paul Kratides, from Athens, who is unable to speak English, will be rewarded. A similar reward paid to anyone giving information about a Greek lady whose first name is Sophy. X 2473.

"That was in all the dailies. No answer."

"How about the greek legation?"

"I have inquired. They know nothing."

"A wire to the head of the Athens police, then?"

den oberen Fenstern. Auf der anderen Seite sah ich die roten Signallampen einer Bahnlinie.

Die Kutsche, die mich gebracht hatte, war schon außer Sicht. Ich blickte mich noch um und fragte mich, wo in aller Welt ich sein mochte, als ich jemanden in der Dunkelheit auf mich zukommen sah. Als die Person sich mir nahte, erkannte ich, daß es ein Dientsmann war.

‹Können Sie mir sagen, welcher Ort das ist?› fragte ich.

‹Gemeinde Wandsworth›, sagte er.

‹Gibt es einen Zug in die Stadt?›

‹Wenn Sie ungefähr eine Meile bis nach Clapham Junction gehen›, sagte er, ‹werden Sie gerade rechtzeitig sein für den letzten zum Victoria-Bahnhof.›

Das wäre also das Ende meines Abenteuers, Mr. Holmes. Ich weiß weder, wo ich war, noch, mit wem ich gesprochen habe, noch sonst etwas außer dem, was ich Ihnen berichtete. Doch bin ich mir sicher, daß da ein unsauberes Spiel gespielt wird, und ich möchte, wenn möglich, diesem unglücklichen Mann helfen. Am folgenden Morgen erzählte ich die ganze Geschichte Mr. Mycroft Holmes und später der Polizei.»

Wir alle saßen eine kleine Weile nach dem Anhören dieser ungewöhnlichen Geschichte in Schweigen versunken. Dann sah Sherlock hinüber zu seinem Bruder.

«Schritte unternommen?» fragte er.

Mycroft griff nach der Daily News, die auf dem Beistelltischchen lag.

Jedem, der irgendeine Information über den Aufenthaltsort eines griechischen Herrn namens Paul Kratides aus Athen, der des Englischen nicht mächtig ist, liefert, wird eine Belohnung zuteil. Eine ebensolche Belohnung erhält jeder, der Hinweis auf eine griechische Dame geben kann, deren Vorname Sophie lautet. X 2473.

«Dies stand in allen Tageszeitungen. Keine Antwort.»

«Wie steht es mit der griechischen Gesandtschaft?»

«Ich habe mich erkundigt. Sie wissen nichts.»

«Dann ein Telegramm an den Chef der Athener Polizei.»

"Sherlock has all the energy of the family," said Mycroft, turning to me. "Well, you take the case up by all means and let me know if you do any good."

"Certainly," answered my friend, rising from his chair. "I'll let you know, and Mr. Melas also. In the meantime, Mr. Melas, I should certainly be on my guard if I were you, for of course they must know through these advertisements that you have betrayed them."

As we walked home together, Holmes stopped at a telegraph office and sent off several wires.

"You see, Watson," he remarked, "our evening has been by no means wasted. Some of my most interesting cases have come to me in this way through Mycroft. The problem which we have just listened to, although it can admit of but one explanation, has still some distinguishing features."

"You have hopes of solving it?"

"Well, knowing us much as we do, it will be singular indeed if we fail to discover the rest. You must yourself have formed some theory which will explain the facts to which we have listened."

"In a vague way, yes."

"What was your idea, then?"

"It seemed to me to be obvious that this Greek girl had been carried off by the young Englishman named Harold Latimer."

"Carried off from where?"

"Athens, perhaps."

Sherlock Holmes shook his head. "This young man could not talk a word of Greek. The lady could talk English fairly well. Inference – that she had been in England some little time, but he had not been in Greece."

"Well, then, we will presume that she had once come on a visit to England, and that this Harold had persuaded her to fly with him."

«Sherlock besitzt den gesamten Unternehmungsgeist der Familie», sagte Mycroft, sich zu mir wendend. «Nun, du nimmst den Fall jedenfalls auf und läßt mich wissen, ob du vorankommst.»

«Gewiß», antwortete mein Freund und erhob sich aus seinem Sessel. «Ich werde dich unterrichten und auch Mr. Melas. Unterdessen würde ich, Mr. Melas, wenn ich Sie wäre, allerdings auf der Hut sein, denn natürlich werden sie durch diese Anzeigen erfahren, daß Sie sie hintergangen haben.»

Als wir gemeinsam heimgingen, blieb Holmes an einem Telegraphenamt stehen und gab mehrere Kabel auf.

«Sie sehen, Watson», bemerkte er, «daß unser Abend keineswegs unfruchtbar verlief. Einige meiner interessantesten Fälle sind so durch Mycroft an mich herangekommen. Das Problem, von dem wir eben gehört haben, hat, wenn es auch nur eine Erklärung zuläßt, immer noch ein paar eigentümliche Züge.»

«Sie hoffen, sie zu klären?»

«Nun, bei dem vielen, was wir wissen, wäre es wirklich ungewöhnlich, wenn es uns nicht gelänge, das übrige herauszubekommen. Sie selber haben sich sicher eine Theorie gebildet, die die Fakten, welche uns mitgeteilt wurden, verständlich macht.»

«So ungefähr, ja.»

«Was ist dann Ihre Vorstellung?»

«Mir schien es offensichtlich, daß dies griechische Mädchen von diesem jungen Engländer namens Harold Latimer entführt wurde.»

«Von wo entführt?»

«Vielleicht aus Athen.»

Sherlock Holmes schüttelte den Kopf. «Dieser junge Mann konnte kein Wort Griechisch sprechen. Die Dame konnte ziemlich gut Englisch. Folgerung: sie war schon ein Weilchen in England gewesen, doch er nicht in Griechenland.»

«Nun, dann wollen wir annehmen, daß sie irgendwann auf einen Besuch nach England gekommen war und daß dieser Harold sie überredet hatte, mit ihm zu fliehen.»

"That is more probable."

"Then the brother – for that, I fancy, must be the relationship – comes over from Greece to interfere. He imprudently puts himself into the power of the young man and his older associate. They seize him and use violence towards him in order to make him sign some papers to make over the girl's fortune – of which he may be trustee – to them. This he refuses to do.

In order to negotiate with him they have to get an interpreter, and they pitch upon this Mr. Melas, having used some other one before. The girl is not told of the arrival of her brother and finds it out by the merest accident."

"Excellent, Watson!" cried Holmes. "I really fancy that you are not far from the truth. You see that we hold all the cards, and we have only to fear some sudden act of violence on their part. If they give us time we must have them."

"But how can we find where this house lies?"

"Well, if our conjecture is correct and the girl's name is or was Sophy Kratides, we should have no difficulty in tracing her. That must be our main hope, for the brother is, of course, a complete stranger. It is clear that some time has elapsed since this Harold established these relations with the girl – some weeks, at any rate – since the brother in Greece has had time to hear of it and come across. If they have been living in the same place during this time, it is probable that we shall have some answer to Mycroft's advertisement."

We had reached our house in Baker Street while we had been talking. Holmes ascended the stair first, and as he opened the door of our room he gave a start of surprise. Looking over his shoulder, I was equally astonished. His Brother Mycroft was sitting smoking in the armchair.

"Come in, Sherlock! Come in, sir," said he

«Das ist wahrscheinlicher.»

«Dann kommt der Bruder – denn so, glaube ich, ist das Verwandtschaftsverhältnis – von Griechenland herüber, um einzugreifen. Unbedachterweise begibt er sich in die Gewalt des jungen Mannes und dessen älteren Komplizen. Sie bemächtigen sich seiner und wenden Gewalt gegen ihn an, um ihn dazu zu bringen, irgendwelche Papiere zu unterzeichnen, mit denen das Vermögen des Mädchens – dessen Verwalter er sein mag – auf sie übertragen wird. Er weigert sich, dies zu tun. Um mit ihm zu verhandeln, müssen sie sich einen Dolmetscher beschaffen, und sie verfallen auf diesen Mr. Melas, nachdem sie sich zuvor eines anderen bedient hatten. Dem Mädchen wird von dem Eintreffen ihres Bruders nichts berichtet, und sie entdeckt es durch reinen Zufall.»

«Ausgezeichnet, Watson!» rief Holmes. «Ich glaube wirklich, daß Sie nicht weit von der Wahrheit entfernt sind. Sie sehen, daß wir alle Karten in der Hand haben und nur einen plötzlichen Akt der Gewalt von der Gegenseite befürchten müssen. Wenn sie uns Zeit lassen, müssen wir sie erwischen.»

«Doch wie bekommen wir heraus, wo dieses Haus liegt?»

«Nun, wenn unsere Vermutung zutrifft und der Name des Mädchens Sophie Kratides ist oder war, dann dürften wir keine Schwierigkeiten haben, sie aufzuspüren. Das muß unsere erste Hoffnung sein, denn der Bruder ist natürlich ein völlig Fremder. Es ist sicher, daß einige Zeit vergangen ist, seit dieser Harold die Beziehung zu dem Mädchen anknüpfte – auf jeden Fall einige Wochen – da dem Bruder in Griechenland Zeit blieb, davon zu erfahren und herüberzukommen. Wenn sie während dieser Zeit am selben Ort gewohnt haben, werden wir mit Wahrscheinlichkeit eine Antwort auf Mycrofts Anzeige erhalten.»

Wir waren während unseres Gesprächs bei unserem Haus in der Baker Street angelangt. Holmes stieg die Treppe als erster hinauf, und als er unsere Zimmertür öffnete, fuhr er vor Überraschung zurück. Als ich ihm über die Schulter sah, war ich ebenso erstaunt. Sein Bruder Mycroft saß rauchend im Lehnstuhl.

«Tritt ein, Sherlock! Treten Sie ein, Sir», sagte er gutmütig

blandly, smiling at our surprised faces. "You don't expect such energy from me, do you, Sherlock? But somehow this case attracts me."

"How did you get here?"

"I passed you in a hansom."

"There has been some new development?"

"I had an answer to my advertisement."

"Ah!"

"Yes, it came within a few minutes of your leaving."

"And to what effect?"

Mycroft Holmes took out a sheet of paper.

"Here it is," said he, "written with a J pen on royal cream paper by a middle-aged man with a weak constitution.

"Sir [he says]:
"In answer to your advertisement of to-day's date, I beg to inform you that I know the young lady in question very well. If you should care to call upon me I could give you some particulars as to her painful history. She is living at present at The Myrtles, Beckenham.

"Yours faithfully,
"J. Davenport.

"He writes from Lower Brixton," said Mycroft Holmes. "Do you not think that we might drive to him now, Sherlock, and learn these particulars?"

"My dear Mycroft, the brother's life is more valuable than the sister's story. I think we should call at Scotland Yard for Inspector Gregson and go straight out to Beckenham. We know that a man is being done to death, and every hour may be vital."

"Better pick up Mr. Melas on our way," I suggested. "We may need an interpreter."

"Excellent," said Sherlock Holmes. "Send the boy

und lächelte über unsere fragenden Gesichter. «So eine Tatkraft erwartest du nicht von mir, Sherlock, oder? Doch irgendwie fesselt mich dieser Fall.»

«Wie bist du hierher gelangt?»

«Ich überholte euch in einer Droschke.»

«Hat sich wohl was Neues ereignet?»

«Ich erhielt eine Antwort auf meine Anzeige.»

«Ah!»

«Ja, wenige Minuten, nachdem ihr gegangen wart, traf sie ein.»

«Welchen Inhalts?»

Mycroft Holmes zog ein Blatt Papier hervor.

«Hier ist sie», sagte er, «geschrieben mit einer J-förmigen Feder auf edlem cremefarbenen Papier von einem Mann mittleren Alters und schwacher Konstitution.

Sir [sagt er],
in Antwort auf Ihre Anzeige heutigen Datums, erlaube ich mir, Sie in Kenntnis zu setzen, daß ich die fragliche junge Dame sehr gut kenne. Wenn es Ihnen beliebt, mich aufzusuchen, könnte ich Ihnen einige Einzelheiten über ihre schmerzliche Geschichte berichten. Augenblicklich wohnt sie in The Myrtles, Beckenham.

Ihr ergebener
J. Davenport.

«Er schreibt aus Lower Brixton», sagte Mycroft Holmes. «Meinst du nicht, daß wir jetzt zu ihm fahren müßten, Sherlock, um diese Einzelheiten zu erfahren?»

«Mein lieber Mycroft, das Leben des Bruders ist wertvoller als die Geschichte der Schwester. Ich meine, wir sollten in Scotland Yard nach Inspektor Gregson fragen und uns umgehend nach Beckenham begeben. Wir wissen, daß ein Mann auf dem Weg ist, getötet zu werden, und jede Stunde kann lebenswichtig sein.»

«Wir holen am besten Mr. Melas unterwegs ab», schlug ich vor. «Wir brauchen vielleicht einen Dolmetscher.»

«Ausgezeichnet», sagte Sherlock Holmes. «Schicken Sie den

for a four-wheeler, and we shall be off at once." He opened the table-drawer as he spoke, and I noticed that he slipped his revolver into his pocket. "Yes," said he in answer to my glance, "I should say, from what we have heard, that we are dealing with a particularly dangerous gang."

It was almost dark before we found ourselves in Pall Mall, at the rooms of Mr. Melas. A gentleman had just called for him, and he was gone.

"Can you tell me where?" asked Mycroft Holmes.

"I don't know, sir," answered the woman who had opened the door, "I only know that he drove away with the gentleman in a carriage."

"Did the gentleman give a name?"

"No, sir."

"He wasn't a tall, handsome, dark young man?"

"Oh, no, sir. He was a little gentleman, with glasses, thin in the face, but very pleasant in his ways, for he was laughing all the time that he was talking."

"Come along!" cried Sherlock Holmes abruptly. "This grows serious," he observed as we drove to Scotland Yard. "These men have got hold of Melas again. He is a man of no physical courage, as they are well aware from their experience the other night. This villain was able to terrorize him the instant that he got into his presence. No doubt they want his professional services, but, having used him, they may be inclined to punish him for what they will regard as his treachery."

Our hope was that, by taking train, we might get to Beckenham as soon as or sooner than the carriage. On reaching Scotland Yard, however, it was more than an hour before we could get Inspector Gregson and comply with the legal formalities which would enable us to enter the house. It was a quarter to ten before we reached London Bridge, and half past before the four of us alighted on the Beckenham plat-

Jungen nach einer Vierraddroschke, und wir werden sofort unterwegs sein.» Er zog während des Sprechens die Schublade des Tisches auf, und ich bemerkte, daß er seinen Revolver in die Tasche gleiten ließ. «Ja», sagte er als Antwort auf meinen Blick, «aus dem, was wir erfahren haben, schließe ich, daß wir uns mit einer besonders gefährlichen Bande beschäftigen.»

Es war schon fast dunkel, als wir uns in der Pall Mall vor der Wohnung von Mr. Melas einfanden. Ein Herr hatte ihn soeben abgeholt, er war ausgegangen.

«Können Sie sagen, wohin?» fragte Mycroft Holmes.

«Ich weiß es nicht, Sir», antwortete die Frau, die die Tür geöffnet hatte. «Ich weiß nur, daß er mit dem Herrn in einer Kutsche davonfuhr.»

«Nannte der Herr seinen Namen?»

«Nein, Sir.»

«War es ein großer, gutaussehender, dunkelhaariger junger Mann?»

«Oh, nein, Sir. Es war ein kleiner Herr mit Brille, magerem Gesicht, doch sehr vergnügt auf seine Weise, denn er lachte die ganze Zeit, während er sprach.»

«Weiter mit uns!», rief Sherlock Holmes hastig. «Die Sache wird ernst», bemerkte er auf unserer Fahrt nach Scotland Yard. «Diese Männer haben Melas wieder in ihrer Gewalt. Er ist ein Mann ohne körperlichen Mut, was sie sehr wohl aus ihrer Erfahrung während der anderen Nacht wissen. Dieser Schurke konnte ihn, kaum daß er in seiner Nähe war, in Schrecken versetzen. Zweifellos benötigen sie seine fachliche Hilfe, doch nachdem sie sich seiner bedient haben, könnten sie Lust verspüren, ihn für das, was sie als seinen Verrat ansehen, zu bestrafen.»

Wir hofften, wenn wir mit dem Zug führen, zugleich oder eher als die Kutsche in Beckenham anzukommen. Nach unserem Eintreffen in Scotland Yard jedoch dauerte es länger als eine Stunde, bevor wir Inspektor Gregsons habhaft und den gesetzlichen Vorschriften nachkommen konnten, die uns ermächtigten, das Haus zu betreten. Es war schon Viertel vor zehn, als wir im Bahnhof London Bridge eintrafen, und halb elf, als wir vier auf dem Bahnsteig von Beckenham ausstiegen.

form. A drive of half a mile brought us to The Myrtles – a large, dark house standing back from the road in its own grounds. Here we dismissed our cab and made our way up the drive together.

"The windows are all dark," remarked the inspector. "The house seems deserted."

"Our birds are flown and the nest empty," said Holmes.

"Why do you say so?"

"A carriage heavily loaded with luggage has passed out during the last hour."

The inspector laughed. "I saw the wheel-tracks in the light of the gate-lamp, but where does the luggage come in?"

"You may have observed the same wheel-tracks going the other way. But the outward-bound ones were very much deeper – so much so that we can say for a certainty that there was a very considerable weight on the carriage."

"You get a trifle beyond me there," said the inspector, shrugging his shoulders. "It will not be an easy door to force, but we will try if we cannot make someone hear us."

He hammered loudly at the knocker and pulled at the bell, but without any success. Holmes had slipped away, but he came back in a few minutes.

"I have a window open," said he.

"It is a mercy that you are on the side of the force, and not against it, Mr. Holmes," remarked the inspector as he noted the clever way in which my friend had forced back the catch. "Well, I think that under the circumstances we may enter without an invitation."

One after the other we made our way into a large apartment, which was evidently that in which Mr. Melas had found himself. The inspector had lit his lantern, and by its light we could see the two doors, the curtain, the lamp, and the suit of Japanese mail as

Eine Fahrt von einer halben Meile brachte uns zu The Myrtles – einem großen dunklen Haus, das auf eigenem Grundstück abseits von der Straße lag. Hier entließen wir unsere Droschke und begaben uns gemeinsam die Auffahrt hinauf.

«Die Fenster sind alle dunkel», bemerkte der Inspektor «Das Haus scheint verlassen.»

«Unsere Vögel sind ausgeflogen, und das Nest ist leer», sagte Holmes.

«Wie kommen Sie darauf?»

«Eine schwer mit Gepäck beladene Kutsche ist während der letzten Stunde hinausgefahren.»

Der Inspektor lachte. «Ich habe die Radspuren im Licht der Torlampe gesehen, doch wie kommt das Gepäck dazu?»

«Sie haben vielleicht die gleichen Radspuren in anderer Richtung verlaufen sehen. Doch die ausreisenden Spuren waren sehr viel tiefer – so sehr sogar, daß wir mit Bestimmtheit von einem sehr beachtlichen Gewicht sprechen können, das auf der Kutsche lastete.»

«Damit gehen Sie mir ein bißchen zu weit», sagte der Inspektor und zuckte mit den Schultern. «Diese Tür wird sich nicht so leicht aufbrechen lassen, deshalb wollen wir versuchen, ob wir uns nicht jemandem vernehmlich machen können.»

Er schlug laut den Türklopfer und zog die Klingel, doch ohne Erfolg. Holmes war davongeschlüpft, kam jedoch nach wenigen Minuten zurück.

«Ich habe ein Fenster geöffnet», sagte er.

«Es ist ein Segen, daß Sie auf seiten der Polizei sind und nicht gegen sie, Mr. Holmes», äußerte der Inspektor, als er bemerkte, wie geschickt mein Freund die Verriegelung von außen geöffnet hatte. «Nun, unter diesen Umständen, denke ich, dürfen wir ohne Einladung eintreten.»

Einer nach dem anderen begaben wir uns hinein in ein großes Zimmer, das offensichtlich jenes war, in dem Mr. Melas sich befunden hatte. Der Inspektor hatte seine Laterne angezündet, und bei ihrem Licht konnten wir die beiden Türen sehen, den Vorhang, die Lampe und die Teile eines japanischen Harnischs, genau wie er beschrieben hatte. Auf dem Tisch

he had described them. On the table lay two glasses, an empty brandy-bottle, and the remains of a meal.

"What is that?" asked Holmes suddenly.

We all stood still and listened. A low moaning sound was coming from somewhere over our heads. Holmes rushed to the door and out into the hall. The dismal noise came from upstairs. He dashed up, the inspector and I at his heels, while his brother Mycroft followed as quickly as his great bulk would permit.

Three doors faced us upon the second floor, and it was from the central of these that the sinister sounds were issuing, sinking sometimes into a dull mumble and rising again into a shrill whine. It was locked, but the key had been left on the outside. Holmes flung open the door and rushed in, but he was out again in an instant, with his hand to his throat.

"It's charcoal," he cried. "Give it time. It will clear."

Peering in, we could see that the only light in the room came from a dull blue flame which flickered from a small brass tripod in the centre. It threw a livid, unnatural circle upon the floor, while in the shadows beyond we saw the vague loom of two figures which crouched against the wall. From the open door there reeked a horrible poisonous exhalation which set us gasping and coughing. Holmes rushed to the top of the stairs to draw in the fresh air, and then, dashing into the room, he threw up the window and hurled the brazen tripod out into the garden.

"We can enter in a minute," he gasped, darting out again. "Where is a candle? I doubt if we could strike a match in that atmosphere. Hold the light at the door and we shall get them out, Mycroft, now!"

With a rush we got to the poisoned men and dragged them out into the well-lit hall. Both of them were blue-lipped and insensible, with swollen, congested faces and protruding eyes. Indeed, so dis-

standen Gläser, eine leere Brandy-Flasche und die Reste einer Mahlzeit.

«Was ist das?» fragte Holmes plötzlich.

Wir alle verharrten und lauschten. Ein schwaches Stöhnen ertönte von irgendwoher über uns. Holmes stürzte zur Tür und hinaus in die Halle. Das bedrückende Geräusch kam vom oberen Stockwerk. Er stürmte hinauf, der Inspektor und ich ihm auf den Fersen; während sein Bruder Mycroft so schnell folgte, wie es ihm sein mächtiger Umfang erlaubte.

Im zweiten Stock sahen wir uns drei Türen gegenüber, und aus der mittleren drangen die unheilvollen Laute, die sich manchmal zu dumpfem Gemurmel abschwächten und dann wieder zu schrillem Gewimmer anwuchsen. Sie war verschlossen, doch hatte man den Schlüssel außen stecken gelassen. Holmes riß die Tür auf und stürzte hinein, war aber augenblicklich wieder draußen, die Hand an der Kehle.

«Es ist Holzkohle», rief er. «Wir müssen abwarten. Es wird abziehen.»

Wir spähten hinein und konnten sehen, daß das einzige Licht in dem Zimmer von einer schwachen blauen Flamme kam, die in der Mitte auf einem kleinen Dreifuß aus Messing flackerte. Sie warf einen fahlen, unnatürlichen Lichtkreis auf den Boden, während wir in der Dunkelheit dahinter die undeutlichen Schatten von zwei Gestalten sahen, die an der Wand kauerten. Aus der offenen Tür strömte ein entsetzlich giftiger Brodem, der uns nach Luft ringen und husten ließ. Holmes eilte zum oberen Ende der Treppe, um frische Luft zu schöpfen, dann stürmte er in das Zimmer, warf das Fenster hoch und schleuderte den Messing-Dreifuß hinaus in den Garten.

«Wir können gleich hinein», keuchte er, als er wieder herausgeschossen kam. «Wo ist eine Kerze? Ich zweifle, ob wir in der Luft ein Streichholz entzünden können. Halte das Licht in der Tür, Mycroft, und wir werden sie herausholen, also los!»

Mit einem Satz waren wir bei den vergifteten Männern und zogen sie hinaus in die hell erleuchtete Halle. Beide hatten blaue Lippen und waren bewußtlos, mit von gestautem Blut geschwollenen Gesichtern und hervorquellenden Augen. Ihre

torted were their features that, save for his black beard and stout figure, we might have failed to recognize in one of them the Greek interpreter who had parted from us only a few hours before at the Diogenes Club. His hands and feet were securely strapped together, and he bore over one eye the marks of a violent blow. The other, who was secured in a similar fashion, was a tall man in the last stage of emaciation, with several strips of sticking-plaster arranged in a grotesque pattern over his face. He had ceased to moan as we laid him down, and a glance showed me that for him at least our aid had come too late. Mr. Melas, however, still lived, and in less than an hour, with the aid of ammonia and brandy, I had the satisfaction of seeing him open his eyes, and of knowing that my hand had drawn him back from that dark valley in which all paths meet.

It was a simple story which he had to tell, and one which did but confirm our own deductions. His visitor, on entering his rooms, had drawn a life-preserver from his sleeve, and had so impressed him with the fear of instant and inevitable death that he had kidnapped him for the second time. Indeed, it was almost mesmeric, the effect which this giggling ruffian had produced upon the unfortunate linguist, for he could not speak of him save with trembling hands and a blanched cheek. He had been taken swiftly to Beckenham, and had acted as interpreter in a second interview, even more dramatic than the first, in which the two Englishmen had menaced their prisoner with instant death if he did not comply with their demands. Finally, finding him proof against every threat, they had hurled him back into his prison, and after reproaching Melas with his treachery, which appeared from the newspaper advertisement, they had stunned him with a blow from a stick, and he remembered nothing more until he found us bending over him.

Gesichtszüge waren tatsächlich so entstellt, daß wir, abgesehen von dem schwarzen Bart und der gedrungenen Gestalt, es womöglich nicht geschafft hätten, in einem von ihnen den griechischen Dolmetscher wiederzuerkennen, der sich erst vor wenigen Stunden von uns im Diogenes Klub getrennt hatte. Seine Hände und Füße waren fest zusammengebunden, und über einem Auge trug er die Spuren eines heftigen Schlages. Der andere, den man auf gleiche Weise gefesselt hatte, war ein großer Mann im letzten Stadium der Auszehrung, auf dessen Gesicht mehrere Streifen Heftpflaster in bizarrem Muster angebracht waren. Sein Stöhnen hatte aufgehört, als wir ihn niederlegten, und ein Blick zeigte mir, daß zumindest für ihn unsere Hilfe zu spät gekommen war. Mr. Melas jedoch lebte noch, und nach weniger als einer Stunde und unter Zuhilfenahme von Amoniak und Brandy hatte ich die Genugtuung, zu sehen, wie er die Augen öffnete, und zu wissen, daß meine Hand ihn aus dem dunklen Tal zurückgezogen hatte, in welchem sich alle Pfade treffen.

Es war eine einfache Geschichte, die er zu erzählen hatte, eine, die unsere eigenen Schlußfolgerungen nur bestätigte. Sein Besucher hatte bei Betreten seiner Wohnung einen Totschläger aus dem Ärmel gezogen und ihn im Schreckmoment unter Androhung des Todes derartig beeindruckt, daß er ihn ein zweites Mal entführen konnte. Die Wirkung, die dieser kichernde Schurke auf den unglückseligen Linguisten ausgeübt hatte, war tatsächlich fast hypnotisch, denn er konnte nur mit zitternden Händen und bleichen Wangen von ihm sprechen. Er war rasch nach Beckenham gebracht worden und hatte als Dolmetscher in einer zweiten, sogar noch dramatischeren Unterredung agiert, in welcher die beiden Engländer ihren Gefangenen mit sofortigem Tod gedroht hatten, wenn er sich ihren Forderungen nicht fügte. Als er sich schließlich jedem Druck gegenüber gefeit erwies, hatten sie ihn in sein Gefängnis zurückgeworfen, und nachdem sie Melas seine Verräterei vorgehalten hatten, die aus der Zeitungsanzeige ersichtlich war, ihn mit einem Stockschlag betäubt; danach erinnerte er sich an nichts mehr, bis er uns über sich gebeugt fand.

And this was the singular case of the Grecian Interpreter, the explanation of which is still involved in some mystery. We were able to find out, by communicating with the gentleman who had answered the advertisement, that the unfortunate young lady came of a wealthy Grecian family, and that she had been on a visit to some friends in England. While there she had met a young man named Harold Latimer, who had acquired an ascendency over her and had eventually persuaded her to fly with him. Her friends, shocked at the event, had contented themselves with informing her brother at Athens, and had then washed their hands of the matter. The brother, on his arrival in England, had imprudently placed himself in the power of Latimer and of his associate, whose name was Wilson Kemp – a man of the foulest antecedents. These two, finding that through his ignorance of the language he was helpless in their hands, had kept him a prisoner, and had endeavoured by cruelty and starvation to make him sign away his own and his sister's property. They had kept him in the house without the girl's knowledge, and the plaster over the face had been for the purpose of making recognition difficult in case she should ever catch a glimpse of him. Her feminine perceptions, however, had instantly seen through the disguise when, on the occasion of the interpreter's visit, she had seen him for the first time. The poor girl, however, was herself a prisoner, for there was no one about the house except the man who acted as coachman, and his wife, both of whom were tools of the conspirators. Finding that their secret was out, and that their prisoner was not to be coerced, the two villains with the girl had fled away at a few hours' notice from the furnished house which they had hired, having first, as they thought, taken vengeance both upon the man who had defied and the one who had betrayed them.

Dies war der ungewöhnliche Fall des griechischen Dolmetschers, dessen Aufklärung immer noch etwas im dunkeln liegt. Wir konnten, indem wir mit dem Herrn, der die Anzeige beantwortet hatte, in Verbindung traten, herausbekommen, daß die unglückliche Dame aus einer reichen griechischen Familie stammte und daß sie bei Freunden in England zu Besuch gewesen war. Während ihres Aufenthaltes hatte sie einen jungen Mann namens Harold Latimer kennengelernt, der einen bestimmenden Einfluß auf sie gewann und sie schließlich bewegt hatte, mit ihm zu fliehen. Ihre Freunde, empört über das Ereignis, hatten sich damit begnügt, ihren Bruder in Athen zu benachrichtigen und hatten dann ihre Hände in Unschuld gewaschen. Nach seiner Ankunft in England hatte sich der Bruder unbedachterweise in die Gewalt Latimers und seines Komplizen begeben, dessen Name Wilson Kemp lautete – eines Mannes mit dem übelsten Vorleben. Die beiden, die merkten, daß er durch seine Unkenntnis der Sprache ihnen hilflos ausgeliefert war, hatten ihn als Gefangenen gehalten und durch Grausamkeit und Hunger versucht, ihn zur Übertragung seines und seiner Schwester Eigentum zu bewegen. Sie hatten ihn ohne Wissen des Mädchens im Haus gehalten, und die Pflaster auf seinem Gesicht sollten bezwecken, ein Erkennen zu erschweren, falls sie ihn je flüchtig zu sehen bekäme. Ihr weibliches Empfindungsvermögen hatte jedoch sofort die Maske durchschaut, als sie ihn während des Besuchs des Dolmetschers zum ersten Mal erblickte.

Das arme Mädchen aber war selbst eine Gefangene, denn es gab niemanden im Haus mit Ausnahme des Mannes, der als Kutscher tätig war, und seiner Frau; diese beiden waren Werkzeuge der Verschwörer gewesen. Als die beiden Bösewichte ihr Geheimnis verraten sahen und sich ihr Gefangener nicht nötigen ließ, waren sie mit dem Mädchen innerhalb weniger Stunden aus dem möblierten Haus, das sie gemietet hatten, geflohen; zuvor nahmen sie, wie sie glaubten, Rache an beiden Männern: dem, der ihnen getrotzt, und dem, der sie verraten hatte.

Months afterwards a curious newspaper cutting reached us from Buda-Pesth. It told how two Englishmen who had been travelling with a woman had met with a tragic end. They had each been stabbed, it seems, and the Hungarian police were of opinion that they had quarrelled and had inflicted mortal injuries upon each other. Holmes, however, is, I fancy, of a different way of thinking, and he holds to this day that, if one could find the Grecian girl, one might learn how the wrongs of herself and her brother came to be avenged.

Monate später traf bei uns ein merkwürdiger Zeitungsausschnitt aus Budapest ein. Er berichtete, wie zwei Engländer, die mit einer Frau reisten, ein tragisches Ende getroffen hatte. Sie waren beide, wie es schien, erstochen worden, und die ungarische Polizei war der Ansicht, daß sie in Streit geraten waren und sich gegenseitig tödliche Wunden zugefügt hätten. Holmes jedoch, glaube ich, denkt darüber anders und behauptet bis auf den heutigen Tag, daß man vielleicht, wenn man das griechische Mädchen ausfindig machen könnte, erfahren würde, wie ihre und ihres Bruders Unbill gerächt wurde.

On glancing over my notes of the seventy odd cases in which I have during the last eight years studied the methods of my friend Sherlock Holmes, I find many tragic, some comic, a large number merely strange, but non commonplace; for, working as he did rather for the love of his art than for the acquirement of wealth, he refused to associate himself with any investigation which did not tend towards the unusual, and even the fantastic. Of all these varied cases, however, I cannot recall any which presented more singular features than that which was associated with the well-known Surrey family of the Roylotts of Stoke Moran. The events in question occurred in the early days of my association with Holmes, when we were sharing rooms as bachelors in Baker Street.

It is possible that I might have placed them upon record before, but a promise of secrecy was made at the time, from which I have only been freed during the last month by the untimely death of the lady to whom the pledge was given. It is perhaps as well that the facts should now come to light, for I have reasons to know that there are widespread rumours as to the death of Dr. Grimesby Roylott which tend to make the matter even more terrible than the truth.

It was early in April in the year '83 that I woke one morning to find Sherlock Holmes standing, fully dressed, by the side of my bed. He was a late riser, as a rule, and as the clock on the mantelpiece showed me that it was only a quarter-past seven, I blinked up at him in some surprise, and perhaps just a little resentment, for I was myself regular in my habits.

"Very sorry to knock you up, Watson," said he, "but it's the common lot this morning. Mrs. Hud-

Wenn ich meine Aufzeichnungen über die siebzig sonderbaren Fälle durchsehe, an denen ich während der vergangenen acht Jahre die Methoden meines Freundes Sherlock Holmes studieren konnte, finde ich viele von ihnen tragisch, einige komisch, eine große Anzahl einfach merkwürdig, doch keinen einzigen alltäglich; denn da Holmes mehr aus Liebe zu seiner Kunst als wegen des Erwerbs von Reichtümern arbeitete, lehnte er es ab, sich auf irgendeine Untersuchung einzulassen, die nicht eine außergewöhnliche oder gar phantastische Seite hatte. Unter all diesen sehr verschiedenen Fällen kann ich mich jedoch an keinen erinnern, der mehr eigentümliche Züge aufwies als derjenige, der mit der weithin bekannten Familie der Roylotts von Stoke Moran in Surrey zusammenhing. Die fraglichen Vorgänge ereigneten sich während der frühen Tage meiner Freundschaft mit Holmes, als wir uns als Junggesellen in der Baker Street eine Wohnung teilten. Wahrscheinlich hätte ich sie schon längst schriftlich niedergelegt, doch damals war ein Schweigegelöbnis geleistet worden, von dem ich erst während des vergangenen Monats durch den frühzeitigen Tod der Dame, der das Ehrenwort gegeben worden war, entbunden wurde. Vielleicht ist es jetzt auch an der Zeit, daß die Tatsachen ans Licht kommen, denn ich habe verschiedentlich Kenntnis erhalten, daß Gerüchte über den Tod von Dr. Grimesby Roylott verbreitet werden, die den Fall noch schrecklicher erscheinen lassen, als er in Wahrheit ist.

Es war im frühen April des Jahres '83, als ich eines Morgens erwachte und Sherlock Holmes fertig angekleidet neben meinem Bett stehen sah. Er war in der Regel ein Spätaufsteher, und weil die Uhr auf dem Kaminsims erst ein Viertel nach sieben anzeigte, blinzelte ich einigermaßen erstaunt und vielleicht auch ein wenig ungehalten zu ihm auf, denn ich selber hatte meine geregelten Gewohnheiten.

«Verzeihen Sie, daß ich Sie herausklopfte, Watson», sagte er, «doch das ist heute früh ein allgemeines Los. Mrs. Hud-

son has been knocked up, she retorted upon me, and I on you."

"What is it, then — a fire?"

"No; a client. It seems that a young lady has arrived in a considerable state of excitement, who insists upon seeing me. She is waiting now in the sitting-room. Now, when young ladies wander about the metropolis at this hour of the morning, and knock sleepy people up out of their beds, I presume that it is something very pressing which they have to communicate. Should it prove to be an interesting case, you would, I am sure, wish to follow it from the outset. I thought, at any rate, that I should call you and give you the chance."

"My dear fellow, I would not miss it for anything."

I had no keener pleasure than in following Holmes in his professional investigations, and in admiring the rapid deductions, as swift as intuitions, and yet always founded on a logical basis, with which he unravelled the problems which were submitted to him. I rapidly threw on my clothes and was ready in a few minutes to accompany my friend down to the sitting-room. A lady dressed in black and heavily veiled, who had been sitting in the window, rose as we entered.

"Good-morning, madam," said Holmes cheerily. "My name is Sherlock Holmes. This is my intimate friend and associate, Dr. Watson, before whom you can speak as freely as before myself. Ha! I am glad to see that Mrs. Hudson has had the good sense to light the fire. Pray draw up to it, and I shall order you a cup of hot coffee, for I observe that you are shivering."

"It is not cold which makes me shiver," said the woman in a low voice, changing her seat as requested.

"What, then?"

"It is fear, Mr. Holmes. It is terror." She raised her veil as she spoke, and we could see that she was indeed in a pitiable state of agitation, her face all

son wurde herausgeklopft, sie gab es an mich weiter, ich an Sie.»

«Um was geht es denn ... Feuer?»

«Nein; ein Klient. Es scheint eine junge Dame eingetroffen zu sein, die sich im höchsten Zustand der Erregung befindet und darauf besteht, mich zu sprechen. Sie wartet jetzt im Wohnzimmer. Wenn junge Damen zu dieser frühen Stunde durch die Metropole spazieren und verschlafene Leute aus den Betten trommeln, vermute ich, daß das, was sie mitzuteilen haben, äußerst dringlich ist. Sollte es sich als ein interessanter Fall erweisen, würden Sie ihn sicher von Beginn an verfolgen wollen. Ich dachte mir jedenfalls, ich sollte Sie wecken und Ihnen die Möglichkeit geben.»

«Mein lieber Freund, um keinen Preis möchte ich ihn versäumen.»

Es gab für mich kein größeres Vergnügen, als Holmes bei seinen freiberuflichen Untersuchungen zu begleiten und die raschen Schlußfolgerungen, so hurtig wie Eingebungen und doch immer auf logischem Grund fußend, zu bewundern, mit denen er die Probleme entwirrte, die man ihm unterbreitete. Eilig stieg ich in meine Kleider und war nach wenigen Minuten bereit, meinen Freund ins Wohnzimmer hinunter zu begleiten. Eine in Schwarz gekleidete und dicht verschleierte Dame, die in der Fensternische gesessen hatte, erhob sich, als wir eintraten.

«Guten Morgen, Madam», sagte Holmes fröhlich. «Mein Name ist Sherlock Holmes. Dies ist mein enger Freund und Mitarbeiter, Dr. Watson, vor dem Sie so offen sprechen können wie vor mir. Ah! Wie schön, daß Mrs. Hudson so vernünftig war, Feuer zu machen. Setzen Sie sich doch bitte näher heran, und ich bestelle Ihnen eine Tasse heißen Kaffee, denn ich sehe, daß Sie zittern.»

«Nicht Kälte läßt mich zittern», sagte die Frau mit matter Stimme, während sie gehorsam den Platz wechselte.

«Was dann?»

«Angst, Mr. Holmes. Es ist schreckliche Angst.» Sie lüftete während des Sprechens den Schleier, und wir konnten sehen, daß sie sich in der Tat in einem bemitleidenswerten Zustand

drawn and gray, with restless, frightened eyes, like those of some hunted animal. Her features and figure were those of a woman of thirty, but her hair was shot with premature gray, and her expression was weary and haggard. Sherlock Holmes ran her over with one of his quick, all-comprehensive glances.

"You must not fear," said he soothingly, bending forward and patting her forearm. "We shall soon set matters right, I have no doubt. You have come in by train this morning, I see."

"You know me, then?"

"No, but I observe the second half of a return ticket in the palm of your left glove. You must have started early, and yet you had a good drive in a dog-cart, along heavy roads, before you reached the station."

The lady gave a violent start and stared in bewilderment at my companion.

"There is no mystery, my dear madam," said he, smiling. "The left arm of your jacket is spattered with mud in no less than seven places. The marks are perfectly fresh. There is no vehicle save a dog-cart which throws up mud in that way, and then only when you sit on the left-hand side of the driver."

"Whatever your reasons may be, you are perfectly correct," said she. "I started from home before six, reached Leatherhead at twenty past, and came in by the first train to Waterloo. Sir, I can stand this strain no longer; I shall go mad if it continues. I have no one to turn to – none, save only one, who cares for me, and he, poor fellow, can be of little aid. I have heard of you, Mr. Holmes; I have heard of you from Mrs. Farintosh, whom you helped in the hour of her sore need. It was from her that I had your address. Oh, sir, do you not think that you could help me, too, and at least throw a little light through the dense darkness which sur-

innerer Unruhe befand, mit völlig verzerrtem grauem Gesicht und ruhelosen verschreckten Augen, gleich denen eines gehetzten Tiers. Ihre Gesichtszüge und ihre Gestalt waren die einer Frau um dreißig, doch ihr Haar durchzog vorzeitiges Grau, und ihr Gesicht war müde und verhärmt. Sherlock Holmes sah sie mit einem seiner schnellen, alles erfassenden Blicke an.

«Haben Sie keine Angst», sagte er besänftigend, wobei er sich vorbeugte und ihren Unterarm tätschelte. «Wir werden die Dinge bald in Ordnung bringen, da bin ich sicher. Ich sehe, Sie sind heute früh mit dem Zug in die Stadt gekommen.»

«Sie wissen also, wer ich bin?»

«Nein, aber ich stelle fest, daß Sie in Ihrem linken Handschuh die zweite Hälfte einer Rückfahrkarte stecken haben. Sie müssen früh aufgebrochen sein; überdies legten Sie noch eine gute Strecke auf beschwerlichen Straßen in einem Dogcart zurück, bevor Sie die Bahnstation erreichten.»

Die Dame schrak heftig auf und starrte bestürzt meinen Gefährten an.

«Es ist nichts Rätselhaftes daran, meine verehrte Dame», sagte er lächelnd. «Der linke Ärmel Ihres Jacketts ist an nicht weniger als sieben Stellen mit Schmutz vollgespritzt. Die Flecken sind noch ganz frisch. Kein Fahrzeug außer einem Dogcart kann Schmutz auf diese Weise aufwerfen, und auch nur, wenn man linker Hand des Kutschers sitzt.»

«Wie immer Sie darauf kommen, Sie haben jedenfalls völlig recht», sagte sie. «Ich bin vor sechs Uhr von zu Hause aufgebrochen, erreichte um zwanzig nach Leatherhead und traf mit dem ersten Zug in Waterloo ein. Sir, ich kann diese Belastung nicht länger ertragen; ich werde noch wahnsinnig, wenn sie weiterhin anhält. Ich habe niemanden, an den ich mich wenden könnte – niemanden, außer einem, dem ich etwas bedeute, und er, der arme Kerl, kann kaum helfen. Ich habe von Ihnen gehört, Mr. Holmes; ich habe durch Mrs. Farintosh von Ihnen gehört, der Sie in einer Stunde höchster Bedrängnis geholfen haben. Von ihr erhielt ich Ihre Adresse. Oh, Sir, glauben Sie, daß Sie mir ebenso helfen oder zumindest ein wenig Licht in die tiefe Dunkelheit bringen können,

rounds me? At present it is out of my power to reward you for your services, but in a month or six
weeks I shall be married, with the control of my
own income, and then at least you shall not find
me ungrateful."

Holmes turned to his desk and, unlocking it, drew
out a small case-book, which he consulted.

"Farintosh," said he. "Ah yes, I recall the case; it
was concerned with an opal tiara. I think it was before your time, Watson. I can only say, madam,
that I shall be happy to devote the same care to your
case as I did to that of your friend. As to reward,
my profession is its own reward; but you are at
liberty to defray whatever expenses I may be put to,
at the time which suits you best. And now I beg
that you will lay before us everything that may help
us in forming an opinion upon the matter."

"Alas!" replied our visitor, "the very horror of
my situation lies in the fact that my fears are so
vague, and my suspicions depend so entirely upon
small points, which might seem trivial to another,
that even he to whom of all others I have a right to
look for help and advice looks upon all that I tell
him about it as the fancies of a nervous woman. He
does not say so, but I can read it from his soothing
answers and averted eyes. But I have heard, Mr.
Holmes, that you can see deeply into the manifold
wickedness of the human heart. You may advise
me how to walk amid the dangers which encompass
me."

"I am all attention, madam."

"My name is Helen Stoner, and I am living with
my stepfather, who is the last survivor of one of the
oldest Saxon families in England, the Roylotts of
Stoke Moran, on the western border of Surrey."

Holmed nodded his head. "The name is familiar
to me," said he.

"The family was at one time among the richest

die mich umgibt? Im Augenblick liegt es außerhalb meiner Macht, Sie für Ihre Dienste zu honorieren, doch in einem Monat oder sechs Wochen werde ich verheiratet sein und über ein eigenes Einkommen verfügen. Dann wenigstens werden Sie mich nicht undankbar finden.»

Holmes wandte sich seinem Schreibpult zu, schloß es auf, zog ein schmales Merkheft heraus und schlug darin nach.

«Farintosh», sagte er. «Ach ja, ich erinnere mich an den Fall; es ging um ein Diadem aus Opalen. Ich glaube, es war vor Ihrer Zeit, Watson. Ich kann nur sagen, Madam, daß es mir eine Freude sein wird, mich Ihrem Fall mit der gleichen Sorgfalt zu widmen wie dem Ihrer Freundin. Was die Honorierung betrifft, nun, so ist mein Beruf sich selbst Lohn; doch es steht Ihnen frei, etwaige Unkosten, die auf mich zukommen könnten, dann zu begleichen, wenn es Ihnen am gelegensten ist. Und jetzt bitte ich Sie, uns alles mitzuteilen, was helfen könnte, uns eine Meinung über die Angelegenheit zu bilden.»

«Leider», erwiderte unser Besuch, «liegt die eigentliche Entsetzlichkeit meiner Situation in der Tatsache, daß meine Ängste unbestimmt sind und meine bösen Ahnungen sich so gänzlich von kleinen Anhaltspunkten herleiten, die jemand anderem nichtig vorkommen mögen. Sogar der, von dem ich mehr als jedem anderen Hilfe und Rat beanspruchen darf, hält alles, was ich ihm dazu erzähle, für die Einbildung einer nervösen Frau. Er sagt es zwar nicht, doch kann ich es aus seinen beschwichtigenden Antworten und abgewandten Blicken sehen. Ich habe aber erfahren, Mr. Holmes, daß Sie tief in die vielfältige Sündhaftigkeit des menschlichen Herzens blicken können. Bitte raten Sie mir, wie ich mich in den Gefahren, die mich umringen, verhalten soll.»

«Ich bin ganz Ohr, Madam.»

«Ich heiße Helen Stoner, und ich lebe bei meinem Stiefvater, welcher der letzte Sproß einer der ältesten angelsächsischen Familien Englands ist, den Roylotts von Stoke Moran an der Westgrenze von Surrey.»

Holmes nickte mit dem Kopf. «Der Name ist mir bekannt», sagte er.

«Die Familie gehörte einst zu den reichsten in England, und

in England, and the estates extended over the borders into Berkshire in the north, and Hampshire in the west. In the last century, however, four successive heirs were of a dissolute and wasteful disposition, and the family ruin was eventually completed by a gambler in the days of the Regency. Nothing was left save a few acres of ground, and the twohundred-year-old house, which is itself crushed under a heavy mortgage. The last squire dragged out his existence there, living the horrible life of an aristocratic pauper; but his only son, my stepfather, seeing that he must adapt himself to the new conditions, obtained an advance from a relative, which enabled him to take a medical degree and went out to Calcutta, where, by his professional skill and his force of character, he established a large practice. In a fit of anger, however, caused by some robberies which had been perpetrated in the house, he beat his native butler to death and narrowly escaped a capital sentence. As it was, he suffered a long term of imprisonment and afterwards returned to England a morose and disappointed man.

"When Dr. Roylott was in India he married my mother, Mrs. Stoner, the young widow of Major-General Stoner, of the Bengal Artillery. My sister Julia and I were twins, and we were only two years old at the time of my mother's re-marriage. She had a considerable sum of money – not less than £ 1000 a year – and this she bequeathed to Dr. Roylott entirely while we resided with him, with a provision that a certain annual sum should be allowed to each of us in the event of our marriage. Shortly after our return to England my mother died – she was killed eight years ago in a railway accident near Crewe. Dr. Roylott then abandoned his attempts to establish himself in practice in London and took us to live with him in the old ancestral house at Stoke Moran. The money which my

die Besitzungen erstreckten sich über die Grenzen nach Berkshire im Norden und Hampshire im Westen. Im vergangenen Jahrhundert jedoch waren vier aufeinanderfolgende Erben zügellos und verschwenderisch veranlagt, und in den Tagen der Regentschaft wurde der Ruin der Familie schließlich durch einen Spieler besiegelt. Nichts außer ein paar Morgen Land und dem zweihundert Jahre alten Haus, das noch dazu durch eine hohe Hypothek belastet ist, war übriggeblieben. Der letzte Gutsherr fristete dort sein Dasein, führte das schauerliche Leben eines aristokratischen Almosenempfängers; doch sein einziger Sohn, mein Stiefvater, der sah, daß er sich den neuen Verhältnissen anpassen mußte, besorgte sich von einem Verwandten ein Darlehen, das ihm ermöglichte, den medizinischen Doktor zu machen, und begab sich nach Kalkutta, wo er dank seiner beruflichen Fähigkeiten und seiner kraftvollen Persönlichkeit eine große Praxis aufbaute. Doch in einem Zornausbruch, hervorgerufen durch einige in seinem Haus begangene schwere Diebereien, erschlug er seinen einheimischen Butler und entkam nur knapp einer Verurteilung zum Tode. Allerdings büßte er eine lange Haftstrafe ab und kehrte danach als ein grämlicher und enttäuschter Mann nach England zurück.

Als Dr. Roylott in Indien weilte, heiratete er meine Mutter, Mrs. Stoner, die junge Witwe des Generalmajors Stoner von der Bengalischen Artillerie. Meine Schwester Julia und ich waren Zwillinge; wir waren erst zwei Jahre alt, als meine Mutter wieder heiratete. Sie hatte ein ansehnliches Einkommen aus Vermögen – nicht weniger als tausend Pfund im Jahr; dies überschrieb sie testamentarisch Dr. Roylott zur Gänze, solange wir bei ihm lebten, doch mit der Maßgabe, daß eine gewisse jährliche Summe jedem von uns im Falle unserer Verheiratung gewährt werden sollte.

Kurz nach unserer Rückkehr nach England starb meine Mutter – sie kam bei einem Eisenbahnunglück nahe Crewe ums Leben. Daraufhin gab Dr. Roylott seine Versuche auf, sich in London eine Praxis aufzubauen, und brachte uns dazu, mit ihm in dem alten ererbten Haus in Stoke Moran zu leben. Das Geld, das meine

mother had left was enough for all our wants, and there seemed to be no obstacle to our happiness.

"But a terrible change came over our stepfather about this time. Instead of making friends and exchanging visits with our neighbours, who had at first been overjoyed to see a Roylott of Stoke Moran back in the old family seat, he shut himself up in his house and seldom came out save to indulge in ferocious quarrels with whoever might cross his path. Violence of temper approaching to mania has been hereditary in the men of the family, and in my stepfather's case it had, I believe, been intensified by his long residence in the tropics.

A series of disgraceful brawls took place, two of which ended in the police-court, until at last he became the terror of the village, and the folks would fly at his approach, for he is a man of immense strength, and absolutely uncontrollable in his anger.

"Last week he hurled the local blacksmith over a parapet into a stream, and it was only by paying over all the money which I could gather together that I was able to avert another public exposure. He had no friends at all save the wandering gypsies, and he would give these vagabonds leave to encamp upon the few acres of bramble-covered land which represent the family estate, and would accept in return the hospitality of their tents, wandering away with them sometimes for weeks on end. He has a passion also for Indian animals, which are sent over to him by a correspondent, and he has at this moment a cheetah and a baboon, which wander freely over his grounds and are feared by the villagers almost as much as their master.

"You can imagine from what I say that my poor sister Julia and I had no great pleasure in our lives. No servant would stay with us, and for a long time we did all the work of the house. She was but

Mutter hinterlassen hatte, reichte für alle unsere Bedürfnisse, und unserem Glück schien nichts im Wege zu stehen.

Doch mit meinem Stiefvater ging in dieser Zeit eine schreckliche Veränderung vor. Anstatt Freunde zu gewinnen und Besuche mit unseren Nachbarn auszutauschen, die anfänglich hocherfreut waren, wieder einen Roylott von Stoke Moran auf dem alten Familiensitz zu sehen, schloß er sich in seinem Haus ein und kam selten heraus, außer um sich maßlose Auseinandersetzungen mit jedem zu erlauben, der seinen Weg kreuzen mochte. Ein gewalttätiges Temperament, das an Wahnsinn grenzen konnte, war bei den Männern der Familie erblich; im Fall meines Stiefvaters wurde es, glaube ich, gesteigert durch seinen langen Aufenthalt in den Tropen. Eine Reihe entwürdigender Zänkereien, von denen zwei vor dem Polizeigericht endeten, fanden statt, bis er schließlich zum Schrecken des Dorfes wurde und die Leute bei seinem Nahen die Flucht ergriffen, denn er ist ein Mann von ungeheurer Körperkraft und in seiner Wut völlig unberechenbar.

In der vergangenen Woche stieß er den Hufschmied vom Ort über eine Brückenmauer in den Fluß, und nur weil ich zahlte, was ich an Geld zusammenbrachte, konnte ich eine abermalige öffentliche Bloßstellung vermeiden. Er hatte überhaupt keine Freunde außer den umherziehenden Zigeunern; diesen Landstreichern gab er die Erlaubnis, auf den wenigen Morgen von Dornengestrüpp überwucherten Landes, welche den Familienbesitz darstellen, ihr Lager aufzuschlagen; als Gegenleistung nahm er die Gastlichkeit ihrer Zelte an, indem er manchmal wochenlang mit ihnen umherzog. Er hat auch eine Leidenschaft für Tiere aus Indien, die ihm von einem Briefpartner herübergesandt werden. Im Augenblick besitzt er einen Geparden und einen Pavian, die frei auf seinem Land umherlaufen und von den Dorfbewohnern fast genau so gefürchtet werden wie ihr Herr.

Nach dem, was ich Ihnen erzähle, können Sie sich vorstellen, daß meine arme Schwester Julia und ich nicht viel Freude am Leben hatten. Kein Dienstbote wollte bei uns bleiben, und lange Zeit erledigten wir die ganze Arbeit im Haus. Sie war

thirty at the time of her death, and yet her hair had already begun to whiten, even as mine has."

"Your sister is dead, then?"

"She died just two years ago, and it is of her death that I wish to speak to you. You can understand that, living the live which I have described, we were little likely to see anyone of our own age and position. We had, however, an aunt, my mother's maiden sister, Miss Honoria Westphail, who lives near Harrow, and we were occasionally allowed to pay short visits at this lady's house. Julia went there at Christmas two years ago, and met there a half-pay major of marines, to whom she became engaged. My stepfather learned of the engagement when my sister returned and offered no objection to the marriage; but within a fortnight of the day which had been fixed for the wedding, the terrible event occurred which has deprived me of my only companion."

Sherlock Holmes had been leaning back in his chair with his eyes closed and his head sunk in a cushion, but he half opened his lids now and glanced across at his visitor.

"Pray be precise as to details," said he.

"It is easy for me to be so, for every event of that dreadful time is seared into my memory. The manor-house is, as I have already said, very old, and only one wing is now inhabited. The bedrooms in this wing are on the ground floor, the sitting-rooms being in the central block of the buildings. Of these bedrooms the first is Dr. Roylott's, the second my sister's, and the third my own. There is no communication between them, but they all open out into the same corridor. Do I make myself plain?"

"Perfectly so."

"The windows of the three rooms open out upon the lawn. That fatal night Dr. Roylott had gone to his room early, though we knew that he had not

erst dreißig, als sie starb, und doch hatte ihr Haar schon angefangen, grau zu werden, ebenso wie das meine.»

«Ihre Schwester ist also tot?»

«Sie starb gerade vor zwei Jahren, und eben wegen ihres Todes möchte ich mit Ihnen sprechen. Nach meiner Beschreibung des Lebens, das wir führten, werden Sie einsehen, daß wir kaum Aussicht hatten, jemanden unseres Alters und unserer Stellung zu treffen. Wir hatten jedoch eine Tante, die unverheiratete Schwester meiner Mutter, Miß Honoria Westphail, die in der Nähe von Harrow wohnt, und gelegentlich erhielten wir die Erlaubnis, dem Haus dieser Dame kurze Besuche abzustatten. Julia begab sich Weihnachten vor zwei Jahren dorthin und traf dort einen halbbesoldeten Major der Marine, mit dem sie sich verlobte. Als meine Schwester heimkehrte, erfuhr mein Stiefvater von der Verlobung und brachte gegen die Heirat keine Einwände vor; doch zwei Wochen vor dem Tag, der für die Hochzeit festgesetzt worden war, geschah das schreckliche Ereignis, das mich meines einzigen Gefährten beraubte.»

Sherlock Holmes hatte sich in seinem Sessel zurückgelehnt, hatte die Augen geschlossen und den Kopf in ein Kissen gedrückt, doch jetzt öffnete er seine Lider halb und blickte hinüber auf unseren Besuch.

«Bitte seien Sie genau in allen Einzelheiten», sagte er.

«Das ist für mich leicht, denn jede Begebenheit aus jener furchtbaren Zeit ist meinem Gedächtnis eingebrannt. Das Herrenhaus ist, wie ich schon bereits sagte, sehr alt, und nur ein Flügel wird derzeit bewohnt. Die Schlafzimmer in diesem Flügel liegen ebenerdig, da die Wohnräume sich im mittleren Bereich des Gebäudes befinden. Von diesen Schlafzimmern gehört das erste Dr. Roylott, das zweite meiner Schwester und das dritte mir. Zwischen ihnen gibt es keine Verbindung, doch sie alle führen auf denselben Gang. Mache ich mich verständlich?»

«Vollkommen.»

«Die Fenster der drei Zimmer zeigen zum Rasenplatz hinaus. In jener verhängnisvollen Nacht war Dr. Roylott früh in sein Zimmer gegangen, wenngleich wir wußten, daß er sich

retired to rest, for my sister was troubled by the smell of the strong Indian cigars which it was his custom to smoke. She left her room, therefore, and came into mine, where she sat for some time, chatting about her approaching wedding. At eleven o'clock she rose to leave me, but she paused at the door and looked back.

"'Tell me, Helen,' said she, 'have you ever heard anyone whistle in the dead of the night?'

"'Never,' said I.

"'I suppose that you could not possibly whistle, yourself, in your sleep?'

"'Certainly not. But why?'

"'Because during the last few nights I have always, about three in the morning, heard a low, clear whistle. I am a light sleeper, and it has awakened me. I cannot tell where it came from – perhaps from the next room, perhaps from the lawn. I thought that I would just ask you whether you had heard it.'

"'No, I have not. It must be those wretched gypsies in the plantation.'

"'Very likely. And yet if it were on the lawn, I wonder that you did not hear it also.'

"'Ah, but I sleep more heavily than you.'

"'Well, it is of no great consequence, at any rate.' She smiled back at me, closed my door, and a few moments later I heard her key turn in the lock."

"Indeed," said Holmes. "Was it your custom always to lock yourselves in at night?"

"Always."

"And why?"

"I think that I mentioned to you that the doctor kept a cheetah and a baboon. We had no feeling of security unless our doors were locked."

"Quite so. Pray proceed with your statement."

"I could not sleep that night. A vague feeling of impending misfortune impressed me. My sister and I, you will recollect, were twins, and you know how

noch nicht zur Ruhe begeben hatte, denn meine Schwester fühlte sich durch den Geruch seiner schweren indischen Zigarren belästigt, die er zu rauchen pflegte. Sie verließ deshalb ihr Zimmer und kam in meines, wo sie eine Zeitlang saß und über ihre nahe Hochzeit plauderte. Um elf Uhr stand sie auf, um mich zu verlassen, doch hielt sie an der Tür inne und sah sich um.

‹Sag mal, Helen, hast du jemals mitten in der Nacht jemanden pfeifen hören?› fragte sie.

‹Nein, nie›, sagte ich.

‹Ich nehme an, daß du selber jedenfalls nicht im Schlaf pfeifst?›

‹Gewiß nicht. Warum?›

‹Weil ich während der letzten Nächte immer gegen drei Uhr morgens ein leises, aber deutliches Pfeifen hörte. Ich habe einen leichten Schlaf und wachte davon auf. Ich kann nicht sagen, woher es kam – vielleicht von nebenan, vielleicht draußen vom Rasen. Ich dachte, ich frage dich einfach mal, ob du es gehört hast.›

‹Nein, habe ich nicht. Es müssen die fürchterlichen Zigeuner in der Pflanzung sein.›

‹Wahrscheinlich. Und doch – wenn es draußen vom Rasen käme, wundert es mich, daß du es nicht auch hörtest.›

‹Das schon, aber ich schlafe tiefer als du.›

‹Nun, es ist sicher nicht von großer Bedeutung.› Sie lächelte mir zu, schloß meine Tür, und wenige Augenblicke später hörte ich ihren Schlüssel sich im Schloß drehen.»

«Wirklich?» sagte Holmes. «War es immer Ihre Angewohnheit, sich nachts einzuschließen?»

«Ja.»

«Und warum?»

«Ich glaube, ich erwähnte schon, daß der Doktor einen Geparden und einen Pavian hielt. Wir fühlten uns nicht sicher, wenn die Türen nicht verschlossen waren.»

«Ganz recht. Bitte setzen Sie Ihren Bericht fort.»

«Ich konnte in jener Nacht nicht schlafen. Ein unbestimmtes Gefühl drohenden Unheils bedrückte mich. Meine Schwester und ich, wie Sie sich erinnern, waren Zwillinge, und Sie

subtle are the links which bind two souls which are so closely allied. It was a wild night. The wind was howling outside, and the rain was beating and splashing against the windows. Suddenly, amid all the hubbub of the gale, there burst forth the wild scream of a terrified woman. I knew that it was my sister's voice. I sprang from my bed, wrapped a shawl round me, and rushed into the corridor. As I opened my door I seemed to hear a low whistle, such as my sister described, and a few moments later a clanging sound, as if a mass of metal had fallen. As I ran down the passage, my sister's door was unlocked, and revolved slowly upon its hinges. I stared at it horror-stricken, not knowing what was about to issue from it. By the light of the corridor-lamp I saw my sister appear at the opening, her face blanched with terror, her hands groping for help, her whole figure swaying to and fro like that of a drunkard. I ran to her and threw my arms round her, but at that moment her knees seemed to give way and she fell to the ground. She writhed as one who is in terrible pain, and her limbs were dreadfully convulsed. At first I thought that she had not recognized me, but as I bent over her she suddenly shrieked out in a voice which I shall never forget, 'Oh, my God! Helen! It was the band! The speckled band!' There was something else which she would fain have said, and she stabbed with her finger into the air in the direction of the doctor's room, but a fresh convulsion seized her and choked her words. I rushed out, calling loudly for my stepfather, and I met him hastening from his room in his dressing-gown. When he reached my sister's side she was unconscious, and though he poured brandy down her throat and sent for medical aid from the village, all efforts were in vain, for she slowly sank and died without having recovered her consciousness. Such was the dreadful end of my beloved sister."

wissen, wie fein die Fäden sind, die zwei so engverbundene Seelen verknüpfen. Es war eine stürmische Nacht. Draußen heulte der Wind, und der Regen trommelte und klatschte gegen die Fenster. Plötzlich brach mitten durch das Geheul des Sturms der Schrei einer von Schrecken gepackten Frau. Ich wußte, es war die Stimme meiner Schwester. Ich sprang aus dem Bett, hüllte mich in ein Umschlagtuch und stürzte auf den Gang. Während ich meine Tür öffnete, war mir, als hörte ich ein leises Pfeifen, so wie meine Schwester es beschrieben hatte, und wenige Augenblicke später einen klingenden Laut, als wäre ein größeres Stück Metall heruntergefallen. Als ich den Flur entlanglief, ging die Tür meiner Schwester auf und drehte sich langsam in den Angeln. Von Grauen gepackt starrte ich die Tür an – wußte ich doch nicht, was hinter ihr hervorkommen würde. Beim Licht der Korridorlampe sah ich meine Schwester in der Türöffnung erscheinen, mit einem vor Entsetzen bleichen Gesicht, mit hilfesuchend ausgestreckten Händen und hin und hertaumelnd die ganze Gestalt, wie die eines Betrunkenen. Ich lief zu ihr und schlang meine Arme um sie; in diesem Augenblick schienen ihre Knie nachzugeben, und sie stürzte zu Boden. Sie krümmte sich wie jemand, der schreckliche Schmerzen erleidet, und ihre Gliedmaßen gerieten in grauenhafte Zuckungen. Anfänglich glaubte ich, daß sie mich nicht erkannt habe, doch als ich mich über sie beugte, schrie sie plötzlich mit einer Stimme, die ich nie vergessen werde: ‹Oh Gott! Helen! Das kam ... von ... gesprenkelten ... Bande...› Es gab noch etwas, das sie gerne gesagt haben würde, und sie stieß mit dem Finger in die Luft in Richtung auf das Zimmer des Doktors, doch ein erneuter Krampf ergriff sie und erstickte ihre Worte. Ich stürzte davon, rief laut nach meinem Stiefvater, der mir im Morgenmantel von seinem Zimmer entgegengehastet kam. Als er meine Schwester erreichte, war sie bewußtlos, und obwohl er ihr Branntwein in die Kehle schüttete und ärztliche Hilfe aus dem Dorf kommen ließ, waren alle Bemühungen vergebens, denn sie wurde langsam immer schwächer und starb, ohne ihr Bewußtsein wiedererlangt zu haben. So also war das schreckliche Ende meiner geliebten Schwester.»

"One moment," said Holmes; "are you sure about this whistle and metallic sound? Could you swear to it?"

"That was what the county coroner asked me at the inquiry. It is my strong impression that I heard it, and yet, among the crash of the gale and the creaking of an old house, I may possibly have been deceived."

"Was your sister dressed?"

"No, she was in her night-dress. In her right hand was found the charred stump of a match, and in her left a match-box."

"Showing that she had struck a light and looked about her when the alarm took place. That is important. And what conclusions did the coroner come to?"

"He investigated the case with great care, for Dr. Roylott's conduct had long been notorious in the county, but he was unable to find any satisfactory cause of death. My evidence showed that the door had been fastened upon the inner side, and the windows were blocked by old-fashioned shutters with broad iron bars, which were secured every night. The walls were carefully sounded, and were shown to be quite solid all round, and the flooring was also thoroughly examined, with the same result. The chimney is wide, but is barred up by four large staples. It is certain, therefore, that my sister was quite alone when she met her end. Besides, there were no marks of any violence upon her."

"How about poison?"

"The doctors examined her for it, but without success."

"What do you think that this unfortunate lady died of, then?"

"It is my belief that she died of pure fear and nervous shock, though what it was that frightened her I cannot imagine."

«Einen Augenblick, bitte», sagte Holmes, «sind Sie sich sicher über das Pfeifen und den metallischen Laut? Könnten Sie es beschwören?»

«Das hat mich der Untersuchungsrichter der Grafschaft bei der Nachforschung auch gefragt. Ich habe die feste Erinnerung, daß ich es hörte, und dennoch, bei dem Lärm des Sturms und dem Knarren eines alten Hauses mag ich mich möglicherweise habe täuschen lassen.»

«War Ihre Schwester angekleidet?»

«Nein, sie war in ihrem Nachtgewand. In ihrer rechten Hand fand man einen angekohlten Streichholzstummel und in ihrer linken eine Streichholzschachtel.»

«Das ist ein Hinweis darauf, daß sie Licht gemacht und sich umgesehen hat, als sie sich beunruhigt fühlte. Das ist wichtig. Zu welchen Schlußfolgerungen kam der Untersuchungsrichter?»

«Er untersuchte den Fall mit großer Sorgfalt, denn Dr. Roylott war wegen seines Verhaltens schon lange in der ganzen Grafschaft berüchtigt; doch er konnte keine einleuchtende Todesursache finden. Meine Zeugenaussage bewies, daß die Tür von innen verschlossen gewesen war. Die Fenster waren durch altmodische Läden mit breiten eisernen Riegeln versperrt, die jede Nacht geschlossen wurden. Die Wände wurden sorgfältig untersucht und erwiesen sich rundum als völlig massiv; auch der Fußboden wurde gründlich überprüft, mit demselben Ergebnis. Der Kamin ist geräumig, doch durch vier große Krampen unpassierbar. Deshalb ist es sicher, daß meine Schwester ganz allein war, als der Tod sie ereilte. Außerdem gab es an ihr keine Zeichen irgendeiner Gewaltanwendung.»

«Und was ist mit Gift?»

«Die Ärzte untersuchten sie, ob welches festzustellen sei, doch ohne Erfolg.»

«Woran ist dann die unglückliche Dame Ihrer Meinung nach gestorben?»

«Ich glaube, daß sie aus reiner Furcht an einem Nervenschock starb, obwohl ich mir nicht vorstellen kann, was sie so erschreckt hat.»

"Were there gypsies in the plantation at the time?"

"Yes, there are nearly always some there."

"Ah, and what did you gather from this allusion to a band – a speckled band?"

"Sometimes I have thought that it was merely the wild talk of delirium, sometimes that it may have referred to some band of people, perhaps to these very gypsies in the plantation. I do not know whether the spotted handkerchiefs which so many of them wear over their heads might have suggested the strange adjective which she used."

Holmes shook his head like a man who is far from being satisfied.

"These are very deep waters," said he; "pray go on with your narrative."

"Two years have passed since then, and my life has been until lately lonelier than ever. A month ago, however, a dear friend, whom I have known for many years, has done me the honour to ask my hand in marriage. His name is Armitage – Percy Armitage – the second son of Mr. Armitage, of Crane Water, near Reading. My stepfather has offered no opposition to the match, and we are to be married in the course of the spring. Two days ago some repairs were started in the west wing of the building, and my bedroom wall has been pierced, so that I have had to move into the chamber in which my sister died, and to sleep in the very bed in which she slept. Imagine, then, my thrill of terror when last night, as I lay awake, thinking over her terrible fate, I suddenly heard in the silence of the night the low whistle which had been the herald of her own death. I sprang up and lit the lamp, but nothing was to be seen in the room. I was too shaken to go to bed again, however, so I dressed, and as soon as it was daylight I slipped down, got a dog-cart at the Crown Inn, which is opposite, and drove to Leatherhead, from whence I have come

«Waren zu der Zeit Zigeuner auf dem Gelände?»

«Ja, es sind fast immer welche dort.»

«Ah ja; und was haben Sie aus diesem Wort von einem – oder einer – gesprenkelten Bande geschlossen?»

«Manchmal habe ich gedacht, daß es nur eine Irrede im Delirium war, manchmal, daß es sich vielleicht auf eine Gruppe von Leuten bezog, möglicherweise eben jene Zigeuner auf dem Gutsgelände. Ich weiß nicht, ob die gepünkelten Taschentücher, die so viele von ihnen um den Kopf tragen, ihr möglicherweise das merkwürdige Adjektiv eingab, das sie gebrauchte!»

Holmes schüttelte den Kopf wie jemand, der weit davon entfernt ist, überzeugt zu sein.

«Dies sind sehr tiefe Wasser», sagte er. «Bitte fahren Sie mit Ihrer Erzählung fort.»

«Zwei Jahre sind seitdem vergangen, und mein Leben war bis vor kurzem einsamer denn je. Vor einem Monat jedoch hat ein lieber Freund, den ich seit vielen Jahren kenne, mir die Ehre erwiesen, um meine Hand anzuhalten. Er heißt Armitage – Percy Armitage – und ist der zweite Sohn von Mr. Armitage in Crane Water, in der Nähe von Reading. Mein Stiefvater hatte nichts gegen die Verbindung einzuwenden, und wir wollen im Lauf des Frühlings heiraten. Vor zwei Tagen wurde im Westflügel des Gebäudes mit Reparaturen begonnen und die Wand meines Schlafzimmers durchbrochen, so daß ich in das Zimmer habe umziehen müssen, in dem meine Schwester gestorben ist, und in eben dem Bett schlafen muß, in welchem sie geschlafen hat.

Nun stellen Sie sich vor, wie mich das Entsetzen packte, als ich in der vergangenen Nacht, während ich wach lag und an ihr schreckliches Schicksal dachte, auf einmal in der nächtlichen Stille das leise Pfeifen vernahm, das der Vorbote ihres Todes gewesen war. Ich sprang auf und machte Licht – im Zimmer war nichts zu sehen. Ich war jedoch zu sehr durcheinander, um wieder zu Bett zu gehen, also kleidete ich mich an und sobald der Tag anbrach, schlich ich mich hinunter, nahm beim Crown Inn, das gegenüber liegt, ein Dogcart und fuhr nach Leatherhead,

on this morning with the one object of seeing you and asking your advice."

"You have done wisely," said my friend. "But have you told me all?"

"Yes, all."

"Miss Roylott, you have not. You are screening your stepfather."

"Why, what do you mean?"

For answer Holmes pushed back the frill of black lace which fringed the hand that lay upon our visitor's knee. Five little livid spots, the marks of four fingers and a thumb, were printed upon the white wrist.

"You have been cruelly used," said Holmes.

The lady coloured deeply and covered over her injured wrist. "He is a hard man," she said, "and perhaps he hardly knows his own strength."

There was a long silence, during which Holmes leaned his chin upon his hands and stared into the crackling fire.

"This is a very deep business," he said at last. "There are a thousand details which I should desire to know before I decide upon our course of action. Yet we have not a moment to lose. If we were to come to Stoke Moran to-day, would it be possible for us to see over these rooms without the knowledge of your stepfather?"

"As it happens, he spoke of coming into town today upon some most important business. It is probable that he will be away all day, and that there would be nothing to disturb you. We have a housekeeper now, but she is old and foolish, and I could easily get her out of the way."

"Excellent. You are not averse to this trip, Watson?"

"By no means."

"Then we shall both come. What are you going to do yourself?"

"I have one or two things which I would wish to do

von wo ich heute morgen mit der einzigen Absicht gekommen bin, Sie aufzusuchen und um Rat zu fragen.»

«Sie haben klug daran getan», sagte mein Freund. «Haben Sie mir aber auch alles erzählt?»

«Ja, alles.»

«Miß Roylott, das haben Sie nicht. Sie schonen Ihren Stiefvater.»

«Wieso, was meinen Sie damit?»

Als Antwort schob Holmes die schwarze Spitzenmanschette zurück, von der die Hand unserer Besucherin, die auf ihrem Knie lag, umgeben war. Fünf kleine bläuliche Flecken, die Abdrücke von vier Fingern und einem Daumen zeichneten sich auf dem weißen Handgelenk ab.

«Sie sind mißhandelt worden», sagte Holmes.

Die Dame errötete tief und bedeckte ihr verletztes Handgelenk. «Er ist ein heftiger Mann», sagte sie, «und vielleicht kennt er seine eigenen Kräfte kaum.»

Es trat langes Schweigen ein, währenddessen Holmes sein Kinn auf die Hände gestützt hielt und in das prasselnde Feuer starrte.

«Dies ist eine sehr dunkle Angelegenheit», sagte er schließlich. «Es gibt tausend Einzelheiten, die ich wissen möchte, bevor ich über unser Vorgehen entscheide. Dennoch dürfen wir keinen Augenblick verlieren. Falls wir heute nach Stoke Moran kommen sollten, wäre es uns möglich, die Zimmer ohne Kenntnis Ihres Stiefvaters zu durchsuchen?»

«Der Zufall will es, daß er davon sprach, heute in irgendeiner höchst wichtigen Angelegenheit in die Stadt zu fahren. Wahrscheinlich ist er den ganzen Tag abwesend, und es gäbe nichts, was Sie störte. Wir haben jetzt eine Haushälterin, doch sie ist alt und närrisch; ich könnte sie ohne Schwierigkeiten fernhalten.»

«Ausgezeichnet. Sie sind diesem Ausflug nicht abgeneigt, Watson?»

«Keineswegs.»

«Dann werden wir beide fahren. Was haben Sie jetzt als nächstes vor?»

«Da ich nun schon einmal in der Stadt bin, würde ich gerne

now that I am in town. But I shall return by the twelve o'clock train, so as to be there in time for your coming."

"And you may expect us early in the afternoon. I have myself some small business matters to attend to. Will you not wait and breakfast?"

"No, I must go. My heart is lightened already since I have confided my trouble to you. I shall look forward to seeing you again this afternoon." She dropped her thick black veil over her face and glided from the room.

"And what do you think of it all, Watson?" asked Sherlock Holmes, leaning back in his chair.

"It seems to me to be a most dark and sinister business."

"Dark enough and sinister enough."

"Yet if the lady is correct in saying that the flooring and walls are sound, and that the door, window, and chimney are impassable, then her sister must have been undoubtedly alone when she met her mysterious end."

"What becomes, then, of these nocturnal whistles, and what of the very peculiar words of the dying woman?"

"I cannot think."

"When you combine the ideas of whistles at night, the presence of a band of gypsies who are on intimate terms with this old doctor, the fact that we have every reason to believe that the doctor has an interest in preventing his stepdaughter's marriage, the dying allusion to a band, and, finally, the fact that Miss Helen Stoner heard a metallic clang, which might have been caused by one of those metal bars that secured the shutters falling back into its place, I think that there is good ground to think that the mystery may be cleared along those lines."

"But what, then, did the gypsies do?"

"I cannot imagine."

ein oder zwei Besorgungen machen. Doch mit dem Zwölf-Uhr-Zug werde ich zurückfahren, um für Ihr Eintreffen rechtzeitig dort zu sein.»

«Sie dürfen uns am frühen Nachmittag erwarten. Ich selber habe noch ein paar kleine geschäftliche Angelegenheiten zu erledigen. Wollen Sie nicht noch warten und frühstücken?»

«Nein, ich muß weiter. Mein Herz ist schon erleichtert, daß ich Ihnen meine Sorge anvertraut habe. Ich werde mich freuen, Sie heute nachmittag wieder zu sehen.» Sie ließ den dichten schwarzen Schleier über ihr Gesicht fallen und ging leise aus dem Zimmer.

«Was halten Sie von all dem, Watson?» fragte Sherlock Holmes und lehnte sich in seinen Sessel zurück.

«Mir kommt die Sache äußerst dunkel und unheimlich vor.»

«Reichlich dunkel und reichlich unheimlich.»

«Wenn jedoch die Dame recht hat mit ihrer Aussage, daß Fußboden und Wände intakt sind und daß man durch Tür, Fenster und Kamin nicht hineinkommt, dann war ihre Schwester zweifellos allein, als ihr dieses geheimnisvolle Ende widerfuhr.»

«Und was ist dann mit diesen nächtlichen Pfeiftönen und mit den sehr merkwürdigen Worten der sterbenden Frau?»

«Ich habe keine Ahnung.»

«Wenn Sie all das zusammennehmen, die Vorstellung von Pfeiftönen während der Nacht, die Anwesenheit einer Schar von Zigeunern, die auf vertrautem Fuß mit dem Doktor stehen, die Tatsache, daß wir aus gutem Grund glauben dürfen, daß der Doktor daran interessiert ist, die Heirat seiner Stieftochter zu verhindern, die sterbensmatte Anspielung auf eine Bande und schließlich die Tatsache, daß Miß Helen Stoner einen metallischen Laut hörte, der möglicherweise durch einen der eisernen Riegel, die die Fensterläden sichern, beim Zurückfallen in seine Position verursacht wurde, dann denke ich, daß man mit gutem Grunde annehmen darf, das Geheimnis mit Hilfe dieser Informationen erklären zu können.»

«Doch was haben diese Zigeuner dann getan?»

«Ich habe keine Ahnung.»

"I see many objections to any such theory."

"And so do I. It is precisely for that reason that we are goint to Stoke Moran this day. I want to see whether the objections are fatal, or if they may be explained away. But what in the name of the devil!"

The ejaculation had been drawn from my companion by the fact that our door had been suddenly dashed open, and that a huge man had framed himself in the aperture. His costume was a peculiar mixture of the professional and of the agricultural, having a black top-hat, a long frock-coat, and a pair of high gaiters, with a hunting-crop swinging in his hand. So tall was he that his hat actually brushed the cross bar of the doorway, and his breadth seemed to span it across from side to side. A large face, seared with a thousand wrinkles, burned yellow with the sun, and marked with every evil passion, was turned from one to the other of us, while his deep-set, bile-shot eyes, and his high, thin, fleshless nose, gave him somewhat the resemblance to a fierce old bird of prey.

"Which of you is Holmes?" asked this apparition.

"My name, sir, but you have the advantage of me," said my companion quietly.

"I am Dr. Grimesby Roylott, of Stoke Moran."

"Indeed, Doctor," said Holmes blandly. "Pray take a seat."

"I will do nothing of the kind. My stepdaughter has been here. I have traced her. What has she been saying to you?"

"It is a little cold for the time of the year," said Holmes.

"What has she been saying to you?" screamed the old man furiously.

"But I have heard that the crocuses promise well," continued my companion imperturbably.

"Ha! You put me off, do you?" said our new visitor, taking a step forward and shaking his hunt-

«Ich sehe viele Einwände gegen eine solche Theorie.»

«Ich auch. Genau aus diesem Grund werden wir uns heute noch Stoke Moran begeben. Ich möchte sehen, ob die Einwände entscheidend sind, oder ob man sie weg-erklären kann. Doch was in drei Teufels Namen!»

Der Ausruf war meinem Gefährten herausgefahren, weil unsere Tür plötzlich aufgestoßen worden war und sich ein riesiger Mann in den Türrahmen geschoben hatte. Seine Kleidung war eine merkwürdige Mischung aus der eines Akademikers und eines Landwirts. Er trug einen schwarzen Zylinder, einen langen Gehrock und hohe Gamaschen. In der Hand schwenkte er eine Jagdpeitsche. Er war so groß, daß sein Hut wahrhaftig den Querbalken der Tür streifte, und seine Breite schien sie von einer Seite zur anderen auszufüllen. Sein großes Gesicht, von tausend Falten durchfurcht, gelbgebrannt von der Sonne und gezeichnet von jeder bösen Leidenschaft, wandte sich uns beiden abwechselnd zu, während ihm seine tiefliegenden, zornsprühenden Augen und seine weit vortretende, schmale, fleischlose Nase eine gewisse Ähnlichkeit mit einem grimmigen alten Raubvogel verliehen.

«Wer von Ihnen ist Holmes?» fragte diese Erscheinung.

«So heiße ich, Sir; doch Sie kennen mich jetzt, ohne mir bekannt zu sein», sagte mein Gefährte friedfertig.

«Ich bin Dr. Grimesby Roylott von Stoke Moran.»

«Ach wirklich, Doktor», sagte Holmes höflich. «Bitte nehmen Sie Platz.»

«Ich werde nichts dergleichen tun. Meine Stieftochter ist hier gewesen. Ich bin ihr nachgegangen. Was hat sie Ihnen gesagt?»

«Es ist ein wenig kalt für die Jahreszeit», sagte Holmes.

«Was hatte sie Ihnen zu sagen?» schrie der alte Mann wütend.

«Doch ich habe erfahren, daß die Krokusse zu den besten Hoffnungen berechtigen», fuhr mein Gefährte unerschütterlich fort.

«Ha! Sie weichen mir aus?» sagte unser neuer Besuch, und trat einen Schritt vor und schwang seine Jagdpeitsche. «Ich

ing-crop. "I know you, you scoundrel! I have heard of you before. You are Holmes, the meddler."

My friend smiled.

"Holmes, the busybody!"

His smile broadened.

"Holmes, the Scotland Yard Jack-in-office!"

Holmes chuckled heartily. "Your conversation is most entertaining," said he. "When you go out close the door, for there is a decided draught."

"I will go when I have said my say. Don't you dare to meddle with my affairs. I know that Miss Stoner has been here. I traced her? I am a dangerous man to fall foul of! See here." He stepped swiftly forward, seized the poker, and bent it into a curve with his huge brown hands.

"See that you keep yourself out of my grip," he snarled, and hurling the twisted poker into the fireplace he strode out of the room.

"He seems a very amiable person," said Holmes, laughing. "I am not quite so bulky, but if he had remained I might have shown him that my grip was not much more feeble than his own." As he spoke he picked up the steel poker and, with a sudden effort, straightened it out again.

"Fancy his having the insolence to confound me with the official detective force! This incident gives zest to our investigation, however, and I only trust that our little friend will not suffer from her imprudence in allowing this brute to trace her. And now, Watson, we shall order breakfast, and afterwards I shall walk down to Doctors' Commons, where I hope to get some data which may help us in this matter."

It was nearly one o'clock when Sherlock Holmes returned from his excursion. He held in his hand a sheet of blue paper, scrawled over with notes and figures.

kenne Sie, Sie Lump! Ich habe schon von Ihnen gehört. Sie sind Holmes, der sich in anderer Leute Angelegenheit mischt.»

Mein Freund lächelte.

«Holmes, der Wichtigtuer.»

Sein Lächeln wurde breiter.

«Holmes, der Neunmalschlaue von Scotland Yard.»

Holmes lachte herzlich in sich hinein. «Ihre Rede ist höchst unterhaltend», sagte er. «Wenn Sie hinausgehen, schließen Sie bitte die Tür, denn es zieht erheblich.»

«Ich werde gehen, wenn ich meine Meinung gesagt habe. Wagen Sie ja nicht, sich in meine Angelegenheiten zu mischen. Ich weiß, daß Miß Stoner hier gewesen ist. Ich bin ihr nachgegangen. Es ist gefährlich, mit mir aneinanderzugeraten! Sehen Sie her.» Er trat rasch vor, ergriff den Schürhaken und bog ihn mit seinen riesigen braunen Händen krumm.

«Passen Sie nur auf, daß Sie sich außerhalb meines Griffes halten», knurrte er. Er schleuderte den verbogenen Schürhaken in den Kamin und schritt aus dem Zimmer.

«Er scheint ein sehr liebenswerter Mensch zu sein», sagte Holmes lachend. «Ich bin nicht ganz so umfangreich, doch wenn er geblieben wäre, hätte ich ihm vielleicht gezeigt, daß mein Griff nicht viel schwächer ist als der seine.» Indem er sprach, hob er den eisernen Schürhaken auf und bog ihn mit einem plötzlichen Krafteinsatz wieder gerade.

«Man stelle sich seine Unverschämtheit vor, mich mit der beamteten Kriminalpolizei zu verwechseln! Dieser Vorfall jedoch verleiht unseren Nachforschungen die Würze. Ich hoffe nur, daß unsere kleine Freundin nicht unter ihrer Unvorsichtigkeit leiden wird, diesem Rohling ermöglicht zu haben, ihr zu folgen. Und jetzt, Watson, wollen wir Frühstück bestellen; danach gehe ich hinüber zu den Gerichtshöfen, wo ich hoffe, mir einige Auskünfte zu verschaffen, die uns in dieser Angelegenheit vielleicht hilfreich sind.»

Es war schon fast ein Uhr, als Sherlock Holmes von seinem Gang zu den Gerichten heimkehrte. In der Hand hielt er ein blaues Blatt Papier, das mit Notizen und Zahlen vollgekritzelt war.

"I have seen the will of the deceased wife," said he. "To determine its exact meaning I have been obliged to work out the present prices of the investments with which it is concerned. The total income, which at the time of the wife's death was little short of £ 1100, is now, through the fall in agricultural prices, not more than £ 750. Each daughter can claim an income of £ 250, in case of marriage. It is evident, therefore, that if both girls had married, this beauty would have had a mere pittance, while even one of them would cripple him to a very serious extent. My morning's work has not been wasted, since it has proved that he has the very strongest motives for standing in the way of anything of the sort. And now, Watson, this is too serious for dawdling, especially as the old man is aware that we are interesting ourselves in his affairs; so if you are ready, we shall call a cab and drive to Waterloo. I should be very much obliged if you would slip your revolver into your pocket. An Eley's No. 2 is an excellent argument with gentlemen who can twist steel pokers into knots. That and a tooth-brush are, I think, all that we need."

At Waterloo we were fortunate in catching a train for Leatherhead, where we hired a trap at the station inn and drove for four or five miles through the lovely Surrey lanes. It was a perfect day, with a bright sun and a few fleecy clouds in the heavens. The trees and wayside hedges were just throwing out their first green shoots, and the air was full of the pleasant smell of the moist earth. To me at least there was a strange contrast between the sweet promise of the spring and this sinister quest upon which we were engaged. My companion sat in the front of the trap, his arms folded, his hat pulled down over his eyes, and his chin sunk upon his breast, buried in the deepest thought. Suddenly, however, he started, tapped me on the shoulder, and pointed over the meadows.

«Ich habe das Testament der verstorbenen Frau gesehen», sagte er. «Um seine eigentliche Bedeutung zu ermitteln, war ich gezwungen, den augenblicklichen Kurs der Kapitalanlagen, die es betrifft, zu ermitteln. Das gesamte Jahreseinkommen, das zur Zeit des Todes der Ehefrau 1100 Pfund betrug, beläuft sich jetzt durch den Kursverfall in der Landwirtschaft auf nicht mehr als 750 Pfund. Jede Tochter kann im Fall ihrer Verheiratung Anspruch auf ein Einkommen von 250 Pfund erheben. Es ist deshalb unstreitig, daß, wenn beide Mädchen geheiratet hätten, dieses Prachtexemplar einen Hungerlohn gehabt hätte, schon eine einzige würde ihn ja in bedeutendem Ausmaß einschränken. Meine morgendliche Arbeit war nicht nutzlos, weil es sich herausstellte, daß er die triftigsten Gründe hat, einem derartigen Geschehen im Weg zu stehen. Aber Watson, die Sache ist zu ernst, als daß wir herumbummeln dürften, besonders da der alte Mann Kenntnis hat, daß wir uns für seine Angelegenheiten interessieren; wenn Sie also bereit sind, werden wir eine Droschke rufen und zum Waterloo-Bahnhof fahren. Ich wäre sehr dankbar, wenn Sie sich Ihren Revolver in die Tasche steckten. Eine Eley's No. 2 ist ein ausgezeichnetes Argument bei Herren, die eiserne Schürhaken zu Knoten verschlingen können. Das und eine Zahnbürste ist wohl alles, was wir brauchen.»

Wir hatten Glück und erreichten am Waterloo-Bahnhof noch rechtzeitig einen Zug nach Leatherhead; dort mieteten wir beim Gasthof der Station eine offene leichte Kutsche und fuhren vier oder fünf Meilen über die wunderschönen Feldwege von Surrey. Es war ein makelloser Tag mit strahlender Sonne und einigen Schäfchenwolken am Himmel. Die Bäume und die Hecken am Wegrand zeigten ihre ersten grünen Triebe, und die Luft war angefüllt vom angenehmen Geruch feuchter Erde. Für mich jedenfalls bestand ein merkwürdiger Gegensatz zwischen der süßen Verheißung des Frühlings und dieser unheimlichen Nachforschung, mit der wir befaßt waren. Mein Gefährte saß vorn in der Kutsche, die Arme verschränkt, den Hut ins Gesicht gezogen, das Kinn auf die Brust geneigt, in tiefste Gedanken versunken. Plötzlich aber kam er hoch, tippte mir auf die Schulter und zeigte über die Wiesen.

"Look there!" said he.

A heavily timbered park stretched up in a gentle slope, thickening into a grove at the highest point. From amid the branches there jutted out the gray gables and high roof-tree of a very old mansion.

"Stoke Moran?" said he.

"Yes, sir, that be the house of Dr. Grimesby Roylott," remarked the driver.

"There is some building going on there," said Holmes; "that is where we are going."

"There's the village," said the driver, pointing to a cluster of roofs some distance to the left; "but if you want to get to the house, you'll find it shorter to get over this stile, and so by the foot-path over the fields. There it is, where the lady is walking."

"And the lady, I fancy, is Miss Stoner," observed Holmes, shading his eyes. "Yes, I think we had better do as you suggest."

We got off, paid our fare, and the trap rattled back on its way to Leatherhead.

"I thought it as well," said Holmes as we climbed the stile, "that this fellow should think we had come here as architects, or on some definite business. It may stop his gossip. Good-afternoon, Miss Stoner. You see that we have been as good as our word."

Our client of the morning had hurried forward to meet us with a face which spoke her joy. "I have been waiting so eagerly for you," she cried, shaking hands with us warmly. "All has turned out splendidly. Dr. Roylott has gone to town, and it is unlikely that he will be back before evening."

"We have had the pleasure of making the doctor's acquaintance," said Holmes, and in a few words he sketched out what had occurred. Miss Stoner turned white to the lips as she listened.

"Good heavens!" she cried, "he has followed me, then."

«Schauen Sie dort!» sagte er.

Ein üppig bewachsener Park erstreckte sich einen sanften Hügel hinan und verdichtete sich am höchsten Punkt zu einem Wald. Aus den Zweigen hervor ragten die grauen Giebel und hohen Firstbalken eines sehr alten Herrenhauses.

«Stoke Moran?» fragte er.

«Ja, Sir, das ist das Haus von Dr. Grimesby Roylott», äußerte der Kutscher.

«Es wird dort einiges umgebaut», sagte Holmes; «da möchten wir hin.»

«Dort ist das Dorf», sagte der Kutscher und wies auf eine Gruppe von Dächern in einiger Entfernung zu linker Hand; «doch wenn Sie zu dem Haus wollen, wird es für Sie kürzer sein, wenn Sie sich über diesen Zauntritt bemühen und dann den Fußpfad entlang über die Felder nehmen. Dort drüben, wo die Dame spaziert.»

«Die Dame, kommt mir vor, ist Miß Stoner», bemerkte Holmes, seine Augen beschattend. «Ja, ich glaube, wir machen am besten das, was Sie uns vorschlagen.»

Wir stiegen aus, zahlten den Fahrpreis, und die Kutsche ratterte wieder zurück nach Leatherhead.

«Ich hielt es für richtig», sagte Holmes, als wir über den Zauntritt kletterten, «daß dieser Bursche glauben sollte, wir seien als Architekten hierhergekommen oder in einer anderen eindeutigen Angelegenheit. Das mag ihn am Tratschen hindern. Guten Tag, Miß Stoner. Sie sehen, wir sind Männer, die Wort halten.»

Unsere Klientin vom Morgen war uns eilig entgegengekommen. Aus ihrem Gesicht sprach ihre Freude. «Ich habe Sie so brennend erwartet», rief sie und schüttelte uns herzlich die Hände. «Alles hat sich ausgezeichnet gefügt. Dr. Roylott hat sich in die Stadt begeben, und es ist nicht wahrscheinlich, daß er vor dem Abend zurück sein wird.»

«Wir hatten das Vergnügen, die Bekanntschaft des Doktors zu machen», sagte Holmes und beschrieb mit wenigen Worten, was sich ereignet hatte. Miß Stoner erbleichte beim Zuhören bis in die Lippen.

«Gütiger Himmel», rief sie, «er ist mir also gefolgt!»

"So it appears."

"He is so cunning that I never know when I am safe from him. What will he say when he returns?"

"He must guard himself, for he may find that there is someone more cunning than himself upon his track. You must lock yourself up from him to-night. If he is violent, we shall take you away to your aunt's at Harrow. Now, we must make the best use of our time, so kindly take us at once to the rooms which we are to examine."

The building was of gray, lichen-blotched stone, with a high central portion and two curving wings, like the claws of a crab, thrown out on each side. In one of these wings the windows were broken and blocked with wooden boards, while the roof was partly caved in, a picture of ruin. The central portion was in little better repair, but the right-hand block was comparatively modern, and the blinds in the windows, with the blue smoke curling up from the chimneys, showed that this was where the family resided. Some scaffolding had been erected gainst the end wall, and the stone-work had been broken into, but there were no signs of any workmen at the moment of our visit. Holmes walked slowly up and down the ill-trimmed lawn and examined with deep attention the outsides of the windows.

"This, I take it, belongs to the room in which you used to sleep, the centre one to your sister's, and the one next to the main building to Dr. Roylott's chamber?"

"Exactly so. But I am now sleeping in the middle one."

"Pending the alterations, as I understand. By the way, there does not seem to be any very pressing need for repairs at that end wall."

"There were none. I believe that it was an excuse to move me from my room."

"Ah! that is suggestive. Now, on the other side

«Es sieht so aus.»

«Er ist so durchtrieben, daß ich nie weiß, wann ich vor ihm sicher bin. Was wird er sagen, wenn er zurückkehrt?»

«Er muß sich in acht nehmen, denn es könnte passieren, daß ihm jemand auf der Spur ist, der sich als noch durchtriebener erweist. Sie müssen sich heute nacht vor ihm einschließen. Wenn er handgreiflich wird, werden wir Sie fort zu Ihrer Tante nach Harrow bringen. Und jetzt müssen wir das Beste aus unserer Zeit machen, also führen Sie uns freundlicherweise zu den Zimmern, die wir untersuchen wollen.»

Das Gebäude bestand aus grauem, von Flechten geflecktem Stein mit einem hohen Mittelteil und zwei beidseitig ausgebreiteten, geschwungenen Flügeln, wie die Scheren eines Krebses. In einem dieser Flügel waren die Fenster zerbrochen und mit Holzbrettern verschalt, während das Dach teilweise eingestürzt war: ein Bild des Verfalls. Der Mittelteil befand sich in einem etwas besseren Zustand, wohingegen der Block zur rechten Hand ziemlich erneuert war und die Vorhänge hinter den Fenstern und der blaue Rauch, der aus den Schornsteinen quoll, anzeigten, daß hier die Familie wohnte. Ein Baugerüst war an der Stirnmauer hochgezogen, das Mauerwerk durchbrochen worden, doch im Augenblick unseres Besuches war nichts von Arbeitern zu bemerken. Holmes schritt langsam den schlecht geschnittenen Rasen auf und ab und studierte mit großer Aufmerksamkeit das Äußere der Fenster.

«Dies, vermute ich, gehört zu dem Zimmer, in dem Sie zu schlafen pflegten, das mittlere zu dem Ihrer Schwester und das dem Hauptgebäude nächste gehört zu Dr. Roylotts Gemach.»

«Genau so ist es. Doch jetzt schlafe ich immer im mittleren Zimmer.»

«In Erwartung der Veränderung, ich weiß. Übrigens scheint keine sehr dringende Notwendigkeit für Reparaturen an diesem Teil der Hausmauer zu bestehen.»

«Gab es auch nicht. Ich glaube, es war nur ein Vorwand, um mich aus meinem Zimmer zu entfernen.»

«Ha! das ist eine Unterstellung. Nun, auf der anderen

of this narrow wing runs the corridor from which these three rooms open. There are windows in it, of course?"

"Yes, but very small ones. Too narrow for anyone to pass through."

"As you both locked your doors at night, your rooms were unapproachable from that side. Now, would you have the kindness to go into your room and bar your shutters?"

Miss Stoner did so, and Holmes, after a careful examination through the open window, endeavoured in every way to force the shutter open, but without success. There was no slit through which a knife could be passed to raise the bar. Then with his lens he tested the hinges, but they were of solid iron, built firmly into the massive masonry. "Hum!" said he, scratching his chin in some perplexity, "my theory certainly presents some difficulties. No one could pass these shutters if they were bolted. Well, we shall see if the inside throws any light upon the matter."

A small side door led into the whitewashed corridor from which the three bedrooms opened. Holmes refused to examine the third chamber, so we passed at once to the second, that in which Miss Stoner was now sleeping, and in which her sister had met with her fate. It was a homely little room, with a low ceiling and a gaping fireplace, after the fashion of old country-houses. A brown chest of drawers stood in one corner, a narrow white-counterpaned bed in another, and a dressingtable on the left-hand side of the window. These articles, with two small wickerwork chairs, made up all the furniture in the room save for a square of Wilton carpet in the centre. The boards round and the panelling of the walls were of brown, worm-eaten oak, so old and discoloured that it may have dated from the original building of the house. Holmes drew one of the

Seite dieses schmalen Flügels verläuft der Gang, von dem aus diese drei Zimmer zu betreten sind. Er hat doch sicher auch Fenster?»

«Ja, aber nur sehr kleine. Zu klein, als daß jemand hindurchpaßte.»

«Da Sie beide Ihre Türen nachts abschlossen, waren Ihre Zimmer von jener Seite aus unzugänglich. Würden Sie jetzt bitte die Freundlichkeit haben, in Ihr Zimmer zu gehen und die Läden zu verriegeln?»

Miß Stoner tat dies, und nach einer sorgfältigen Überprüfung durch das geöffnete Fenster versuchte Holmes auf alle mögliche Weise, die Läden aufzubrechen, doch ohne Erfolg. Es gab keinen Schlitz, durch den man ein Messer hätte schieben können, um den Riegel zu heben. Dann untersuchte er mit seiner Lupe die Angeln, doch die waren aus massivem Eisen und saßen fest im gediegenen Mauerwerk. «Hm!» sagte er und kratzte sich ziemlich verwirrt am Kinn. «Meine Theorie enthält wahrlich einige Unstimmigkeiten. Niemand konnte durch diese Fensterläden hinein, wenn sie verriegelt waren. Nun, wir werden sehen, ob das Innere irgendein Licht auf die Angelegenheit wirft.»

Eine schmale Seitentür führte in den weißgetünchten Gang, von dem aus die drei Schlafzimmer zugänglich waren. Holmes hatte kein Interesse, das dritte Gemach zu überprüfen, also gingen wir gleich weiter zum zweiten, demjenigen, in welchem Miß Stoner jetzt schlief und in welchem ihre Schwester ihr Schicksal ereilt hatte. Es war ein schlichtes kleines Zimmer mit einer niedrigen Decke und einem gähnenden Kamin, ganz nach der Art alter Landhäuser. In einer Ecke stand eine braune Kommode, in einer anderen ein schmales, weiß abgedecktes Bett und auf der linken Seite des Fensters ein Toilettentisch. Diese Gegenstände mit zwei kleinen Korbsesseln machten die ganze Einrichtung des Zimmers aus, abgesehen von einem quadratischen Stück Wiltonteppich in der Mitte. Die Dielen rundum und die Verschalung der Wände bestanden aus brauner wurmzerfressener Eiche, so alt und verfärbt, daß sie wohl aus der Zeit der Erbauung des Hauses stammten. Holmes zog einen der Sessel in eine Ecke und saß

chairs into a corner and sat silent, while his eyes travelled round and round and up and down, taking in every detail of the apartment.

"Where does that bell communicate with!" he asked at last, pointing to a thick bell-rope which hung down beside the bed, the tassel actually lying upon the pillow.

"It goes to the housekeeper's room."

"It looks newer than the other things?"

"Yes, it was only put there a couple of years ago."

"Your sister asked for it, I suppose?"

"No, I never heard of her using it. We used always to get what we wanted for ourselves."

"Indeed, it seemed unnecessary to put so nice a bell-pull there. You will excuse me for a few minutes while I satisfy myself as to this floor." He threw himself down upon his face with his lens in his hand and crawled swiftly backward and forward, examining minutely the cracks between the boards. Then he did the same with the wood-work with which the chamber was panelled. Finally he walked over to the bed and spent some time in staring at it and in running his eye up and down the wall. Finally he took the bell-rope in his hand and gave it a brisk tug.

"Why, it's a dummy," said he.

"Won't it ring?"

"No, it is not even attached to a wire. This is very interesting. You can see now that it is fastened to a hook just above where the little opening for the ventilator is."

"How very absurd! I never noticed that before."

"Very strange!" muttered Holmes, pulling at the rope. "There are one or two very singular points about this room. For example, what a fool a builder must be to open a ventilator into another room, when, with the same trouble, he might have communicated with the outside air!"

"That is also quite modern," said the lady.

schweigend, während seine Augen durchs Zimmer wanderten, rundherum und auf und nieder, jede Einzelheit des Raumes aufnehmend.

«Wohin meldet diese Klingel?» fragte er schließlich und zeigte auf einen dicken Klingelzug, der neben dem Bett herunterhing und dessen Quaste jetzt auf dem Kopfkissen lag.

«Ins Zimmer der Haushälterin.»

«Sie sieht neuer als die anderen Dinge aus.»

«Ja, sie wurde erst vor einigen Jahren dort angebracht.»

«Ihre Schwester hat darum gebeten, nehme ich an.»

«Nein, ich habe von ihr nie gehört, daß sie davon Gebrauch gemacht hätte. Wir holten das, was wir benötigten, immer selber.»

«Dann war es doch überflüssig, einen so hübschen Klingelzug dort anzubringen. Bitte entschuldigen Sie mich für einen Augenblick; ich möchte mir bezüglich des Fußbodens Sicherheit verschaffen.» Er ließ sich nieder, in der Hand die Lupe, das Gesicht dicht am Boden, und kroch hurtig hin und her und untersuchte genauestens die Spalten zwischen den Dielen. Dann tat er dasselbe am Holzwerk, mit dem das Zimmer verkleidet war. Dann ging er hinüber zum Bett und verbrachte einige Zeit damit, es anzustarren und seinen Blick die Wand auf- und abstreichen zu lassen. Dann nahm er den Klingelzug in die Hand und zog daran mit einem heftigen Ruck.

«Das ist ja eine Attrappe», sagte er.

«Klingelt es nicht?»

«Nein, der Klingelzug ist nicht einmal an einem Draht befestigt. Das ist sehr interessant. Sie können jetzt sehen, daß er nur an einem Haken gleich über der kleinen Öffnung für die Lüftung befestigt ist.»

«Wie unsinnig! Das habe ich nie bemerkt.»

«Sehr sonderbar!» murmelte Holmes und zog an dem Klingelzug. «In diesem Zimmer gibt es ein oder zwei sehr außergewöhnliche Dinge. Zum Beispiel, was für ein Dummkopf ein Baumeister sein muß, der einen Lüftungsgang in ein anderes Zimmer führt, wenn er mit demselben Aufwand eine Verbindung zur Außenluft hätte herstellen können!»

«Der ist auch noch recht neu», sagte die Dame.

"Done about the same time as the bell-rope?" remarked Holmes.

"Yes, there were several little changes carried out about that time."

"They seem to have been of a most interesting character – dummy bell-ropes, and ventilators which do not ventilate. With your permission, Miss Stoner, we shall now carry our researches into the inner apartment."

Dr. Grimesby Roylott's chamber was larger than that of his stepdaughter, but was as plainly furnished. A camp-bed, a small wooden shelf full of books, mostly of a technical character, an armchair beside the bed, a plain wooden chair against the wall, a round table, and a large iron safe were the principal things which met the eye. Holmes walked slowly round and examined each and all of them with the keenest interest.

"What's in here?" he asked, tapping the safe.

"My stepfather's business papers."

"Oh! you have seen inside, then?"

"Only once, some years ago. I remember that it was full of papers."

"There isn't a cat in it, for example?"

"No. What a strange idea!"

"Well, look at this!" He took up a small saucer of milk which stood on the top of it.

"No; we don't keep a cat. But there is a cheetah and a baboon."

"Ah, yes, of course! Well, a cheetah is just a big cat, and yet a saucer of milk does not go very far in satisfying its wants, I daresay. There is one point which I should wish to determine." He squatted down in front of the wooden chair and examined the seat of it with the greatest attention.

"Thank you. That is quite settled," said he, rising and putting his lens in his pocket. "Hello! Here is something interesting!"

«Um dieselbe Zeit angebracht wie der Klingelzug?» bemerkte Holmes.

«Ja, es waren mehrere kleine Veränderungen, die um diese Zeit vorgenommen wurden.»

«Sie scheinen von höchst ungewöhnlicher Art gewesen zu sein: Scheinklingelzüge und Luftgänge, die keine Luft zuführen. Mit Ihrer Erlaubnis, Miß Stoner, werden wir unsere Untersuchungen jetzt in das zuinnerst gelegene Zimmer verlegen.»

Dr. Grimesby Roylotts Gemach war größer als das seiner Stieftochter, doch ebenso einfach möbliert. Ein Feldbett, ein kurzes Holzregal voll mit Büchern, die meisten technischen Inhalts, ein Lehnstuhl neben dem Bett, ein einfacher Holzstuhl an der Wand, ein runder Tisch und ein großer eiserner Safe waren die wichtigsten Dinge, auf die das Auge traf.

Holmes ging langsam umher und prüfte jedes und alles mit höchster Aufmerksamkeit.

«Was ist hier drinnen?» fragte er und klopfte auf den Safe.

«Die Geschäftspapiere meines Stiefvaters.»

«Oh! Sie haben also hineingeschaut?»

«Nur einmal, vor einigen Jahren. Ich erinnere mich, daß er voller Papiere war.»

«Ist nicht, beispielsweise, eine Katze drin?»

«Nein. Was für eine abwegige Vorstellung!»

«Nun, sehen Sie sich das da an!» Er hob eine kleine Untertasse mit Milch hoch, die oben drauf stand.

«Nein; wir halten keine Katze. Aber es gibt einen Geparden und einen Pavian.»

«Ah, ja, natürlich! Nun, ein Gepard ist zwar eine große Katze, dennoch möchte ich glauben, daß eine Untertasse Milch zur Befriedigung seiner Wünsche nicht ganz ausreicht. Noch eine Sache würde ich gerne ermitteln.» Er kauerte sich vor den Holzstuhl und untersuchte dessen Sitzfläche mit größter Aufmerksamkeit.

«Danke. Damit ist der Fall klar», sagte er, wobei er sich erhob und seine Lupe in die Tasche steckte. «Hallo! Hier ist etwas Interessantes!»

The object which had caught his eye was a small dog lash hung on one corner of the bed. The lash, however, was curled upon itself and tied so as to make a loop of whipcord.

"What do you make of that, Watson?"

"It's a common enough lash. But I don't know why it should be tied."

"That is not quite so common, is it? Ah, me! it's a wicked world, and when a clever man turns his brains to crime it is the worst of all. I think that I have seen enough now, Miss Stoner, and with your permission we shall walk out upon the lawn."

I had never seen my friend's face so grim or his brow so dark as it was when we turned from the scene of this investigation. We had walked several times up and down the lawn, neither Miss Stoner nor myself liking to break in upon his thoughts before he roused himself from his reverie.

"It is very essential, Miss Stoner," said he, "that you should absolutely follow my advice in every respect."

"I shall most certainly do so."

"The matter is too serious for any hesitation. Your life may depend upon your compliance."

"I assure you that I am in your hands."

"In the first place, both my friend and I must spend the night in your room."

Both Miss Stoner and I gazed at him in astonishment.

"Yes, it must be so. Let me explain. I believe that that is the village inn over there?"

"Yes, that is the Crown."

"Very good. Your windows would be visible from there?"

"Certainly."

"You must confine yourself to your room, on pretence of a headache, when your stepfather comes back. Then when you hear him retire for the night,

Was seine Aufmerksamkeit auf sich gezogen hatte, war eine kurze Hundepeitsche, die über einer Ecke des Bettes hing. Die Peitschenschnur war aber zu einer Schlaufe hochgebunden, so daß sie eine lederne Schlinge bildete.

«Was halten Sie davon, Watson?»

«Es ist eine ganz gewöhnliche Peitsche. Doch weiß ich nicht, zu was sie hoch gebunden ist.»

«Das ist nicht ganz so gewöhnlich, nicht wahr? Ach! Die Welt ist böse, und wenn ein intelligenter Mann sich mit seinem Verstand dem Verbrechen zuwendet, so ist es das Schlimmste von allem. Ich glaube, ich habe jetzt genug gesehen, Miß Stoner, und mit Ihrer Erlaubnis werden wir hinaus auf den Rasenplatz gehen.»

Ich hatte das Gesicht meines Freundes nie so grimmig oder seine Stirn nie so düster gesehen, wie jetzt, als wir uns vom Schauplatz dieser Untersuchungen abwandten. Wir waren mehrere Male den Rasen auf und ab gegangen, währenddessen weder Miß Stoner noch ich seine Gedanken unterbrechen mochten, bis er sich selbst aus seiner Träumerei herausholte.

«Es ist unbedingt nötig, Miß Stoner», sagte er, «daß Sie meinem Rat in jeder Beziehung ganz und gar Folge leisten.»

«Das werde ich ganz gewiß tun.»

«Die Angelegenheit ist für jegliches Zaudern zu ernst. Ihr Leben kann vielleicht von Ihrer Unterordnung abhängen.»

«Seien Sie gewiß, daß ich mich Ihnen füge.»

«In erster Linie müssen wir beide, mein Freund und ich, die Nacht in Ihrem Zimmer verbringen.»

Miß Stoner und ich starrten ihn beide erstaunt an.

«Ja, es muß so sein. Lassen Sie mich erklären. Ich glaube, das dort drüben ist der Dorfgasthof.»

«Ja, Crown Inn.»

«Sehr gut. Wären denn Ihre Fenster von dort aus zu sehen?»

«Gewiß.»

«Sie müssen sich, wenn Ihr Stiefvater zurückkommt, unter dem Vorwand von Kopfschmerzen in Ihr Zimmer einschließen. Wenn sie dann hören, daß er sich für die Nacht zurück-

you must open the shutters of your window, undo the hasp, put your lamp there as a signal to us, and then withdraw quietly with everything which you are likely to want into the room which you used to occupy. I have no dobt that, in spite of the repairs, you could manage there for one night."

"Oh, yes, easily."

"The rest you will leave in our hands."

"But what will you do?"

"We shall spend the night in your room, and we shall investigate the cause of this noise which has disturbed you."

"I believe, Mr. Holmes, that you have already made up your mind," said Miss Stoner, laying her hand upon my companion's sleeve.

"Perhaps I have."

"Then, for pity's sake, tell me what was the cause of my sister's death."

"I should prefer to have clearer proofs before I speak."

"You can at least tell me whether my own thought is correct, and if she died from some sudden fright."

"No, I do not think so. I think that there was probably some more tangible cause. And now, Miss Stoner, we must leave you, for if Dr. Roylott returned and saw us our journey would be in vain. Good-bye, and be brave, for if you will do what I have told you you may rest assured that we shall soon drive away the dangers that threaten you."

Sherlock Holmes and I had no difficulty in engaging a badroom and sitting-room at the Crown Inn. They were on the upper floor, and from our window we could command a view of the avenue gate, and of the inhabited wing of Stoke Moran Manor House. At dusk we saw Dr. Grimesby Roylott drive past, his huge form looming up beside the little figure of the lad who drove him. The boy had some slight difficulty in undoing the heavy iron

zieht, müssen Sie die Läden Ihres Fensters öffnen, den Fenster-
riegel lösen, Ihre Lampe als Zeichen für uns dorthin stellen und
sich dann leise mit allem, was Sie möglicherweise brauchen,
in das Zimmer, das Sie sonst bewohnten, zurückziehen. Ich
bin mir sicher, das Sie es trotz der Reparaturen dort für eine
Nacht aushalten.»

«O ja, mühelos.»

«Den Rest werden Sie uns überlassen.»

«Was aber unternehmen Sie?»

«Wir werden die Nacht in Ihrem Zimmer verbringen; und
wir werden die Ursache für das Geräusch, das Sie beunruhigt
hat, erkunden.»

«Ich glaube, Mr. Holmes, daß Sie sich schon eine feste
Meinung gebildet haben», sagte Miß Stoner und legte ihre
Hand auf den Ärmel meines Gefährten.

«Vielleicht.»

«Dann, um Himmels willen, sagen Sir mir, was der Grund
für den Tod meiner Schwester war.»

«Ich möchte gern klarere Beweise haben, bevor ich spreche.»

«Sie können mir wenigstens sagen, ob meine eigene Überlegung zutrifft, und sie durch unverhofften Schrecken
starb.»

«Nein, das glaube ich nicht. Ich glaube, daß es wahrscheinlich ein eher greifbarer Anlaß war. Und jetzt, Miß Stoner,
müssen wir Sie verlassen, denn wenn Dr. Roylott zurückkehrte und uns sähe, wäre unsere Reise vergebens gewesen.
Auf Wiedersehen, und seien Sie tapfer, denn wenn Sie tun
werden, was ich Ihnen sagte, können Sie versichert sein, daß
wir bald die Gefahren, die Sie bedrohen, verjagt haben.»

Sherlock Holmes und ich hatten keine Schwierigkeiten, ein
Schlaf- und Wohnzimmer im Crown Inn zu mieten. Sie lagen
im ersten Stock, und von unserem Fenster aus hatten wir
Ausblick auf das Zufahrtstor und auf den bewohnten Flügel
des Herrenhauses Stoke Moran. Bei Einbruch der Dunkelheit sahen wir Dr. Grimesby Roylott vorbeifahren; seine
riesige Figur ragte drohend auf neben der kleinen Gestalt
des Burschen, der ihn kutschierte. Der Junge tat sich etwas
schwer beim Öffnen der mächtigen Eisentore, und wir ver-

gates, and we heard the hoarse roar of the doctor's voice and saw the fury with which he shook his clinched fists at him. The trap drove on, and a few minutes later we saw a sudden light spring up among the trees as the lamp was lit in one of the sitting-rooms.

"Do you know, Watson," said Holmes as we sat together in the gathering darkness, "I have really some scruples as to taking you to-night. There is a distinct element of danger."

"Can I be of assistance?"

"Your presence might be invaluable."

"Then I shall certainly come."

"It is very kind of you."

"You speak of danger. You have evidently seen more in these rooms than was visible to me."

"No, but I fancy that I may have deduced a little more. I imagine that you saw all that I did."

"I saw nothing remarkable save the bell-rope, and what purpose that could answer I confess is more than I can imagine."

"You saw the ventilator, too?"

"Yes, but I do not think that it is such a very unusual thing to have a small opening between two rooms. It was so small that a rat could hardly pass through."

"I knew that we should find a ventilator before ever we came to Stoke Moran."

"My dear Holmes!"

"Oh, yes, I did. You remember in her statement she said that her sister could smell Dr. Roylott's cigar. Now, of course that suggested at once that there must be a communication between the two rooms. It could only be a small one, or it would have been remarked upon at the coroner's inquiry. I deduced a ventilator."

"But what harm can there be in that?"

"Well, there is at least a curious coincidence of

nahmen das heisere Gebrüll von des Doktors Stimme und sahen, wie wütend er die geballten Fäuste gegen ihn schüttelte. Der Zweisitzer fuhr weiter, und wenige Minuten später sahen wir ein plötzliches Licht zwischen den Bäumen aufleuchten, als die Lampe in einem der Wohnzimmer angezündet wurde.

«Wissen Sie, Watson», sagte Holmes, als wir gemeinsam in der zunehmenden Dunkelheit saßen, «ich habe wirklich Bedenken wegen Ihres Mitkommens heute nacht. Es besteht ein eindeutiges Gefahrenmoment.»

«Kann ich denn von Hilfe sein?»

«Ihre Anwesenheit könnte von unschätzbarem Wert sein.»

«Dann komme ich ganz bestimmt mit.»

«Das ist sehr freundlich von Ihnen.»

«Sie sprechen von Gefahr. Sie haben offensichtlich in den Zimmern mehr erblickt, als für mich sichtbar war.»

«Nein, doch ich nehme an, daß ich ein paar Schlüsse mehr gezogen habe. Sie haben sicher das gleiche gesehen wie ich.»

«Nichts Ungewöhnliches mit Ausnahme des Klingelzugs; ich gestehe: welchem Zweck er dienen könnte, übersteigt meine Phantasie.»

«Sie haben auch den Lüftungsgang gesehen?»

«Ja, doch halte ich es nicht für eine solche außergewöhnliche Angelegenheit, zwischen zwei Zimmern eine kleine Öffnung zu haben. Sie war so klein, daß kaum eine Ratte hindurchkriechen könnte.»

«Ich wußte, daß wir einen Lüftungsgang vorfinden würden, noch bevor wir überhaupt in Stoke Moran eintrafen.»

«Aber Holmes!»

«Ja, wirklich. Sie erinnern sich, daß sie in ihrem Bericht anführte, daß ihre Schwester Dr. Roylotts Zigarre riechen konnte. Dies ließ natürlich sofort vermuten, daß zwischen den beiden Zimmern eine Verbindung sein mußte. Es konnte nur eine kleine sein, sonst hätte sie bei der Untersuchung des Grafschaftsrichters Beachtung gefunden. Ich schloß auf einen Lüftungsgang.»

«Doch was könnte daran schädlich sein?»

«Nun, es besteht zumindest ein auffälliges Zusammen-

dates. A ventilator is made, a cord is hung, and a lady who sleeps in the bed dies. Does not that strike you?"

"I cannot as yet see any connection."

"Did you observe anything very peculiar about that bed?"

"No."

"It was clamped to the floor. Did you ever see a bed fastened like that before?"

"I cannot say that I have."

"The lady could not move her bed. It must always be in the same relative position to the ventilator and to the rope – or so we may call it, since it was clearly never meant for a bell-pull."

"Holmes," I cried, "I seem to see dimly what you are hinting at. We are only just in time to prevent some subtle and horrible crime."

"Subtle enough and horrible enough. When a doctor does go wrong he is the first of criminals. He has nerve and he has knowledge. Palmer and Pritchard were among the heads of their profession. This man strikes even deeper, but I think, Watson, that we shall be able to strike deeper still. But we shall have horrors enough before the night is over; for goodness' sake let us have a quiet pipe and turn our minds for a few hours to something more cheerful."

About nine o'clock the light among the trees was extinguished, and all was dark in the direction of the Manor House. Two hours passed slowly away, and then, suddenly, just at the stroke of eleven, a single bright light shone out right in front of us.

"That is our signal," said Holmes, springing to his feet; "it comes from the middle window."

As we passed out he exchanged a few words with the landlord, explaining that we were going on a late visit to an acquaintance, and that it was possible

treffen von Daten. Ein Lüftungsgang wird angebracht, eine Schnur wird aufgehängt, und eine Dame, die in dem Bett schläft, stirbt. Verblüfft Sie das nicht?»

«Ich kann bis jetzt keinen Zusammenhang erkennen.»

«Haben Sie nicht etwas sehr Sonderbares mit dem Bett bemerkt?»

«Nein.»

«Es war am Boden festgeklammert. Haben Sie je zuvor ein Bett auf diese Weise befestigt gesehen?»

«Nein, eigentlich nicht.»

«Die Dame konnte ihr Bett nicht verrücken. Es mußte sich immer im selben zur Luftklappe und zum Strick – den wir auch so nennen dürfen, da er eindeutig nie als Klingelzug gedacht war – bezüglichen Standort befinden.»

«Holmes», rief ich, «ich glaube, ich ahne allmählich, worauf Sie anspielen. Wir kommen gerade noch rechtzeitig, um ein raffiniertes und scheußliches Verbrechen zu verhindern.»

«Und wie raffiniert und wie scheußlich! Wenn ein Arzt auf Abwege gerät, ist er der schlimmste Verbrecher. Er hat gute Nerven und hat Kenntnisse. Palmer und Pritchard gehörten zu den Spitzen in ihrem Beruf. Dieser Mann schlägt sogar noch gerissener zu. Aber ich glaube, Watson, daß wir ihn an Gerissenheit übertreffen werden. Allerdings steht uns einiges Grausige bevor, ehe die Nacht vergangen ist; lassen Sie uns, um Himmels willen, eine ruhige Pfeife rauchen und unsere Gedanken für wenige Stunden erfreulicheren Dingen zuwenden.»

Gegen neun Uhr wurde das Licht zwischen den Bäumen gelöscht, und vom Herrenhaus her war alles dunkel. Zwei Stunden verstrichen schleppend. Dann plötzlich, gerade als es elf Uhr schlug, leuchtete ein einziges helles Licht genau uns gegenüber auf.

«Das ist unser Zeichen», sagte Holmes und sprang auf, «es kommt vom mittleren Fenster.»

Beim Hinausgehen wechselte er ein paar Worte mit dem Gastwirt, dem er erklärte, daß wir uns zu einem späten Besuch bei einem Bekannten aufmachten und daß wir möglicher-

that we might spend the night there. A moment later we were out on the dark road, a chill wind blowing in our faces, and one yellow light twinkling in front of us through the gloom to guide us on our sombre errand.

There was little difficulty in entering the grounds, for unrepaired breaches gaped in the old park wall. Making our way among the trees, we reached the lawn, crossed it, and were about to enter trough the window when out from a clump of laurel bushes there darted what seemed to be a hideous and distorted child, who threw itself upon the grass with writhing limbs and then ran swiftly across the lawn into the darkness.

"My God!" I whispered; "did you see it?"

Holmes was for the moment as startled as I. His hand closed like a vise upon my wrist in his agitation. Then he broke into a low laugh and put his lips to my ear.

"It is a nice housedhold," he murmured. "That is the baboon."

"I had forgotten the strange pets which the doctor affected. There was a cheetah, too; perhaps we might find it upon our shoulders at any moment. I confess that I felt easier in my mind when, after following Holmes's example and slipping off my shoes, I found myself inside the bedroom. My companion noiselessly closed the shutters, moved the lamp onto the table, and cast his eyes round the room. All was as we had seen it in the daytime. Then creeping up to me and making a trumpet of his hand, he whispered into my ear again so gently that it was all that I could do to distinguish the words:

"The least sound would be fatal to our plans."

I nodded to show that I had heard.

"We must sit without light. He would see it through the ventilator."

weise dort die Nacht verbrächten. Wenig später befanden wir uns draußen auf der dunklen Straße, in unsere Gesichter blies ein eisiger Wind, und ein einziges gelbes Licht blinkte vor uns durch die Düsternis, um uns auf unserem trüben Gang zu leiten.

Es war keine große Schwierigkeit, auf den Grundbesitz zu gelangen, denn unreparierte Breschen gähnten in der alten Parkmauer. Nachdem wir eine Strecke zwischen Bäumen zurückgelegt hatten, erreichten wir den Vorderrasen, überquerten ihn und wollten gerade durch das Fenster einsteigen, als aus einer Gruppe Rhododendronbüsche so etwas wie ein scheußliches und verunstaltetes Kind hervorschoß, das sich mit verzerrten Gliedern ins Gras warf und dann geschwind über den Rasen in die Dunkelheit lief.

«Mein Gott!» flüsterte ich, «haben Sie das gesehen?»

Holmes war im Augenblick genauso bestürzt wie ich. Seine Hand schloß sich in seiner Erregung wie ein Schraubstock um mein Handgelenk. Dann brach er in leises Lachen aus und kam mit seinen Lippen dicht an mein Ohr.

«Welch reizende Wirtschaft», murmelte er. «Das ist der Pavian.»

Ich hatte die ausgefallenen Haustiere vergessen, an denen der Doktor seinen Gefallen hatte. Es gab auch einen Geparden; vielleicht würde er uns im nächsten Augenblick auf der Schulter hocken. Ich gestehe, daß mir leichter ums Herz war, als ich, nachdem ich gleich Holmes meine Schuhe ausgezogen hatte, mich in dem Schlafzimmer befand. Mein Gefährte schloß geräuschlos die Fensterläden, stellte die Lampe auf den Tisch und ließ seine Augen durchs Zimmer wandern. Alles war so, wie wir es bei Tageslicht gesehen hatten. Dann kam er zu mir herangeschlichen, formte seine Hand zum Sprachrohr und flüsterte mir wieder so leise ins Ohr, daß ich alle Mühe hatte, seine Worte zu unterscheiden:

«Das geringste Geräusch wäre für unsere Pläne verhängnisvoll.»

Ich nickte zum Zeichen, daß ich ihn verstanden hatte.

«Wir müssen ohne Licht sitzen. Er würde es durch die Luftklappe sehen.»

I nodded again.

"Do not go asleep; your very life may depend upon it. Have your pistol ready in case we should need it. I will sit on the side of the bed, and you in that chair."

I took out my revolver and laid it on the corner of the table.

Holmes had brought up a long thin cane, and this he placed upon the bed beside him. By it he laid the box of matches and the stump of a candle. Then he turned down the lamp, and we were left in darkness.

How shall I ever forget that dreadful vigil? I could not hear a sound, not even the drawing of a breath, and yet I knew that my companion sat open-eyed, within a few feet of me, in the same state of nervous tension in which I was myself. The shutters cut off the least ray of light, and we waited in absolute darkness. From outside came the occasional cry of a night-bird, and once at our very window a long drawn catlike whine, which told us that the cheetah was indeed at liberty. Far away we could hear the deep tones of the parish clock, which boomed out every quarter of an hour. How long they seemed, those quarters! Twelve struck, and one and two and three, and still we sat waiting silently for whatever might befall.

Suddenly there was the momentary gleam of a light up in the direction of the ventilator, which vanished immediately, but was succeeded by a strong smell of burning oil and heated metal. Someone in the next room had lit a dark-lantern. I heard a gentle sound of movement, and then all was silent once more, though the smell grew stronger. For half an hour I sat with straining ears. Then suddenly another sound became audible – a very gentle, soothing sound, like that of a small jet of
steam escaping continually from a kettle. The instant that we heard it, Holmes sprang from the bed,

«Ich nickte wieder.»

«Schlafen Sie nicht ein; Ihr Leben könnte davon abhängen. Halten Sie Ihre Pistole bereit, falls wir sie brauchen sollten. Ich setze mich auf das Bett, Sie in den Sessel dort.»

Ich zog meinen Revolver heraus und legte ihn auf die Ecke des Tisches.

Holmes hatte einen langen dünnen Rohrstock mitgenommen, den er jetzt neben sich auf das Bett legte, daneben eine Streichholzschachtel und einen Kerzenstummel. Dann drehte er die Lampe herunter, und wir waren der Dunkelheit überlassen.

Wie soll ich jemals jene schreckliche Nachtwache vergessen? Ich konnte nicht einen Laut hören, nicht einmal einen Atemzug und doch wußte ich, daß mein Gefährte nur wenige Fuß von mir entfernt im gleichen Zustand nervöser Spannung, in dem ich mich befand, wachsam saß. Die Läden schlossen den geringsten Schimmer von Licht aus, und wir warteten in völliger Dunkelheit. Von draußen ertönte gelegentlich der Schrei eines Nachtvogels und einmal unmittelbar vor unserem Fenster ein langgezogener katzenhafter Laut, der uns bewies, daß der Gepard tatsächlich frei herumlief. Weit entfernt konnten wir die tiefen Töne der Kirchenuhr hören, die dumpf jede Viertelstunde angab. Wie lang jene Viertelstunden schienen! Es schlug zwölf und eins und zwei und drei, und immer noch saßen wir in schweigender Erwartung dessen, was sich ereignen mochte.

Plötzlich schimmerte flüchtig ein Licht aus der Richtung des Lüftungsgangs auf, das umgehend wieder erlosch, doch dem ein starker Geruch von brennendem Öl und erhitztem Metall folgte. Jemand im Nebenzimmer hatte eine Blendlaterne angezündet. Ich hörte das leise Geräusch einer Bewegung, und dann war wiederum alles still, wenngleich der Geruch stärker wurde.

Eine halbe Stunde lang saß ich angestrengt lauschend. Dann wurde plötzlich ein anderes Geräusch vernehmbar – ein sehr leises besänftigendes Geräusch, wie wenn ein feiner Dampfstrahl beständig einem Kessel entweiche. In dem Augenblick, da wir das vernahmen, sprang Holmes vom

struck a match, and lashed furiously with his cane at the bell-pull.

"You see it, Watson?" he yelled. "You see it!"

But I saw nothing. At the moment when Holmes struck the light I heard a low, clear whistle, but the sudden glare flashing into my weary eyes made it impossible for me to tell what it was at which my friend lashed so savagely. I could, however, see that his face was deadly pale and filled with horror and loathing.

He had ceased to strike and was gazing up at the ventilator when suddenly there broke from the silence of the night the most horrible cry to which I have ever listened. It swelled up louder and louder, a hoarse yell of pain and fear and anger all mingled in the one dreadful shriek. They say that away down in the village, and even in the distant parsonage, that cry raised the sleepers from their beds. It struck cold to our hearts, and I stood gazing at Holmes, and he at me, until the last echoes of it had died away into the silence from which it rose.

"What can it mean?" I gasped.

"It means that it is all over," Holmes answered. "And perhaps, after all, it is for the best. Take your pistol, and we will enter Dr. Roylott's room."

With a grave face he lit the lamp and led the way down the corridor. Twice he struck at the chamber door without any reply from within. Then he turned the handle and entered, I at his heels, with the cocked pistol in my hand.

It was a singular sight which met our eyes. On the table stood a dark-lantern with the shutter half open, throwing a brilliant beam of light upon the iron safe, the door of which was ajar. Beside this table, on the wooden chair, sat Dr. Grimesby Roylott, clad in a long gray dressing-gown, his bare ankles protruding beneath, and his feet thrust into red heelless Turkish slippers. Across his lap lay the

Bett auf, strich ein Zündholz an und peitschte wild mit seinem Rohrstock auf den Klingelzug.

«Sehen Sie sie, Watson?» schrie er gellend. «Sie sehen sie doch!»

Doch ich sah nichts. In dem Augenblick, da Holmes das Streichholz entzündete, hörte ich ein leises deutliches Pfeifen, doch das plötzlich blendende Licht, das vor meinen müden Augen aufflammte, machte es mir unmöglich zu erkennen, auf was mein Freund so grimmig einschlug. Immerhin konnte ich sehen, daß sein Gesicht totenbleich war und Entsetzen und Abscheu darauf stand.

Er hatte aufgehört zu schlagen und blickte zum Lüftungsgang hinauf, als plötzlich aus der Stille der Nacht der entsetzlichste Schrei brach, den ich jemals vernommen habe. Er schwoll laut und lauter an, heiser gellende Töne aus Schmerz, aus Furcht und aus Zorn vereinigt in diesem einzigen fürchterlichen Geheul. Es heißt, daß unten im Dorf und sogar im fern gelegenen Pfarrhaus jener Schrei die Schläfer aus den Betten gerissen habe. Er ließ unsere Herzen erschauern, und wir standen und starrten uns an, bis sein letzter Widerhall in der Stille erstarb, aus der er aufgestiegen war.

«Was bedeutet das?» keuchte ich.

«Es bedeutet, daß alles vorüber ist», antwortete Holmes. «Vielleicht ist es, nach alledem, zum Besten. Nehmen Sie Ihre Pistole; wir wollen Dr. Roylotts Zimmer betreten.»

Mit ernstem Gesicht zündete er die Lampe an und ging voran den Flur entlang. Zweimal klopfte er an die Schlafzimmertür, ohne Antwort von innen. Dann drehte er den Türknopf und trat ein, ich dicht auf seinen Fersen mit der gespannten Pistole in der Hand.

Unseren Augen bot sich ein ungewöhnlicher Anblick. Auf dem Tisch stand eine Blendlaterne mit halb geöffnetem Schieber, durch den ein heller Lichtstrahl auf den eisernen Safe fiel, dessen Tür angelehnt war. Neben diesem Tisch auf dem Holzstuhl saß Dr. Grimesby Roylott, bekleidet mit einem langen grauen Morgenmantel, unter dem seine nackten Fußgelenke mit den Füßen hervorschauten, die in roten flachen türkischen Pantoffeln steckten. Quer über seinem

short stock with the long lash which we had noticed during the day. His chin was cocked upward and his eyes were fixed in a dreadful, rigid stare at the corner of the ceiling. Round his brow he had a peculiar yellow band, with brownish speckles, which seemed to be bound tightly round his head. As we entered he made neither sound nor motion.

"The band! the speckled band!" whispered Holmes.

I took a step forward. In an instant his strange headgear began to move, and there reared itself from among his hair the squat diamond-shaped head and puffed neck of a loathsome serpent.

"It is a swamp adder!" cried Holmes; "the deadliest snake in India. He has died within ten seconds of being bitten. Violence does, in truth, recoil upon the violent, and the schemer falls into the pit which he digs for another. Let us thrust this creature back into its den, and we can then remove Miss Stoner to some place of shelter and let the county police know what has happened."

As he spoke he drew the dog-whip swiftly from the dead man's lap, and throwing the noose round the reptile's neck he drew it from its horrid perch and, carrying it at arm's length, threw it into the iron safe, which he closed upon it.

Such are the true facts of the death of Dr. Grimesby Roylott, of Stoke Moran. It is not necessary that I should prolong a narrative which has already run to too great a length by telling how we broke the sad news to the terrified girl, how we conveyed her by the morning train to the care of her good aunt at Harrow, of how the slow process of official inquiry came to the conclusion that the doctor met his fate while indiscreetly playing with a dangerous pet. The little which I had yet to learn of the case was told me by Sherlock Holmes as we travelled back next day.

Schoß lag der kurze Griff mit der langen Peitsche, der uns am Tage aufgefallen war. Sein Kinn stach in die Höhe, und seine Augen waren mit furchtbarem und glasigem Stieren auf die Ecke der Zimmerdecke gerichtet. Um seine Stirn hatte er ein eigentümliches gelbes Band mit bräunlichen Flecken, das fest um seinen Kopf gebunden schien. Als wir eintraten, gab er weder einen Laut von sich, noch bewegte er sich.

«Das Band! Das gesprenkelte Band!» flüsterte Holmes.

Ich trat einen Schritt vor. Augenblicklich begann sich seine wunderliche Kopfbekleidung zu bewegen, und aus seinen Haaren richtete sich der platte diamantförmige Kopf und aufgeblähte Nacken einer widerlichen Giftschlange auf.

«Es ist eine Sumpfotter», rief Holmes, «die tödlichste Schlange Indiens. Er starb innerhalb zehn Sekunden, nachdem er gebissen wurde. Gewalttat fällt wahrhaftig auf den Gewalttäter zurück, und der Ränkeschmied fällt in die Grube, die er für einen anderen gräbt. Lassen Sie uns diese Kreatur zurück in ihre Höhle befördern. Anschließend können wir Miß Stoner an einen Ort der Zuflucht bringen und die Grafschaftspolizei davon unterrichten, was sich abgespielt hat.»

Während er sprach, zog er die Hundepeitsche rasch vom Schoß des Toten, warf die Schlinge um den Nacken des Reptils, zog es von seinem schauerlichen Hochsitz, trug es mit ausgestrecktem Arm und warf es in den eisernen Safe, den er hinter ihm schloß.

Das also sind die wahren Fakten um den Tod von Dr. Grimesby Roylott in Stoke Moran. Es ist nicht nötig, daß ich einen Bericht, der schon allzu lang geraten ist, noch ausdehne, indem ich erzähle, wie wir die traurige Nachricht dem verängstigten Mädchen beibrachten, wie wir sie mit dem Morgenzug in die Obhut ihrer guten Tante in Harrow schickten, wie das schleppende Verfahren der amtlichen Untersuchung zu dem Schluß kam, daß den Doktor sein Schicksal ereilte, als er unbedacht mit einem gefährlichen Haustier spielte. Das wenige, was ich über den Fall noch erfahren mußte, wurde mir von Sherlock Holmes berichtet, als wir am nächsten Tag zurückfuhren.

"I had," said he, "come to an entirely erroneous conclusion which shows, my dear Watson, how dangerous it always is to reason from insufficient data. The presence of the gypsies, and the use of the word 'band,' which was used by the poor girl, no doubt to explain the appearance which she had caught a hurried glimpse of by the light of her match, were sufficient to put me upon an entirely wrong scent. I can only claim the merit that I instantly reconsidered my position when, however, it became clear to me that whatever danger threatened an occupant of the room could not come either from the window or the door. My attention was speedily drawn, as I have already remarked to you, to this ventilator, and to the bell-rope which hung down to the bed. The discovery that this was a dummy, and that the bed was clamped to the floor, instantly gave rise to the suspicion that the rope was there as a bridge for something passing through the hole and coming to the bed. The idea of a snake instantly occurred to me, and when I coupled it with my knowledge that the doctor was furnished with a supply of creatures from India, I felt that I was probably on the right track. The idea of using a form of poison which could not possibly be discovered by any chemical test was just such a one as would occur to a clever and ruthless man who had had an Eastern training. The rapidity with which such a poison would take effect would also, from his point of view, be an advantage. It would be a sharp-eyed coroner, indeed, who could distinguish the two little dark punctures which would show where the poison fangs had done their work. Then I thought of the whistle. Of course he must recall the snake before the morning light revealed it to the victim. He had trained it, probably by the use of the milk which we saw, to return to him when summoned. He would put it through this ventilator at the hour

«Ich war», sagte er, «zu einer völlig irrigen Schlußfolgerung gekommen, was zeigt, mein lieber Watson, wie gefährlich es immer ist, aus unzureichenden Angaben zu folgern. Die Anwesenheit der Zigeuner und das Wort ‹Bande›, das das arme Mädchen benutzte, zweifellos um die Erscheinung zu erklären, die sie nur flüchtig beim Licht ihres Streichholzes zu sehen bekommen hatte, reichten aus, mich auf eine völlig falsche Spur zu bringen. Ich kann nur das Verdienst für mich in Anspruch nehmen, daß ich sofort mit mir von Neuem zu Rate ging, als es mir klar wurde, daß – welche Gefahr auch immer einen Bewohner des Zimmers bedrohte – sie nicht durchs Fenster oder durch die Tür kommen konnte. Meine Aufmerksamkeit wurde rasch, wie ich Ihnen schon sagte, auf diesen Lüftungsgang und den Klingelzug gezogen, der auf das Bett herunterhing. Die Entdeckung, daß dieser eine Attrappe war und daß man das Bett an den Fußboden geklammert hatte, ließ in mir sofort den Argwohn aufkommen, daß die Schnur dort als eine Brücke diente ‹für etwas, das durch das Loch drang und zum Bett herunterkam. Der Gedanke an eine Schlange kam mir auf der Stelle, und als ich ihn mit meinem Wissen koppelte, daß der Doktor im Besitz einer Reihe von Tieren aus Indien war, hatte ich das Gefühl, daß ich mich wohl auf der richtigen Fährte befand. Der Einfall, eine Art Gift zu benutzen, das unmöglich durch eine chemische Untersuchung entdeckt werden könnte, war genau das, was einem intelligenten und gewissenlosen Mann kommen mußte, der Orient-Erfahrung hatte. Die Schnelligkeit, mit der ein solches Gift seine Wirkung zeigen würde, wäre von seinem Standpunkt aus auch von Vorteil. Es müßte schon ein sehr scharf beobachtender Untersuchungsrichter sein, der die zwei kleinen dunklen Punktionen bemerken würde, die verrieten, wo die Giftzähne ihre Arbeit getan hatten. Dann dachte ich an das Pfeifen. Natürlich mußte er die Schlange zurückrufen, bevor das Morgenlicht sie dem Opfer sichtbar werden ließ. Er hatte sie abgerichtet, zu ihm zurückzukehren, wenn sie gerufen wurde, wahrscheinlich unter Verwendung von Milch, die wir sahen. Er beförderte sie durch diesen Lüftungsgang zu einer Uhrzeit, die er am geeig-

that he thought best, with the certainty that it would crawl down the rope and land on the bed. It might or might not bite the occupant, perhaps she might escape every night for a week, but sooner or later she must fall a victim.

"I had come to these conclusions before ever I had entered his room. An inspection of his chair showed me that he had been in the habit of standing on it, which of course would be necessary in order that he should reach the ventilator. The sight of the safe, the saucer of milk, and the loop of whip-cord were enough to finally dispel any doubts which may have remained. The metallic clang heard by Miss Stoner was obviously caused by her stepfather hastily closing the door of his safe upon its terrible occupant. Having once made up my mind, you know the steps which I took in order to put the matter to the proof. I heard the creature hiss as I have no doubt that you did also, and I instantly lit the light and attacked it."

"With the result of driving it through the ventilator."

"And also with the result of causing it to turn upon its master at the other side. Some of the blows of my cane came home and roused its snakish temper, so that it flew upon the first person it saw. In this way I am no doubt indirectly responsible for Dr. Grimesby Roylott's death, and I cannot say that it is likely to weigh very heavily upon my conscience."

netsten hielt, mit der Gewißheit, daß sie die Schnur hinunter-
kroch und auf dem Bett landete. Dessen Inhaberin mochte
gebissen werden oder auch nicht, sie mochte vielleicht während der Nächte einer ganzen Woche dem entgehen, doch
früher oder später mußte sie zum Opfer werden.

Zu diesen Schlußfolgerungen war ich gekommen, noch
bevor ich überhaupt sein Zimmer betreten hatte. Die Prüfung
seines Sessels zeigte mir, daß er die Angewohnheit hatte,
sich darauf zu stellen, was natürlich notwendig war, um an
den Lüftungsgang heranzureichen. Der Anblick des Safe, die
Untertasse mit Milch und die Schlinge aus Peitschenschnur
genügten, um schließlich irgendwelche verbliebenen Zweifel
zu zerstreuen. Der metallische Laut, den Miß Stoner vernommen hatte, wurde offensichtlich von ihrem Stiefvater
verursacht, wenn er die Tür des Safe hastig hinter seinem
furchtbaren Bewohner schloß. Nachdem ich erst einmal zu
dieser Überzeugung gelangt war, unternahm ich die Ihnen
bekannten Schritte, um die Sache auf die Probe zu stellen. Ich
hörte das Tier zischeln, wie ohne Zweifel auch Sie, und entzündete sogleich das Streichholz und griff die Schlange an.»

«Mit dem Erfolg, daß Sie sie durch den Lüftungsgang
trieben.»

«Und auch mit dem Erfolg, sie dazu zu bringen, sich gegen
ihren Herrn auf der anderen Seite zu wenden. Einige meiner
Schläge mit dem Rohrstock trafen und weckten ihr hinter-
hältiges Wesen, so daß sie auf die erste Person losging, die
sie sah. Auf diese Weise bin ich zweifellos mittelbar verant-
wortlich für den Tod von Dr. Grimesby Roylott; ich kann nicht
sagen, daß dies dazu angetan ist, sehr schwer auf meinem
Gewissen zu lasten.»

[Das Wortspiel *band* = *Band/Bande* konnte im Deutschen
nur notdürftig nachgeahmt werden.]

In choosing a few typical cases which illustrate the remarkable mental qualities of my friend, Sherlock Holmes, I have endeavoured, as far as possible, to select those which presented the minimum of sensationalism, while offering a fair field for his talents. It is, however, unfortunately impossible entirely to separate the sensational from the criminal, and a chronicler is left in the dilemma that he must either sacrifice details which are essential to his statement and so give a false impression of the problem, or he must use matter which chance, and not choice, has provided him with. With this short preface I shall turn to my notes of what proved to be a strange, though a peculiarly terrible, chain of events.

It was a blazing hot day in August. Baker Street was like an oven, and the glare of the sunlight upon the yellow brickwork of the house across the road was painful to the eye. It was hard to believe that these were the same walls which loomed so gloomily through the fogs of winter. Our blinds were half-drawn, and Holmes lay curled upon the sofa, reading and re-reading a letter which he had received by the morning post. For myself, my term of service in India had trained me to stand heat better than cold, and a thermometer at ninety was no hardship. But the morning paper was uninteresting. Parliament had risen. Everybody was out of town, and I yearned for the glades of the New Forest or the shingle of Southsea. A depleted bank account had caused me to postpone my holiday, and as to my companion, neither the country nor the sea presented the slightest attraction to him. He loved to lie in the very centre of five millions of people, with his filaments stretching out and run-

Bei der Zusammenstellung einiger bezeichnender Fälle, welche die bemerkenswerten geistigen Fähigkeiten meines Freundes Sherlock Holmes veranschaulichen, habe ich mich soweit wie möglich bemüht, diejenigen auszuwählen, die ein Mindestmaß an Effekthascherei aufwiesen und zugleich seinen Talenten ein angemessenes Betätigungsfeld boten. Doch ist es leider unmöglich, das Reißerische vom Verbrecherischen völlig zu trennen, und ein Chronist ist in der Zwangslage, entweder Einzelheiten zu opfern, die für seine Erzählung wichtig sind, und dadurch einen falschen Eindruck vom Problem zu vermitteln, oder aber er muß Stoff verwenden, den ihm der Zufall und nicht die eigene Wahl geliefert hat. Nach dieser kurzen Vorbemerkung wende ich mich meinen Aufzeichnungen über einen Fall zu, der sich als eine merkwürdige, wenn auch besonders schreckliche Kette von Ereignissen darstellte.

Es war ein glühend heißer Augusttag. Die Baker Street glich einem Backofen, und das grelle Sonnenlicht auf dem gelben Mauerwerk des gegenüberliegenden Hauses tat dem Auge weh. Es fiel schwer zu glauben, daß dies dieselben Mauern waren, die sich so düster durch den Winternebel abzeichneten. Unsere Rolläden waren halb geschlossen; Holmes lag zusammengerollt auf dem Sofa und las wieder und wieder einen Brief, den er mit der Morgenpost erhalten hatte. Was mich betraf, hatte mich meine Dienstzeit in Indien darauf vorbereitet, Hitze besser als Kälte zu ertragen, und eine Temperatur von neunzig Grad Fahrenheit [entspricht 32° Celsius] machte mir nichts aus. Aber die Morgenzeitung war langweilig. Das Parlament hatte sich vertagt. Alles hatte die Stadt verlassen, und ich sehnte mich nach den Lichtungen des New Forest [Waldgebiet in New Hampshire] oder nach dem Kiesstrand von Southsea. Ein leeres Bankkonto hatte mich veranlaßt, meinen Urlaub zu verschieben, und was meinen Kollegen betraf, lockte ihn weder das Landleben noch die See auch nur im geringsten. Er lag gerne mitten unter fünf Millionen Menschen auf der Lauer, spann seine Fäden um sie herum und durch sie hin-

ning through them, responsive to every little rumour or suspicion of unsolved crime. Appreciation of nature found no place among his many gifts, and his only change was when he turned his mind from the evil-doer of the town to track down his brother of the country.

Finding that Holmes was too absorbed for conversation I had tossed aside the barren paper, and leaning back in my chair I fell into a brown study. Suddenly my companion's voice broke in upon my thoughts:

"You are right, Watson," said he. "It does seem a most preposterous way of settling a dispute."

"Most preposterous!" I exclaimed, and then suddenly realizing how he had echoed the inmost thought of my soul, I sat up in my chair and stared at him in blank amazement.

"What is this, Holmes?" I cried. "This is beyond anything which I could have imagined."

He laughed heartily at my perplexity.

"You remember," said he, "that some little time ago when I read you the passage in one of Poe's sketches in which a close reasoner follows the unspoken thoughts of his companion, you were inclined to treat the matter as a mere *tour-de-force* of the author. On my remarking that I was constantly in the habit of doing the same thing you expressed incredulity."

"Oh, no!"

"Perhaps not with your tongue, my dear Watson, but certainly with your eyebrows. So when I saw you throw down your paper and enter upon a train of thought, I was very happy to have the opportunity of reading it off, and eventually of breaking into it, as a proof that I had been in rapport with you."

But I was still far from satisfied. "In the example which you read to me," said I, "the reasoner drew his conclusions from the actions of the man whom

durch und ging auf jedes unbedeutende Gerücht oder jeden Verdacht hinsichtlich eines ungelösten Verbrechens ein. Für Naturverständnis war unter seinen zahlreichen Gaben kein Raum, und seine einzige Abwechslung bestand darin, seine Aufmerksamkeit vom Bösewicht der Stadt abzuwenden, um dessen Bruder, den Bösewicht vom Land, aufzuspüren.

Als ich merkte, daß Holmes zu sehr in Gedanken versunken war, um eine Unterhaltung zu führen, warf ich die unergiebige Zeitung beiseite, lehnte mich in meinem Sessel zurück und verfiel ins Grübeln. Jäh unterbrach die Stimme meines Kollegen mein Sinnieren:

«Sie haben recht, Watson», sagte er. «Es ist anscheinend wirklich eine höchst widersinnige Art, einen Streitfall beizulegen.»

«Höchst widersinnig!» rief ich aus, und als ich plötzlich erkannte, wie sehr er den tiefsten Gedanken meiner Seele wiedergegeben hatte, richtete ich mich in meinem Sessel auf und starrte ihn baß erstaunt an.

«Was heißt das, Holmes?» rief ich. «Das übersteigt alles, was ich mir habe vorstellen können.»

Er lachte herzhaft über meine Verwirrung.

«Sie entsinnen sich», bemerkte er, «daß ich Ihnen unlängst aus einer Skizze von Poe die Stelle vorlas, in der ein logischer Geist den unausgesprochenen Gedanken seines Gefährten folgt. Sie waren geneigt, die Sache als einen bloßen Gewaltakt des Verfassers anzusehen. Als ich meinte, ich sei es gewohnt, ständig so zu verfahren, haben Sie Ungläubigkeit erkennen lassen.»

«Ach nein!»

«Vielleicht nicht in Worten, lieber Watson, doch bestimmt mit den Augenbrauen. Wie ich daher sah, daß Sie die Zeitung hinwarfen und einem neuen Gedankengang folgten, war ich sehr glücklich über die Gelegenheit, ihn abzulesen und schließlich in ihn einzudringen, als Beweis dafür, daß ich mit Ihnen in Verbindung gestanden hatte.»

Doch ich war noch längst nicht zufrieden. «In dem Beispiel, das Sie mir vorgelesen haben», sagte ich, «zog der Vernunftmensch seine Schlüsse aus dem Handeln des Mannes, den er

he observed. If I remember right, he stumbled over a heap of stones, looked up at the stars, and so on. But I have been seated quietly in my chair, and what clues can I have given you?"

"You do yourself an injustice. The features are given to man as the means by which he shall express his emotions, and yours are faithful servants."

"Do you mean to say that you read my train of thoughts from my features?"

"Your features and especially your eyes. Perhaps you cannot yourself recall how your reverie commenced?"

"No, I cannot."

"Then I will tell you. After throwing down your paper, which was the action which drew my attention to you, you sat for half a minute with a vacant expression. Then your eyes fixed themselves upon your newly framed picture of General Gordon, and I saw by the alteration in your face that a train of thought had been started. But it did not lead very far. Your eyes flashed across to the unframed portrait of Henry Ward Beecher which stands upon the top of your books. Then you glanced up at the wall, and of course your meaning was obvious. You were thinking that if the portrait were framed it would just cover that bare space and correspond with Gordon's picture over there."

"You have followed me wonderfully!" I exclaimed.

"So far I could hardly have gone astray. But now your thoughts went back to Beecher, and you looked hard across as if you were studying the character in his features. Then your eyes ceased to pucker, but you continued to look across, and your face was thoughtful. You were recalling the incidents of Beecher's career. I was well aware that you could not do this without thinking of the mission which he undertook on behalf of the North at the time

beobachtete. Wenn ich mich recht erinnere, stolperte der über einen Steinhaufen, blickte zu den Sternen empor, und so fort. Ich aber sitze ruhig in meinem Sessel; was kann ich Ihnen schon für Hinweise gegeben haben?»

«Sie tun sich selber unrecht. Die Gesichtszüge sind dem Menschen als Ausdrucksmittel für seine Gefühle gegeben, und die Ihren sind verläßliche Dienerinnen.»

«Soll das heißen, daß Sie meinen Gedankengang von meinen Gesichtszügen ablesen?»

«Von Ihren Gesichtszügen und besonders von Ihren Augen. Vielleicht können Sie sich selbst nicht mehr erinnern, wie Ihre Träumerei begonnen hat?»

«Nein».

«Dann will ich's Ihnen sagen. Nachdem Sie Ihre Zeitung hingeworfen hatten – durch diesen Vorgang wurde ich ja auf Sie aufmerksam –, saßen Sie eine halbe Minute lang mit einem undefinierbaren Gesichtsausdruck da. Dann richtete sich Ihr Blick auf Ihr neugerahmtes Bild von General Gordon, und ich sah an Ihrer veränderten Miene, daß eine Gedankenfolge in Gang gesetzt worden war.

Doch die führte nicht sehr weit. Ihre Augen blitzten hinüber zu dem ungerahmten Bildnis von Henry Ward Beecher, das ganz oben über Ihren Büchern steht. Dann blickten Sie an der Wand empor; natürlich war klar, was damit gemeint war. Sie dachten daran, daß das Bild, wäre es gerahmt, genau diese kahle Stelle zudecken und zu Gordons Bild da drüben passen würde.»

«Sie sind mir wunderbar gefolgt!» rief ich aus.

«Bis jetzt habe ich kaum in die Irre gehen können. Doch nun wanderten Ihre Gedanken zu Beecher zurück, und Sie blickten scharf hinüber, als wollten Sie aus seinen Zügen den Charakter erforschen. Dann hörten Sie auf, die Augen zusammenzukneifen, blickten aber weiter hinüber und machten ein nachdenkliches Gesicht. Sie riefen sich die Ereignisse in Beechers Laufbahn ins Gedächtnis zurück. Mir war durchaus bewußt, daß Sie dabei an den Auftrag denken mußten, den er zur Zeit des Bürgerkrieges für den Norden durchführte, denn ich erinnere mich, daß Sie Ihre leidenschaftliche Ent-

of the Civil War, for I remember your expressing your passionate indignation at the way in which he was received by the more turbulent of our people. You felt so strongly about it that I knew you could not think of Beecher without thinking of that also. When a moment later I saw your eyes wander away from the picture, I suspected that your mind had now turned to the Civil War, and when I observed that your lips set, your eyes sparkled, and your hands clenched I was positive that you were indeed thinking of the gallantry which was shown by both sides in that desperate struggle. But then, again, your face grew sadder; you shook your head. You were dwelling upon the sadness and horror and useless waste of life. Your hand stole towards your own old wound and a smile quivered on your lips, which showed me that the ridiculous side of this method of settling international questions had forced itself upon your mind. At this point I agreed with you that it was preposterous and was glad to find that all my deductions had been correct."

"Absolutely!" said I. "And now that you have explained it, I confess that I am as amazed as before."

"It was very superficial, my dear Watson, I assure you. I should not have intruded it upon your attention had you not shown some incredulity the other day. But I have in my hands here a little problem which may prove to be more difficult of solution than my small essay in thought reading. Have you observed in the paper a short paragraph referring to the remarkable contents of a packet sent through the post to Miss Cushing, of Cross Street, Croydon?"

"No, I saw nothing."

"Ah! then you must have overlooked it. Just toss it over to me. Here it is, under the financial column. Perhaps you would be good enough to read it aloud."

I picked up the paper which he had thrown back to

rüstung ausdrückten über die Art, wie er von den ungestümeren Leuten unseres Volkes empfangen wurde. Die Sache ging Ihnen so nahe, daß ich wußte, Sie konnten nicht an Beecher denken, ohne daß Ihnen auch jener Vorfall in den Sinn kam. Als ich einen Augenblick später Ihren Blick von dem Bild wegwandern sah, vermutete ich, daß Ihre Gedanken sich jetzt dem Bürgerkrieg zugewandt hatten, und als ich beobachtete, daß Ihre Lippen sich zusammenpreßten, Ihre Augen leuchteten und Ihre Hände sich zu Fäusten ballten, war ich mir sicher, daß Sie wirklich an den Heldenmut dachten, den beide Seiten in diesem verzweifelten Kampf erkennen ließen. Doch dann wurde Ihre Miene wieder trauriger, und Sie schüttelten den Kopf. Sie dachten nach über das Leid, das Grauen und die nutzlose Vergeudung von Menschenleben. Ihre Hand tastete verstohlen nach Ihrer eigenen alten Wunde, und über ihre Lippen huschte ein Lächeln, das mir verriet, daß sich die lächerliche Seite dieses Verfahrens, internationale Streitfragen zu lösen, Ihrem Geist aufgedrängt hatte. In diesem Punkt stimmte ich mit Ihnen überein, daß dieses Verfahren hirnverbrannt ist, und ich war froh, daß alle meine Schlüsse sich als richtig erwiesen hatten.»

«Durchaus», sagte ich. «Und nun, da Sie mir alles erklärt haben, gestehe ich, daß ich ebenso verblüfft bin wie zuvor.»

«Es war ganz obenhin, mein lieber Watson, das versichere ich Ihnen. Ich hätte sie Ihrer Beachtung nicht aufgedrängt, wenn Sie neulich nicht ein bißchen Ungläubigkeit zur Schau getragen hätten. Doch ich habe hier ein kleines Problem in Händen, dessen Lösung sich als schwieriger erweisen kann als mein anspruchsloser Versuch im Gedankenlesen. Ist Ihnen in der Zeitung eine kurze Meldung über den bemerkenswerten Inhalt eines Päckchens aufgefallen, das per Post an Miß Cushing, Cross Street, Croydon, geschickt wurde?»

«Nein, mir ist nichts aufgefallen.»

«Dann müssen Sie sie übersehen haben. Werfen Sie mir die Zeitung doch herüber! Hier ist die Meldung, unter der Spalte ‹Finanzen›. Vielleicht wären Sie so freundlich, sie laut vorzulesen.»

Ich hob die Zeitung auf, die er zu mir zurückgeworfen hatte,

me and read the paragraph indicated. It was headed, 'A Gruesome Packet.'

Miss Susan Cushing, living at Cross Street, Croydon, has been made the victim of what must be regarded as a peculiarly revolting practical joke unless some more sinister meaning should prove to be attached to the incident. At two o'clock yesterday afternoon a small packet, wrapped in brown paper, was handed in by the postman. A cardboard box was inside, which was filled with coarse salt. On emptying this, Miss Cushing was horrified to find two human ears, apparently quite freshly severed. The box had been sent by parcel post from Belfast upon the morning before. There is no indication as to the sender, and the matter is the more mysterious as Miss Cushing, who is a maiden lady of fifty, has led a most retired life, and has so few acquaintances or correspondents that it is a rare event for her to receive anything through the post. Some years ago, however, when she resided at Penge, she let apartments in her house to three young medical students, whom she was obliged to get rid of on account of their noisy and irregular habits. The police are of opinion that this outrage may have been perpetrated upon Miss Cushing by these youths, who owed her a grudge and who hoped to frighten her by sending her these relics of the dissecting-rooms. Some probability is lent to the theory by the fact that one of these students came from the north of Ireland, and, to the best of Miss Cushing's belief, from Belfast. In the meantime, the matter is being actively investigated, Mr. Lestrade, one of the very smartest of our detective officers, being in charge of the case.

"So much for the *Daily Chronicle*," said Holmes as I finished reading. "Now for our friend Lestrade.

und las den angegebenen Kurzbericht. Er war überschrieben: «Ein grausiges Päckchen.»

Miß Susan Cushing, wohnhaft in Cross Street, Croydon, ist das Opfer eines Schabernacks geworden, der als besonders abstoßend angesehen werden muß, sofern sich nicht herausstellt, daß dem Vorfall irgendeine schlimmere Bedeutung zukommt. Gestern um zwei Uhr nachmittags brachte ihr der Postbote ein in braunes Packpapier eingewickeltes Päckchen. Es enthielt eine mit grobem Salz gefüllte Pappschachtel. Beim Ausleeren entdeckte Miß Cushing zu ihrem Entsetzen zwei offensichtlich ganz frisch abgetrennte Menschenohren. Die Schachtel war als Paketpost am Morgen zuvor in Belfast aufgegeben worden. Es gibt keinen Hinweis auf den Absender, und die Sache ist um so rätselhafter, als Miß Cushing, eine fünfzigjährige, unverheiratete Dame, überaus zurückgezogen lebt und so wenige Bekannte oder Brieffreunde hat, daß sie selten Post erhält. Vor einigen Jahren jedoch, als sie in Penge wohnte, hatte sie Zimmer in ihrem Haus an drei junge Medizinstudenten vermietet, die sie sich aufgrund ihrer lärmenden und unregelmäßigen Gewohnheiten vom Halse schaffen mußte.

Die Polizei ist der Meinung, der Schimpf sei Miß Cushing vielleicht von diesen jungen Leuten angetan worden, die einen Groll auf sie hatten und sie dadurch zu erschrecken hofften, daß sie ihr diese Hinterlassenschaft aus der Anatomie schickten. Diese Vermutung gewinnt ein wenig an Wahrscheinlichkeit infolge der Tatsache, daß einer der Studenten aus Nordirland stammte, und zwar, wie sich Miß Cushing gut zu erinnern glaubt, aus Belfast. Mittlerweile wird die Untersuchung der Sache tatkräftig vorangetrieben, da Mr. Lestrade, einer der tüchtigsten Beamten unserer Kriminalpolizei, mit dem Fall betraut ist.

«Soweit der *Daily Chronicle*», sagte Holmes, als ich mit dem Vorlesen fertig war. «Nun zu meinem Freund Lestrade. Heute

I had a note from him this morning, in which he says:

> I think that this case is very much in your line. We have every hope of clearing the matter up, but we find a little difficulty in getting anything to work upon. We have, of course, wired to the Belfast post-office, but a large number of parcels were handed in upon that day, and they have no means of identifying this particular one, or of remembering the sender. The box is a half-pound box of honeydew tobacco and does not help us in any way. The medical student theory still appears to me to be the most feasible, but if you should have a few hours to spare I should be very happy to see you out here. I shall be either at the house or in the police-station all day.

"What say you, Watson? Can you rise superior to the heat and run down to Croydon with me on the off chance of a case for your annals?"

"I was longing for something to do."

"You shall have it then. Ring for our boots and tell them to order a cab. I'll be back in a moment when I have changed my dressing-gown and filled my cigar-case."

A shower of rain fell while we were in the train, and the heat was far less oppressive in Croydon than in town. Holmes had sent on a wire, so that Lestrade, as wiry, as dapper, and as ferret-like as ever, was waiting for us at the station. A walk of five minutes took us to Cross Street, where Miss Cushing resided.

It was a very long street of two-story brick houses, neat and prim, with whitened stone steps and little groups of aproned women gossiping at the doors. Halfway down, Lestrade stopped and tapped at a door, which was opened by a small servant girl.

früh habe ich von ihm eine Mitteilung erhalten, in der er schreibt:

Ich glaube, daß dieser Fall Ihnen sehr zusagt. Wir hegen die feste Hoffnung, die Sache aufzuklären, doch wir haben ein wenig Mühe, einen Anhaltspunkt zu finden. Natürlich haben wir ans Postamt von Belfast telegraphiert, aber an dem betreffenden Tag wurden sehr viele Päckchen aufgegeben, und die Post hat keine Möglichkeit, dieses eine wiederzuerkennen oder sich an den Absender zu erinnern. Die Schachtel stammt von einer Halbpfundpackung gesüßten Tabaks, was uns in keiner Weise weiterhilft. Die Erklärung mit den Medizinstudenten erscheint mir noch die annehmbarste; sollten Sie aber ein paar Stunden erübrigen können, würde ich mich sehr freuen, Sie bei uns hier zu sehen. Ich werde den ganzen Tag im Haus von Miß Cushing oder auf der Polizeiwache sein.

«Was sagen Sie, Watson? Bringen Sie es fertig, trotz der Hitze mit mir nach Croydon zu fahren, auf die geringe Aussicht hin, einen Fall für Ihre Berichte zu bekommen?»

«Ich habe mich nach Beschäftigung gesehnt.»

«Dann sollen Sie sie haben. Klingeln Sie unserem Hausdiener und lassen Sie eine Droschke kommen! Ich bin gleich wieder zurück, sobald ich einen anderen Rock angezogen und mein Zigarrenetui nachgefüllt habe.»

Während wir im Zug saßen, ging ein Regenschauer nieder, und die Hitze war in Croydon viel weniger drückend als in der Stadt. Holmes hatte ein Telegramm vorausgeschickt, und Lestrade, so drahtig, behend und spürhundartig wie eh und je, erwartete uns am Bahnhof. Ein fünfminütiger Spaziergang führte uns in die Cross Street, wo Miß Cushing wohnte.

Es war eine sehr lange Straße mit zweigeschossigen Ziegelhäusern, alle schmuck und ansprechend, mit weißgestrichenen Steinstufen und Grüppchen von schürzentragenden Frauen, die vor den Türen schwatzten. Auf halbem Weg blieb Lestrade stehen und klopfte an eine Haustür, die von einem kleinen

Miss Cushing was sitting in the front room, into which we were ushered. She was a placid-faced woman, with large, gentle eyes, and grizzled hair curving down over her temples on each side. A worked antimacassar lay upon her lap and a basket of coloured silks stood upon a stool beside her.

"They are in the outhouse, those dreadful things," said she as Lestrade entered. "I wish that you would take them away altogether."

"So I shall, Miss Cushing. I only kept them here until my friend, Mr. Holmes, should have seen them in your presence."

"Why in my presence, sir?"

"In case he wished to ask any questions."

"What is the use of asking me questions when I tell you I know nothing whatever about it?"

"Quite so, madam," said Holmes in his soothing way. "I have no doubt that you have been annoyed more than enough already over this business."

"Indeed, I have, sir. I am a quiet woman and live a retired life. It is something new for me to see my name in the papers and to find the police in my house. I won't have those things in here, Mr. Lestrade. If you wish to see them you must go to the outhouse."

It was a small shed in the narrow garden which ran behind the house. Lestrade went in and brought out as yellow cardboard box, with a piece of brown paper and some string. There was a bench at the end of the path, and we all sat down while Holmes examined, one by one, the articles which Lestrade had handed to him.

"The string is exceedingly interesting," he remarked, holding it up to the light and sniffing at it. "What do you make of this string, Lestrade?"

"It has been tarred."

"Precisely. It is a piece of tarred twine. You have also, no doubt, remarked that Miss Cushing has

Dienstmädchen geöffnet wurde. Es geleitete uns in das vordere Zimmer, in dem Miß Cushing saß. Sie war eine Frau mit ruhigen Gesichtszügen, mit großen, sanften Augen und ergrauendem Haar, das ihr zu beiden Seiten in Wellen über die Schläfen fiel. Ein Sesselschoner, an dem sie arbeitete, lag auf ihrem Schoß und ein Korb mit bunten Seidenstoffen stand neben ihr auf einem Hocker.

«Sie sind im Nebengebäude, diese schrecklichen Dinger», sagte sie, als Lestrade eintrat. «Ich wollte, Sie würden sie ganz und gar wegschaffen.»

«Das werde ich, Miß Cushing. Ich ließ sie bloß hier, bis mein Freund, Mr. Holmes, sie in Ihrer Anwesenheit gesehen hat.»

«Warum in meiner Anwesenheit, Sir?»

«Falls er Fragen stellen möchte.»

«Was hat es für einen Zweck, mir Fragen zu stellen, wenn ich Ihnen doch sage, daß ich überhaupt nichts davon weiß?»

«Gewiß, Madam», sagte Holmes in seiner besänftigenden Art. «Ich bezweifle nicht, daß Sie sich wegen dieser Geschichte schon mehr als genug aufgeregt haben.»

«In der Tat, Sir. Ich bin eine stille Frau und lebe zurückgezogen. Es ist neu für mich, meinen Namen in der Zeitung und die Polizei in meinem Haus zu sehen. Ich will die Dinger hier drinnen nicht haben, Mr. Lestrade. Wenn Sie sie sehen wollen, müssen Sie ins Nebengebäude gehen.»

Es war ein kleiner Schuppen im schmalen, hinter dem Haus liegenden Garten. Lestrade ging hinein und brachte eine gelbe Pappschachtel heraus sowie einen Fetzen Packpapier und ein Stück Bindfaden. Wo der Weg aufhörte, war eine Bank, und wir setzten uns alle, während Holmes die Gegenstände, die Lestrade ihm ausgehändigt hatte, der Reihe nach untersuchte.

«Die Schnur ist ungemein aufschlußreich», bemerkte er, wobei er sie ans Licht hielt und daran schnupperte. «Was sagt Ihnen diese Schnur, Lestrade?»

«Sie ist mit Teer bestrichen worden.»

«Genau. Es ist ein Stück geteertes Garn. Sie haben sicher auch bemerkt, daß Miß Cushing die Schnur mit einer Schere

cut the cord with a scissors, as can be seen by the double fray on each side. This is of importance."

"I cannot see the importance," said Lestrade.

"The importance lies in the fact that the knot is left intact, and that this knot is of a peculiar character."

"It is very neatly tied. I had already made a note to that effect," said Lestrade complacently.

"So much for the string, then," said Holmes, smiling, "now for the box wrapper. Brown paper, with a distinct smell of coffee. What, did you not observe it? I think there can be no doubt of it. Address printed in rather straggling characters: 'Miss S. Cushing, Cross Street, Croydon.' Done with a broad-pointed pen, probably a J, and with very inferior ink. The word 'Croydon' has been originally spelled with an 'i,' which has been changed to 'y.' The parcel was directed, then, by a man – the printing is distinctly masculine – of limited education and unacquainted with the town of Croydon.

So far, so good! The box is a yellow, half-pound honeydew box, with nothing distinctive save two thumb marks at the left bottom corner. It is filled with rough salt of the quality used for preserving hides and other of the coarser commercial purposes. And embedded in it are these very singular enclosures."

He took out the two ears as he spoke, and laying a board across his knee he examined them minutely, while Lestrade and I, bending forward on each side of him, glanced alternately at these dreadful relics and at the thoughtful, eager face of our companion. Finally he returned them to the box once more and sat for a while in deep meditation.

"You have observed, of course," said he at last, "that the ears are not a pair."

"Yes, I have noticed that. But if this were the practical joke of some students from the dissecting-

auseinandergeschnitten hat, wie man an der doppelten Ausfransung auf jeder Seite sehen kann. Das ist wichtig.»

«Ich kann nicht erkennen, wieso», sagte Lestrade.

«Die Bedeutung liegt in der Tatsache, daß der Knoten unbeschädigt geblieben ist, und daß es sich um einen besonderen Knoten handelt.»

«Er ist sehr sauber geknüpft. Ich habe schon eine diesbezügliche Aufzeichnung gemacht», sagte Lestrade selbstgefällig.

«So viel also zur Schnur», sagte Holmes lächelnd, «und jetzt zur Verpackung der Schachtel. Packpapier, das eindeutig nach Kaffee riecht. Was, ist Ihnen das entgangen? Meiner Meinung nach ist daran nicht zu zweifeln. Die Anschrift in ziemlich krakeligen Druckbuchstaben: ‹Miß S. Cushing, Cross Street, Croydon.› Geschrieben mit breiter Feder, wahrscheinlich Stärke J, und mit minderwertiger Tinte. Das Wort ‹Croydon› war ursprünglich mit einem *i* geschrieben, aus dem ein *y* gemacht worden ist. Adressiert hat das Päckchen also ein Mann – die Druckschrift ist ganz entschieden die eines Mannes – von begrenzter Bildung, der mit der Stadt Croydon nicht vertraut ist. So weit, so gut. Die Schachtel ist gelb, hat einmal ein halbes Pfund gesüßten Tabaks enthalten und ist ohne besondere Merkmale, abgesehen von zwei Daumenabdrücken in der linken unteren Ecke. Sie ist mit grobem Salz gefüllt, wie es zur Konservierung von Häuten und anderen handfesteren Zwecken im Handel verwendet wird. Und in dieses Salz gebettet sind diese recht einzigartigen Anlagen.»

Mit diesen Worten nahm er die zwei Ohren heraus, legte sich ein Brett über das Knie und untersuchte sie gründlich. Unterdessen blickten Lestrade und ich, die wir zu seinen beiden Seiten saßen und uns vorbeugten, abwechselnd auf diese gräßlichen Überbleibsel und das nachdenkliche, gespannte Gesicht unseres Gefährten. Schließlich legte er sie wieder in die Schachtel zurück und saß eine Weile tief in Gedanken versunken da.

«Sie haben natürlich bemerkt», sagte er schließlich, «daß die Ohren nicht zusammengehören».

«Ja, das ist mir aufgefallen. Wäre dies aber der Jux einiger

rooms, it would be as easy for them to send two odd ears as a pair."

"Precisely. But this is not a practical joke."

"You are sure of it?"

"The presumption is strongly against it. Bodies in the dissecting-rooms are injected with preservative fluid. These ears bear no signs of this. They are fresh, too. They have been cut off with a blunt instrument, which would hardly happen if a student had done it. Again, carbolic or rectified spirits would be the preservatives which would suggest themselves to the medical mind, certainly not rough salt. I repeat that there is no practical joke here, but that we are investigating a serious crime."

A vague thrill ran through me as I listened to my companion's words and saw the stern gravity which had hardened his features. This brutal preliminary seemed to shadow forth some strange and inexplicable horror in the background. Lestrade, however, shook his head like a man who is only half convinced.

"There are objections to the joke theory, no doubt," said he, "but there are much stronger reasons against the other. We know that this woman has led a most quiet and respectable life at Penge and here for the last twenty years. She has hardly been away from her home for a day during that time. Why on earth, then, should any criminal send her the proofs of his guilt, especially as, unless she is a most consummate actress, she understands quite as little of the matter as we do?"

"That is the problem which we have to solve," Holmes answered, "and for my part I shall set about it by presuming that my reasoning is correct, and that a double murder has been committed. One of these ears is a woman's, small, finely formed, and pierced for an earring. The other is a man's, sunburned, discoloured, and also pierced for an earring. These two people are presumably dead, or we should

Studenten aus der Anatomie, könnten sie ebenso leicht zwei einzelne Ohren schicken wie ein Paar.»

«Stimmt. Aber das ist kein Jux.»

«Sind Sie sicher?»

«Die Wahrscheinlichkeit spricht stark dagegen. Im Sezier-saal wird den Leichen eine konservierende Flüssigkeit einge-spritzt. Diese Ohren weisen keine Spuren davon auf. Auch sind sie noch frisch. Sie sind mit einem stumpfen Werkzeug abgeschnitten worden, was kaum der Fall wäre, wenn ein Student es getan hätte. Und ebenso würden einem medizi-nisch Ausgebildeten als Konservierungsstoffe phenolhaltige oder mehrmals destillierte Alkohole einfallen, aber gewiß nicht grobkörniges Salz. Ich wiederhole: Es liegt hier kein Jux vor; vielmehr untersuchen wir ein ernstes Verbrechen.»

Mich durchlief ein geheimnisvoller Schauer, als ich den Worten meines Kollegen lauschte und den strengen Ernst sah, der seine Züge verhärtet hatte. Diese rauhe Einleitung schien einen merkwürdigen und unerklärlich im Hintergrund lauernden Schrecken dunkel anzudeuten. Lestrade schüttel-te jedoch den Kopf wie einer, der nur halb überzeugt ist.

«Zweifellos spricht manches gegen die Jux-Annahme», sagte er, «aber viel stärkere Gründe gibt es gegen die andere. Wir wissen, daß diese Frau in Penge und hier in den vergan-genen zwanzig Jahren ein überaus beschauliches und acht-bares Leben geführt hat. Sie ist während dieser Zeit kaum einen Tag lang von ihrem Heim fort gewesen. Warum in aller Welt sollte ihr also ein Verbrecher die Beweise seiner Schuld schicken, zumal sie, sofern sie nicht eine höchst voll-endete Schauspielerin ist, so wenig von der Sache begreift wie wir?»

«Das ist das Rätsel, das wir lösen müssen», antwortete Holmes, «und ich für mein Teil werde von der Annahme ausgehen, daß meine Folgerungen stimmen und daß ein Doppelmord begangen worden ist. Eines dieser Ohren ist das einer Frau: zierlich, wohlgeformt und für einen Ohrring durchstochen. Das andere ist das eines Mannes: von der Sonne gebräunt, von Flecken entstellt und ebenfalls für einen Ohrring durchstochen. Diese beiden Leute sind vermutlich

have heard their story before now. To-day is Friday. The packet was posted on Thursday morning. The tragedy, then, occurred on Wednesday or Tuesday, or earlier. If the two people were murdered, who but their murderer would have sent this sign of his work to Miss Cushing? We may take it that the sender of the packet is the man whom we want. But he must have some strong reason for sending Miss Cushing this packet. What reason then? It must have been to tell her that the deed was done! or to pain her, perhaps. But in that case she knows who it is. Does she know? I doubt it. If she knew, why should she call the police in? She might have buried the ears, and no one would have been the wiser. That is what she would have done if she had wished to shield the criminal. But if she does not wish to shield him she would give his name. There is a tangle here which needs straightening out."

He had been talking in a high, quick voice, staring blankly up over the garden fence, but now he sprang briskly to his feet and walked towards the house.

"I have a few questions to ask Miss Cushing," said he.

"In that case I may leave you here," said Lestrade, "for I have another small business on hand. I think that I have nothing further to learn from Miss Cushing. You will find me at the police-station."

"We shall look in on our way to the train," answered Holmes. A moment later he and I were back in the front room, where the impassive lady was still quietly working away at her antimacassar. She put it down on her lap as we entered and looked at us with her frank, searching blue eyes.

"I am convinced, sir," she said, "that this matter is a mistake, and that the parcel was never meant for me at all. I have said this several times to the gentleman from Scotland Yard, but he simply laughs at me. I have not an enemy in the world, as

tot, sonst hätte man schon etwas von ihrer Geschichte erfahren. Heute ist Freitag. Das Päckchen wurde am Donnerstagmorgen aufgegeben. Die Untat geschah also am Mittwoch oder Dienstag oder früher. Falls die beiden ermordet wurden – wer sonst als ihr Mörder hätte dieses Zeichen seiner Tat an Miß Cushing geschickt? Wir können annehmen, daß der Absender des Päckchens der Mann ist, den wir suchen. Aber er muß einen starken Grund gehabt haben, Miß Cushing dieses Päckchen zu senden. Was für einen Grund wohl? Doch nur, um ihr mitzuteilen, daß die Tat vollbracht wurde oder vielleicht, um ihr wehzutun. Doch in diesem Fall weiß sie, wer es ist. Weiß sie es? Ich bezweifle es. Wenn sie es wüßte, warum sollte sie dann die Polizei rufen? Sie hätte die Ohren vergraben können, und niemand wäre schlauer gewesen. Das hätte sie auch getan, hätte sie den Verbrecher schützen wollen. Will sie ihn aber nicht schützen, so würde sie seinen Namen preisgeben. Der Knäuel, der hier vorliegt, muß entwirrt werden.» Er hatte mit lauter, hastiger Stimme gesprochen, während er verdutzt über den Gartenzaun blickte, doch jetzt sprang er behend auf und ging auf das Haus zu.

«Es gibt ein paar Fragen, die ich Miß Cushing stellen muß», sagte er.

«Dann darf ich Sie hier lassen», bemerkte Lestrade, «denn ich habe noch eine andere Kleinigkeit zu erledigen. Ich glaube, von Miß Cushing kann ich nichts Neues mehr erfahren. Sie werden mich auf der Polizeiwache antreffen.»

«Wir werden auf unserem Weg zur Bahn bei Ihnen hereinschauen», antwortete Holmes. Einen Augenblick darauf waren er und ich wieder im vorderen Zimmer, wo die gelassene Dame immer noch bedächtig an ihrem Sesselschoner weiterarbeitete. Als wir eintraten, ließ sie ihn in den Schoß sinken und sah uns mit ihren aufrichtigen blauen Augen forschend an.

«Ich bin überzeugt, Sir», bemerkte sie, «daß hier ein Irrtum vorliegt, und daß das Päckchen überhaupt nicht für mich gedacht war. Ich habe das dem Herrn von Scotland Yard mehrmals gesagt, aber er lacht mich bloß aus. Meines

far as I know, so why should anyone play me such a trick?"

"I am coming to be of the same opinion, Miss Cushing," said Holmes, taking a seat beside her. "I think that it is more than probable —" he paused, and I was surprised, on glancing round to see that he was staring with singular intentness at the lady's profile.

Surprise and satisfaction were both for an instant to be read upon his eager face, though when she glanced round to find out the cause of his silence he had become as demure as ever. I stared hard myself at her flat, grizzled hair, her trim cap, her little gilt earrings, her placid features; but I could see nothing which could account for my companion's evident excitement.

"There were one or two questions —"

"Oh, I am weary of questions!" cried Miss Cushing impatiently.

"You have two sisters, I believe."

"How could you know that?"

"I observed the very instant that I entered the room that you have a portrait group of three ladies upon the mantelpiece, one of whom is undoubtedly yourself, while the others are so exceedingly like you that there could be no doubt of the relationship."

"Yes, you are quite right. Those are my sisters, Sarah and Mary."

"And here at my elbow is another portrait, taken at Liverpool, of your younger sister, in the company of a man who appears to be a steward by his uniform. I observe that she was unmarried at the time."

"You are very quick at observing."

"That is my trade."

"Well, you are quite right. But she was married to Mr. Browner a few days afterwards. He was on the South American line when that was taken, but

Wissens habe ich keinen Feind auf der Welt; warum sollte mir also jemand eine solchen Streich spielen?»

«Allmählich gelange ich zu derselben Ansicht, Miß Cushing», sagte Holmes und nahm neben ihr Platz. «Ich halte es für mehr als wahrscheinlich . . .» Er legte eine Pause ein, und zu meiner Überraschung sah ich, als ich zu ihm hin blickte, daß er das Profil der Dame ungewöhnlich gründlich betrachtete. Einen Augenblick lang konnte man Überraschung und Befriedigung in seinem lebhaften Gesicht lesen; als sie ihm den Blick zuwandte, um die Ursache seines Schweigens zu ergründen, war er wieder verschlossen wie zuvor. Ich starrte selber unentwegt auf ihr glattes, ergrauendes Haar, ihr fesches Häubchen, ihre kleinen vergoldeten Ohrringe, ihre gleichmütigen Gesichtszüge, doch ich konnte nichts sehen, was die offensichtliche Erregung meines Kollegen zu erklären vermochte.

«Noch eine oder zwei Fragen . . .»

«Ach, ich bin der Fragen überdrüssig!» rief Miß Cushing ungeduldig.

«Sie haben, glaube ich, zwei Schwestern.»

«Woher wissen Sie das?»

«Schon beim Eintritt in das Zimmer bemerkte ich, daß Sie ein Gruppenbild von drei Damen auf dem Kaminsims haben. Die eine davon sind fraglos Sie selbst, während die anderen Ihnen so sehr ähneln, daß hinsichtlich der Verwandtschaft kein Zweifel bestehen kann.»

«Ja, Sie haben ganz recht. Das sind meine Schwestern, Sarah und Mary.»

«Und hier dicht dabei steht ein weiteres in Liverpool aufgenommenes Bild Ihrer jüngeren Schwester, in Begleitung eines Mannes, der seiner Uniform nach ein Schiffssteward zu sein scheint. Mir fällt auf, daß sie zu der Zeit unverheiratet war.»

«Sie sind ein sehr fixer Beobachter.»

«Das ist mein Beruf.»

«Nun, es stimmt tatsächlich. Aber sie heiratete einige Tage darauf Mr. Browner. Er fuhr, als diese Aufnahme entstand, auf der Südamerika-Linie, doch er war derart in Mary

he was so fond of her that he couldn't abide to leave her for so long, and he got into the Liverpool and London boats."

"Ah, the *Conqueror*, perhaps?"

"No, the *May Day*, when last I heard. Jim came down here to see me once. That was before he broke the pledge; but afterwards he would always take drink when he was ashore, and a little drink would send him stark, staring mad. Ah! it was a bad day that ever he took a glass in his hand again. First he dropped me, then he quarrelled with Sarah, and now that Mary has stopped writing we don't know how things are going with them."

It was evident that Miss Cushing had come upon a subject on which she felt very deeply. Like most people who lead a lonely life, she was shy at first, but ended by becoming extremely communicative. She told us many details about her brother-in-law the steward, and then wandering off on the subject of her former lodgers, the medical students, she gave us a long account of their delinquencies, with their names and those of their hospitals. Holmes listened attentively to everything, throwing in a question from time to time.

"About your second sister, Sarah," said he. "I wonder, since you are both maiden ladies, that you do not keep house together."

"Ah! you don't know Sarah's temper or you would wonder no more. I tried it when I came to Croydon, and we kept on until about two months ago, when we had to part. I don't want to say a word against my own sister, but she was always meddlesome and hard to please, was Sarah."

"You say that she quarrelled with your Liverpool relations."

"Yes, and they were the best of friends at one time. Why, she went up there to live in order to be near them. And now she has no word hard

vernarrt, daß er es nicht aushielt, sie auf so lange Zeit zu verlassen. Daher heuerte er auf der London-Liverpool-Linie an.

«Oh, auf der *Conqueror* vielleicht?»

«Nein, auf der *May Day*, als ich zuletzt von ihnen hörte. Jim kam einmal hierher, um mich zu besuchen. Das war, ehe er das Abstinenzlergelöbnis brach; aber danach trank er immer, wenn er an Land war, und schon ein Gläschen genügte, um ihn völlig um den Verstand zu bringen. Ach, es war ein böser Tag, an dem er wieder zum Glas griff! Zuerst ließ er mich links liegen, dann stritt er mit Sarah, und jetzt, da Mary nicht mehr schreibt, wissen wir nicht, wie es mit den beiden steht.»

Es war offenkundig, daß Miß Cushing ein Thema angeschnitten hatte, das sie sehr bewegte. Wie die meisten einsam lebenden Leute war sie anfänglich zurückhaltend, wurde aber schließlich äußerst mitteilsam. Sie erzählte uns viele Einzelheiten über ihren Schwager, den Steward, und gab uns dann, als sie auf ihre früheren Mieter, die Medizinstudenten, zu sprechen kam, einen langen Bericht über deren Spitzbübereien, mitsamt ihren Namen und den Namen ihrer Krankenhäuser. Holmes hörte sich alles aufmerksam an und warf gelegentlich eine Frage ein.

«Was Ihre zweite Schwester, Sarah, betrifft», sagte er, «erstaunt es mich, daß Sie keinen gemeinsamen Haushalt führen, da Sie doch beide unverheiratet sind.»

«Ach? Sie kennen Sarahs Temperament nicht; sonst würden Sie sich nicht mehr wundern. Ich habe es versucht, als ich nach Croydon kam, und bis vor ungefähr zwei Monaten haben wir es durchgehalten; dann mußten wir uns trennen. Ich möchte kein Wort gegen meine eigene Schwester sagen, aber sie war immer aufdringlich und schwer zufriedenzustellen, die Sarah.»

«Sie sagen, sie habe mit Ihren Verwandten in Liverpool Streit gehabt.»

«Ja, und dabei waren sie einmal die besten Freunde gewesen. Nun, sie ist dort hinaufgezogen, um in ihrer Nähe zu wohnen. Und jetzt ist ihr für Jim Browner kein Wort hart

enough for Jim Browner. The last six months that she was here she would speak of nothing but his drinking and his ways. He had caught her meddling, I suspect, and given her a bit of his mind, and that was the start of it."

"Thank you, Miss Cushing," said Holmes, rising and bowing. "Your sister Sarah lives, I think you said, at New Street, Wallington? Good-bye, and I am very sorry that you should have been troubled over a case with which, as you say, you have nothing whatever to do."

There was a cab passing as we came out, and Holmes hailed it.

"How far to Wallington?" he asked.

"Only about a mile, sir."

"Very good. Jump in, Watson. We must strike while the iron is hot. Simple as the case is, there have been one or two very instructive details in connection with it. Just pull up at a telegraph office as you pass, cabby."

Holmes sent off a short wire and for the rest of the drive lay back in the cab, with his hat tilted over his nose to keep the sun from his face. Our driver pulled up at a house which was not unlike the one which we had just quitted. My companion ordered him to wait, and had his hand upon the knocker, when the door opened and a grave young gentleman in black, with a very shiny hat, appeared on the step.

"Is Miss Cushing at home?" asked Holmes.

"Miss Sarah Cushing is extremely ill," said he. "She has been suffering since yesterday from brain symptoms of great severity. As her medical adviser, I cannot possibly take the responsibility of allowing anyone to see her. I should recommend you to call again in ten days." He drew on his gloves, closed the door, and marched off down the street.

genug. Im letzten halben Jahr, das sie hier war, redete sie von nichts anderem als von seiner Trinkerei und seinem Verhalten. Ich vermute, sie hat ihre Nase in seine Angelegenheiten gesteckt, und er hat ihr gründlich die Meinung gesagt, und damit ging alles los.»

«Ich danke Ihnen, Miß Cushing», sagte Holmes, stand auf und verbeugte sich. «Sie haben gesagt, Ihre Schwester wohne in der New Street in Wallington, nicht wahr? Leben Sie wohl! Es tut mir sehr leid, daß Sie wegen eines Falles belästigt worden sind, mit dem Sie, wie Sie sagen, überhaupt nichts zu tun haben.»

Als wir das Haus verließen, fuhr gerade eine Mietdroschke vorbei, und Holmes hielt sie an.

«Wie weit nach Wallington?» fragte er.

«Nur etwa eine Meile, Sir.»

«Sehr gut. Steigen Sie ein, Watson! Wir müssen das Eisen schmieden, solange es heiß ist. So einfach der Fall ist, gibt es noch einige sehr aufschlußreiche Einzelheiten im Zusammenhang damit. Halten Sie mal an, wenn Sie an einem Telegraphenamt vorbeikommen, Kutscher!»

Holmes gab ein kurzes Telegramm auf und lag während der restlichen Fahrt im Wagen zurückgelehnt, den Hut über die Nase geschoben, um die Sonne nicht im Gesicht zu haben. Unser Kutscher hielt vor einem Haus, das demjenigen, welches wir soeben verlassen hatten, nicht unähnlich war. Mein Gefährte befahl ihm zu warten und hatte gerade die Hand am Türklopfer, als die Tür aufging und ein ernster junger Herr in Schwarz mit einem sehr glänzenden Hut auf der Schwelle erschien.

«Ist Miß Cushing zu Hause?» fragte Holmes.

«Miß Sarah Cushing ist schwer krank», war die Antwort. «Sie leidet seit gestern an ungemein starken Gehirnstörungen. Als ihr Arzt kann ich unmöglich die Verantwortung dafür übernehmen, daß sie Besuche empfängt.

Ich würde Ihnen empfehlen, in zehn Tagen wieder vorzusprechen.» Er zog sich die Handschuhe an, schloß die Tür und begab sich die Straße hinunter.

"Well, if we can't we can't," said Holmes, cheerfully.

"Perhaps she could not or would not have told you much."

"I did not wish her to tell me anything. I only wanted to look at her. However, I think that I have got all that I want. Drive us to some decent hotel, cabby, where we may have some lunch, and afterwards we shall drop down upon friend Lestrade at the police-station."

We had a pleasant little meal together, during which Holmes would talk about nothing but violins, narrating with great exultation how he had purchased his own Stradivarius, which was worth at least five hundred guineas, at a Jew broker's in Tottenham Court Road for fifty-five shillings. This led him to Paganini, und we sat for an hour over a bottle of claret while he told me anecdote after anecdote of that extraordinary man. The afternoon was far advanced and the hot glare had softened into a mellow glow before we found ourselves at the police-station. Lestrade was waiting for us at the door.

"A telegram for you, Mr. Holmes," said he.

"Ha! It is the answer!" He tore it open, glanced his eyes over it, and crumpled it into his pocket. "That's all right," said he.

"Have you found out anything?"

"I have found out everything!"

"What!" Lestrade stared at him in amazement. "You are joking."

"I was never more serious in my life. A shocking crime has been committed, and I think I have now laid bare every detail of it."

"And the criminal?"

Holmes scribbled a few words upon the back of one of his visiting cards and threw it over to Lestrade.

"That is the name," he said. "You cannot effect

«Na, wenn wir nicht können, können wir eben nicht», sagte Holmes heiter.

«Vielleicht hätte Sie Ihnen nicht viel erzählen können oder wollen.»

«Ich wollte nicht, daß sie mir etwas erzählt. Ich wollte sie nur ansehen. Dennoch glaube ich, alles bekommen zu haben, was ich brauche. Kutscher, bringen Sie uns in ein ordentliches Hotel, wo wir etwas essen können, und hinterher werden wir unseren Freund Lestrade auf der Polizeiwache aufsuchen.»

Wir nahmen zusammen ein nettes kleines Mahl ein, in dessen Verlauf Holmes ausschließlich über Geigen plauderte und mit großem Überschwang berichtete, wie er bei einem jüdischen Mittelsmann in der Tottenham Court Road seine Stradivari, die mindestens fünfhundert Guineen wert war, für fünfundfünfzig Shilling erstanden hatte. Das brachte ihn auf Paganini, und wir saßen eine Stunde lang bei einer Flasche Bordeaux, während er mir eine Anekdote um die andere von jenem ungewöhnlichen Mann erzählte. Der Nachmittag war weit fortgeschritten, und der heiße Glast hatte sich zu einem milden Glühen abgeschwächt, ehe wir uns auf dem Polizeirevier einfanden. Lestrade erwartete uns schon an der Tür.

«Ein Telegramm für Sie, Mr. Holmes», sagte er.

«Ha! Das ist die Antwort!» Er riß es auf, überflog es und stopfte es in die Tasche. «Es ist alles in Ordnung!» bemerkte er.

«Haben Sie etwas herausgebracht?»

«Ich habe alles herausgebracht.»

«Was!» Lestrade starrte ihn verblüfft an. «Sie scherzen wohl.»

«In meinem ganzen Leben bin ich nie ernster gewesen. Es ist ein scheußliches Verbrechen begangen worden, und ich glaube, jetzt jede Einzelheit aufgeklärt zu haben.»

«Und der Verbrecher?»

Holmes kritzelte ein paar Worte auf die Rückseite einer seiner Visitenkarten und warf sie Lestrade zu.

«So heißt er», sagte er. «Sie können frühestens morgen

an arrest until to-morrow night at the earliest. I should prefer that you do not mention my name at all in connection with the case, as I choose to be only associated with those crimes which present some difficulty in their solution. Come on, Watson." We strode off together to the station, leaving Lestrade still staring with a delighted face at the card which Holmes had thrown him.

"The case," said Sherlock Holmes as we chatted over our cigars that night in our rooms at Baker Street, "is one where, as in the investigations which you have chronicled under the names of 'A Study in Scarlet' and of 'The Sign of the Four,' we have been compelled to reason backward from effects to causes. I have written to Lestrade asking him to supply us with the details which are now wanting, and which he will only get after he has secured his man. That he may be safely trusted to do, for although he is absolutely devoid of reason, he is as tenacious as a bulldog when he once understands what he has to do, and, indeed, it is just this tenacity which has brought him to the top at Scotland Yard."

"Your case is not complete, then?" I asked.

"It is fairly complete in essentials. We know who the author of the revolting business is, although one of the victims still escapes us. Of course, you have formed your own conclusions."

"I presume that this Jim Browner, the steward of a Liverpool boat, is the man whom you suspect?"

"Oh! it is more than a suspicion."

"And yet I cannot see anything save very vague indications."

"On the contrary, to my mind nothing could be more clear. Let me run over the principal steps. We approached the case, you remember, with an absolutely blank mind, which is always an advantage. We had formed no theories. We were simply there

abend eine Verhaftung vornehmen. Mir wäre es lieber, Sie würden meinen Namen in Verbindung mit dem Fall überhaupt nicht erwähnen, da ich nur mit jenen Verbrechen in Zusammenhang gebracht werden möchte, deren Aufklärung einige Mühe bereitet. Kommen Sie, Watson!» Wir schritten zusammen zum Bahnhof, während Lestrade noch immer entzückt auf die Karte blickte, die Holmes ihm zugeworfen hatte.

Als wir an jenem Abend zigarrenrauchend in unseren Räumen in der Baker Street plauderten, sagte Sherlock Holmes: «Der Fall gehört zu jenen, bei denen wir von den Wirkungen auf die Ursachen rückschließen müssen, so wie bei den Nachforschungen, die Sie unter den Titeln «Eine Studie in Scharlachrot» und «Das Zeichen der Vier» aufgezeichnet haben. Ich habe Lestrade geschrieben und ihn gebeten, uns die jetzt fehlenden Einzelheiten zu liefern, die er aber erst bekommen wird, nachdem er seinen Mann dingfest gemacht hat. Man kann getrost darauf bauen, daß er das tun wird, denn wenn er auch bar jeder Vernunft ist, ist er hartnäckig wie eine Bulldogge, sobald er einmal begreift, was er zu tun hat, und genau diese Hartnäckigkeit hat ihn an die Spitze von Scotland Yard gebracht.»

«Ihr Fall ist also nicht vollständig?» fragte ich.

«Er ist in wesentlichen Punkten ziemlich vollständig. Wir wissen, wer der Urheber der abscheulichen Tat ist, obgleich wir eines der Opfer noch nicht kennen. Natürlich haben Sie schon Ihre eigenen Schlüsse gezogen.»

«Vermutlich haben Sie Jim Browner, den Steward eines Schiffes aus Liverpool, im Verdacht?»

«Oh, es ist mehr als ein Verdacht.»

«Ich meinerseits kann nichts als sehr unklare Hinweise sehen.»

«Im Gegenteil, für mich könnte nichts klarer sein. Lassen Sie mich die wichtigen Schritte wiederholen. Sie entsinnen sich, daß wir den Fall völlig unvoreingenommen angingen, was stets ein Vorteil ist. Wir hatten keine Theorien aufgestellt. Wir waren einfach da, um zu beobachten und aus unse-

to observe and to draw inferences from our observations. What did we see first? A very placid and respectable lady, who seemed quite innocent of any secret, and a portrait which showed me that she had two younger sisters. It instantly flashed across my mind that the box might have been meant for one of these. I set the idea aside as one which could be disproved or confirmed at our leisure. Then we went to the garden, as you remember, and we saw the very singular contents of the little yellow box.

"The string was of the quality which is used by sailmakers aboard ship, and at once a whiff of the sea was perceptible in our investigation. When I observed that the knot was one which is popular with sailors, that the parcel had been posted at a port, and that the male ear was pierced for an earring which is so much more common among sailors than landsmen, I was quite certain that all the actors in the tragedy were to be found among our seafaring classes.

"When I came to examine the address of the packet I observed that it was to Miss S. Cushing. Now, the oldest sister would, of course, be Miss Cushing, and although her initial was 'S' it might belong to one of the others as well. In that case we should have to commence our investigation from a fresh basis altogether. I therefore went into the house with the intention of clearing up this point. I was about to assure Miss Cushing that I was convinced that a mistake had been made when you may remember that I came suddenly to a stop. The fact was that I had just seen something which filled me with surprise and at the same time narrowed the field of our inquiry immensely.

"As a medical man, you are aware, Watson, that there is no part of the body which varies so much as the human ear. Each ear is as a rule quite distinctive and differs from all other ones. In last year's

ren Beobachtungen Schlüsse zu ziehen. Was sahen wir zuerst? Eine sehr gelassene, achtbare Dame, die keinerlei Geheimnis zu verbergen schien, und eine Photographie, die mir zeigte, daß sie zwei jüngere Schwestern hatte. Sofort schoß es mir durch den Kopf, die Schachtel könnte für eine der beiden bestimmt gewesen sein.

Ich schob den Gedanken beiseite: er konnte, sobald wir Zeit hatten, widerlegt oder bestätigt werden. Dann gingen wir, wie Sie sich erinnern, in den Garten und sahen den sehr seltsamen Inhalt der kleinen gelben Schachtel.

Die Schnur war von der Art, wie Segelmacher sie an Bord verwenden, und augenblicklich spürte man ein bißchen Seeluft in unserer Nachforschung. Als ich bemerkte, daß es sich um einen bei Seeleuten beliebten Knoten handelte, daß das Päckchen in einer Hafenstadt aufgegeben und daß das männliche Ohr für einen Ohrring durchstochen war, was unter Seeleuten viel häufiger vorkommt als unter Landratten, war mir völlig klar, daß alle in das Unglück Verstrickten unter unserem seefahrenden Volk zu finden wären.

Als ich schließlich die Anschrift der Sendung untersuchte, stellte ich fest, daß sie ‹Miß S. Cushing› lautete. Zwar wäre natürlich die älteste Schwester Miß Cushing, doch obschon ihr Vorname mit *S* beginnt, konnt der Buchstabe auch für eine der beiden anderen Schwestern stehen. In diesem Fall würden wir unsere Untersuchung überhaupt von einer neuen Grundlage aus beginnen müssen. Ich ging daher ins Haus, um diesen Punkt aufzuklären. Ich war gerade dabei, Miß Cushing zu versichern, daß meiner Überzeugung nach ein Irrtum begangen worden sei, als ich, wie Sie sich erinnern werden, plötzlich verstummte. Ich hatte nämlich gerade etwas gesehen, das mich sehr überraschte und gleichzeitig das Feld unserer Nachforschung ungemein einschränkte.

Als Mediziner, Watson, ist Ihnen klar, daß kein Körperteil so große Verschiedenheiten aufweist wie das menschliche Ohr. In der Regel ist jedes Ohr ganz einmalig und unterscheidet sich von allen anderen. Im *Anthropological Journal* vom vergangenen Jahr werden Sie zwei kurze Beiträge zu

Anthropological Journal you will find two short monographs from my pen upon the subject. I had, therefore, examined the ears in the box with the eyes of an expert and had carefully noted their anatomical peculiarities. Imagine my surprise, then, when on looking at Miss Cushing I perceived that her ear corresponded exactly with the female ear which I had just inspected. The matter was entirely beyond coincidence. There was the same shortening of the pinna, the same broad curve of the upper lobe, the same convolution of the inner cartilage. In all essentials it was the same ear.

"Of course I at once saw the enormous importance of the observation. It was evident that the victim was a blood relation, and probably a very close one. I began to talk to her about her family, and you remember that she at once gave us some exceedingly valuable details.

"In the first place, her sister's name was Sarah, and her address had until recently been the same, so that it was quite obvious how the mistake had occurred and for whom the packet was meant. Then we heard of this steward, married to the third sister, and learned that he had at one time been so intimate with Miss Sarah that she had actually gone up to Liverpool to be near the Browners, but a quarrel had afterwards divided them. This quarrel had put a stop to all communications for some months, so that if Browner had occasion to address a packet to Miss Sarah, he would undoubtedly have done so to her old address.

"And now the matter had begun to straighten itself out wonderfully. We had learned of the existence of this steward, an impulsive man, of strong passions – you remember that he threw up what must have been a very superior berth in order to be nearer to his wife – subject, too, to occasional fits of hard drinking. We had reason to believe that his

diesem Thema aus meiner Feder finden. Ich hatte deshalb die Ohren in der Schachtel mit den Augen eines Fachmanns untersucht und ihre anatomischen Besonderheiten sorgfältig festgehalten. Stellen Sie sich dann meine Überraschung vor, als ich bemerkte, daß Miß Cushings Ohr genau dem weiblichen Ohr glich, das ich soeben unter die Lupe genommen hatte.

Es konnte sich unmöglich um einen Zufall handeln. Da war die gleiche Verkürzung der Muschel, der gleiche breite Schwung des oberen Ohrläppchens, die gleiche Windung des inneren Knorpels. In allen wesentlichen Punkten war es das gleiche Ohr.

Natürlich erkannte ich sofort die ungeheure Bedeutung der Beobachtung. Ganz offensichtlich war das Opfer eine Blutsverwandte und vermutlich eine sehr nahe. Ich fing an, mit Miß Cushing über ihre Familie zu plaudern, und Sie entsinnen sich, daß sie uns sogleich einige überaus wertvolle Angaben machte.

Vor allem einmal hieß ihre Schwester Sarah und hatte bis vor kurzem die gleiche Anschrift gehabt, so daß es ganz offenkundig war, wie es zu dem Irrtum gekommen und für wen das Päckchen gedacht war. Dann hörten wir von diesem mit der dritten Schwester verheirateten Steward; wir erfuhren, daß er einmal mit Miß Sarah auf so vertrautem Fuß gestanden hatte, daß sie tatsächlich nach Liverpool hinaufgezogen war, um in der Nähe der Browners zu wohnen, daß aber ein Streit sie später entzweit hatte. Dieser Streit hatte für einige Monate jeglicher Verbindung ein Ende gemacht; hätte Browner Anlaß gehabt, Miß Sarah ein Päckchen zu schicken, hätte er es ihr zweifellos an die alte Anschrift gerichtet.

Und jetzt hatte die Sache begonnen, sich wunderbar zu klären. Wir hatten von diesem Steward erfahren, einem leicht erregbaren Menschen mit starken Leidenschaften – Sie erinnern sich, daß er, um seiner Frau näher zu sein, eine Stellung aufgab, die weit besser gewesen sein muß –, hatten auch erfahren, daß er gelegentlich stark trank. Wir hatten Grund zu der Annahme, daß seine Frau ermordet wor-

wife had been murdered, and that a man – presumably a seafaring man – had been murdered at the same time. Jealousy, of course, at once suggests itself as the motive for the crime. And why should these proofs of the deed be sent to Miss Sarah Cushing? Probably because during her residence in Liverpool she had some hand in bringing about the events which led to the tragedy. You will observe that this line of boats calls at Belfast, Dublin, and Waterford; so that, presuming that Browner had committed the deed and had embarked at once upon his steamer, the *May Day*, Belfast would be the first place at which he could post his terrible packet.

"A second solution was at this stage obviously possible, and although I thought it exceedingly unlikely, I was determined to elucidate it before going further. An unsuccessful lover might have killed Mr. and Mrs. Browner, and the male ear might have belonged to the husband. There were many grave objections to this theory, but it was conceivable. I therefore sent off a telegram to my friend Algar, of the Liverpool force, and asked him to find out if Mrs. Browner were at home, and if Browner had departed in the *May Day*. Then we went on to Wallington to visit Miss Sarah.

"I was curious, in the first place, to see how far the family ear had been reproduced in her. Then, of course, she might give us very important information, but I was not sanguine that she would. She must have heard of the business the day before, since all Croydon was ringing with it, and she alone could have understood for whom the packet was meant. If she had been willing to help justice she would probably have communicated with the police already. However, it was clearly our duty to see her, so we went. We found that the news of the arrival of the packet – for her illness dated from that time – had such an effect upon her as

den war und daß ein Mann – vermutlich ein Seemann – zur gleichen Zeit ermordet worden war. Als Motiv des Verbrechens drängt sich natürlich sofort Eifersucht auf. Und warum sollten die Beweise der Tat an Miß Sarah Cushing geschickt werden? Vermutlich weil sie während ihres Aufenthalts in Liverpool irgendwie mit den Ereignissen zu tun hatte, die zu dem Unglück führten.

Sie werden feststellen, daß die Schiffe dieser Linie in Belfast, Dublin und Waterford anlegen, so daß, vorausgesetzt, Browner habe die Tat begangen und sei alsbald an Bord seines Dampfers, der *May Day*, gegangen, Belfast der erste Ort wäre, in dem er sein scheußliches Päckchen aufgeben konnte.

Eine zweite Lösung war bei diesem Stand der Ermittlungen offensichtlich möglich, und obgleich ich sie für äußerst unwahrscheinlich hielt, war ich entschlossen, die Sache zu klären, ehe ich weiterging. Ein abgeblitzter Liebhaber könnte Mr. und Mrs. Browner getötet haben, und das männliche Ohr hätte das des Ehegatten sein können. Es gab viele ernste Einwände gegen diese Annahme, doch sie war denkbar. Ich sandte daher ein Telegramm an meinen Freund Algar von der Liverpooler Kripo und bat ihn herauszufinden, ob Mrs. Browner zu Hause und ob Browner auf der *May Day* ausgefahren wäre. Dann begaben wir uns weiter nach Wallington, um Miß Sarah aufzusuchen.

Ich war in erster Linie begierig zu sehen, wie stark das Ohr der Familie bei ihr ausgeprägt war. Sodann würde sie uns natürlich sehr wichtige Auskünfte geben können; aber in diesem Punkt hatte ich keine großen Erwartungen. Sie mußte von der Sache tags zuvor gehört haben, da ja ganz Croydon davon redete, und sie allein konnte verstanden haben, für wen das Päckchen bestimmt war. Wäre sie willens gewesen, der Justiz zu helfen, so hätte sie sich vermutlich schon mit der Polizei in Verbindung gesetzt.

Aber wie auch immer: es war eindeutig unsere Pflicht, sie aufzusuchen; daher gingen wir hin. Wir bekamen heraus, daß die Nachricht vom Eintreffen des Päckchens – denn ihre Krankheit brach an diesem Tag

to bring on brain fever. It was clearer than ever that she understood its full significance, but equally clear that we should have to wait some time for any assistance from her.

"However, we were really independent of her help. Our answers were waiting for us at the police-station, where I had directed Algar to send them. Nothing could be more conclusive. Mrs. Browner's house had been closed for more than three days, and the neighbours were of opinion that she had gone south to see her relatives. It had been ascertained at the shipping offices that Browner had left aboard of the *May Day*, and I calculate that she is due in the Thames tomorrow night. When he arrives he will be met by the obtuse but resolute Lestrade, and I have no doubt that we shall have all our details filled in."

Sherlock Holmes was not disappointed in his expectations. Two days later he received a bulky envelope, which contained a short note from the detective, and a typewritten document, which covered several pages of foolscap.

"Lestrade has got him all right," said Holmes, glancing up at me. "Perhaps it would interest you to hear what he says.

MY DEAR MR. HOLMES:
In accordance with the scheme which we had formed in order to test our theories [the 'we' is rather fine, Watson, is it not?] I went down to the Albert Dock yesterday at 6 P. M., and boarded the S. S. *May Day*, belonging to the Liverpool, Dublin, and London Steam Packet Company. On inquiry, I found that there was a steward on board of the name of James Browner and that he had acted during the voyage in such an extraordinary manner that the captain had been compelled to relieve him of his duties. On descending to his berth, I found him seated upon a chest with his head sunk

us – bei ihr Gehirnfieber auslöste. Es war klarer denn je, daß sie die volle Bedeutung der Sendung begriff, doch ebenso klar, daß wir einige Zeit warten müßten, bis wir mit ihrer Mitarbeit rechnen könnten.

Wir waren jedoch nicht wirklich auf ihre Hilfe angewiesen. Unsere Antworten erwarteten uns schon auf der Polizeiwache, wohin ich sie durch Algar hatte schicken lassen. Nichts konnte zwingender sein. Mrs. Browners Haus war seit über drei Tagen verschlossen, und die Nachbarn glaubten, sie wäre nach Süden gereist, um ihre Verwandtschaft zu besuchen. Im Schiffahrtsbüro war bestätigt worden, daß Browner an Bord der *May Day* die Ausfahrt angetreten habe, und ich schätze, daß das Schiff morgen abend in der Themse einläuft. Sobald er ankommt, wird er von dem begriffsstutzigen, aber entschlossenen Lestrade erwartet, und ich zweifle nicht, daß wir dann alle fehlenden Einzelheiten ergänzen können.»

Sherlock Holmes sah sich in seinen Erwartungen nicht getäuscht. Zwei Tage später erhielt er einen dicken Briefumschlag, in dem eine kurze Mitteilung von Lestrade steckte sowie ein maschinengeschriebenes Schriftstück, das mehrere Seiten Kanzleipapier füllte.

«Lestrade hat ihn am Wickel», sagte Holmes und blickte zu mir auf. «Vielleicht würde Sie interessieren, was er berichtet.

Mein lieber Mr. Holmes,
in Übereinstimmung mit dem Plan, den wir gemacht hatten, um unsere Theorien zu erproben [das ‹wir› ist recht nett, Watson, nicht wahr?], ging ich gestern abend um sechs Uhr zum Albert-Dock und begab mich an Bord der *May Day* von der Liverpool-Dublin-London-Postdampfer-Gesellschaft. Auf Anfrage erfuhr ich, daß ein Steward namens Jim Browner an Bord wäre, der sich während der Fahrt so ungewöhnlich benommen hätte, daß der Kapitän gezwungen gewesen sei, ihn von seinen Pflichten zu entbinden. Als ich in seine Kajüte hinunterstieg, traf ich ihn auf einer Kiste sitzend an, den Kopf in die Hände vergraben und sich hin und her wiegend. Er ist ein großer, stämmiger Bursche, glattrasiert

upon his hands, rocking himself to and fro. He is a big, powerful chap, clean-shaven, and very swarthy — something like Aldridge, who helped us in the bogus laundry affair. He jumped up when he heard my business, and I had my whistle to my lips to call a couple of river police, who were round the corner, but he seemed to have no heart in him, and he held out his hands quietly enough for the darbies. We brought him along to the cells, and his box as well, for we thought there might be something incriminating; but, bar a big sharp knife such as most sailors have, we got nothing for our trouble. However, we find that we shall want no more evidence, for on being brought before the inspector at the station he asked leave to make a statement, which was, of course, taken down, just as he made it, by our shorthand man. We had three copies typewritten, one of which I enclose. The affair proves, as I always thought it would, to be an extremely simple one, but I am obliged to you for assisting me in my investigation. With kind regards,

> Yours very truly,
> G. LESTRADE.

"Hum! The investigation really was a very simple one," remarked Holmes, "but I don't think it struck him in that light when he first called us in. However, let us see what Jim Browner has to say for himself. This is his statement as made before Inspector Montgomery at the Shadwell Police Station, and it has the advantage of being verbatim."

"'Have I anything to say? Yes, I have a deal to say. I have to make a clean breast of it all. You can hang me, or you can leave me alone. I don't care a plug which you do. I tell you I've not shut an eye in sleep since I did it, and I don't believe I ever will

und sehr dunkelhäutig – so ähnlich wie Aldridge, der uns in der Schwindelgeschichte mit der Wäscherei half. Als er von meinem Auftrag hörte, sprang er auf, und ich hatte schon meine Pfeife an den Lippen, um einige Mann der Flußpolizei herbeizurufen, die gleich um die Ecke war, doch er schien keinen Mumm in sich zu haben und streckte ganz ruhig die Hände entgegen, um sich die Handschellen anlegen zu lassen. Wir nahmen ihn mit zu den Zellen, mitsamt seiner Kiste, denn wir glaubten, sie könnte etwas Belastendes enthalten; doch außer einem großen, scharfen Messer, wie es die meisten Seeleute haben, fand sich nichts Besonderes. Wir glauben aber, daß wir keine weiteren Beweise brauchen, denn als er auf der Wache dem Polizeiinspektor vorgeführt wurde, bat er um die Erlaubnis, eine Erklärung abgeben zu dürfen, die von unserem Stenographen natürlich gleich wortwörtlich mitgeschrieben wurde. Wir ließen drei maschinengeschriebene Kopien anfertigen, wovon ich eine beilege. Die Angelegenheit erweist sich, wie ich immer vermutet habe, als äußerst einfach, doch bin ich Ihnen für Ihre Mithilfe bei meiner Ermittlung sehr verbunden.

Mit freundlichen Grüßen
Ihr sehr ergebener
G. Lestrade

«Hm! Die Ermittlung war wirklich sehr einfach», bemerkte Holmes, «doch ich glaube nicht, daß dies sein Eindruck war, als er uns erstmals zu Rate zog. Schauen wir aber, was Jim Browner zu seiner Rechtfertigung zu sagen hat! Das hier ist seine Erklärung, die er vor Inspektor Montgomery auf der Polizeistation Shadwell abgegeben hat, und sie hat den Vorzug, wörtlich zu sein.»

«Habe ich etwas zu berichten? Ja, ich habe eine Menge zu berichten. Ich muß mir alles von der Seele reden. Ihr könnt mich hängen oder laufen lassen; es ist mir völlig schnuppe, was ihr tut. Ich sage euch, daß ich seit meiner Tat kein Auge mehr zugebracht habe, und ich glaube, ich werde keines mehr

again until I get past all waking. Sometimes it's his face, but most generally it's hers. I'm never without one or the other before me. He looks frowning and black-like, but she has a kind o' surprise upon her face. Ay, the white lamb, she might well be surprised when she read death on a face that had seldom looked anything but love upon her before.

"'But it was Sarah's fault, and may the curse of a broken man put a blight on her and set the blood rotting in her veins! It's not that I want to clear myself. I know that I went back to drink, like the beast that I was. But she would have forgiven me; she would have stuck as close to me as a rope to a block if that woman had never darkened our door. For Sarah Cushing loved me – that's the root of the business – she loved me until all her love turned to poisonous hate when she knew that I thought more of my wife's footmark in the mud than I did of her whole body and soul.

"'There were three sisters altogether. The old one was just a good woman, the second was a devil, and the third was an angel. Sarah was thirty-three, and Mary was twenty-nine when I married. We were just as happy as the day was long when we set up house together, and in all Liverpool there was no better woman than my Mary. And then we asked Sarah up for a week, and the week grew into a month, and one thing led to another, until she was just one of ourselves.

"'I was blue ribbon at that time, and we were putting a little money by, and all was as bright as a new dollar. My God, whoever would have thought that it could have come to this? Whoever would have dreamed it?

"'I used to be home for the week-ends very often, and sometimes if the ship were held back for cargo I would have a whole week at a time, and in this way I saw a deal of my sister-in-law, Sarah. She

zutun, bis ich jeglichen Wachzustand hinter mir habe. Manchmal sehe ich sein Gesicht, aber im allgemeinen ist's ihres. Immer habe ich das eine oder andere vor mir. Er sieht finster und wie ein Schwarzer aus, doch ihr Gesichtsausdruck läßt eine Art Verwunderung erkennen. Ach, das weiße Lamm! Sie mochte wohl überrascht sein, als sie mir den Mord ansah, einem Gesicht, das ihr selten zuvor etwas anderes als Liebe entgegengebracht hatte.

Aber schuld daran war Sarah, und der Fluch eines gebrochenen Mannes möge einen Pesthauch über sie bringen und ihr das Blut in den Adern verderben! Nicht daß ich mich selber entlasten möchte. Ich weiß, daß ich wieder dem Suff verfiel wie das Vieh, das ich ja war. Doch sie hätte mir verziehen; sie hätte fest zu mir gehalten wie das Seil zum Kloben, wenn bloß jenes Weib nie seinen dunklen Schatten über unsere Schwelle geworfen hätte. Denn Sarah Cushing war in mich verliebt – das ist der Kern der Geschichte –; sie liebte mich, bis ihre ganze Liebe in zersetzenden Haß umschlug: als sie nämlich erkannte, daß eine Fußspur, die meine Frau im Schlamm hinterließ, mir mehr galt als ihr – Sarahs – ganzer Körper mitsamt der Seele.

Es waren im ganzen drei Schwestern. Die ältere war einfach eine gute Frau, die zweite ein Teufel und die dritte ein Engel. Sarah war dreiunddreißig, Mary war neunundzwanzig, als wir heirateten. Wir waren so glücklich, wie der Tag lang war, als wir zusammen den Hausstand gründeten, und in ganz Liverpool gab es keine bessere Frau als meine Mary. Dann luden wir Sarah auf eine Woche zu uns ein, und aus der Woche wurde ein Monat, und eins kam zum andern, bis sie einfach zu uns gehörte.

Ich war damals Blaukreuzler [Antialkoholiker]; wir legten ein wenig Geld auf die hohe Kante, und alles ließ sich wunderbar an. Mein Gott, wer hätte je gedacht, daß es so weit hatte kommen können? Wer hätte sich das träumen lassen?

Ich war an den Wochenenden in aller Regel zu Hause, und wenn das Schiff aufgehalten wurde, um Fracht zu laden, blieb mir manchmal eine ganze Woche auf einmal. So bekam ich meine Schwägerin Sarah oft zu Gesicht. Sie war eine

was a fine tall woman, black and quick and fierce, with a proud way of carrying her head, and a glint from her eye like a spark from a flint. But when little Mary was there I had never a thought of her, and that I swear as I hope for God's mercy.

"'It had seemed to me sometimes that she liked to be alone with me, or to coax me out for a walk with her, but I had never thought anything of that. But one evening my eyes were opened. I had come up from the ship and found my wife out, but Sarah at home. "Where's Mary?" I asked. "Oh, she has gone to pay some accounts." I was impatient and paced up and down the room. "Can't you be happy for five minutes without Mary, Jim?" says she. "It's a bad compliment to me that you can't be contented with my society for so short a time." "That's all right, my lass," said I, putting out my hand towards her in a kindly way, but she had it in both hers in an instant, and they burned as if they were in a fever. I looked into her eyes and I read it all there. There was no need for her to speak, nor for me either. I frowned and drew my hand away. Then she stood by my side in silence for a bit, and then put up her hand and patted me on the shoulder. "Steady old Jim!" said she, and with a kind o' mocking laugh, she ran out of the room.

"'Well, from that time Sarah hated me with her whole heart and soul, and she is a woman who can hate, too. I was a fool to let her go on biding with us – a besotted fool – but I never said a word to Mary, for I knew it would grieve her. Things went on much as before, but after a time I began to find that there was a bit of a change in Mary herself. She had always been so trusting and so innocent, but now she became queer and suspicious, wanting to know where I had been and what I had been doing, and whom my letters were from, and what I had in my pockets, and a thousand such follies. Day by

gutaussehende, hochgewachsene Frau, dunkel, lebhaft und feurig; sie hatte eine stolze Art, den Kopf zu tragen, und aus ihren Augen blitzte es wie ein Funke von einem Feuerstein. Wenn aber meine kleine Mary da war, dachte ich nie an Sarah; das schwöre ich, so wahr ich auf Gottes Erbarmen hoffe.

Manchmal war es mir vorgekommen, als wollte sie gern mit mir allein sein oder mich zu einem Spaziergang verlocken, aber davon hatte ich nie etwas gehalten. Eines Tages wurden mir die Augen geöffnet. Ich war vom Schiff heraufgekommen und traf meine Frau nicht an; wohl aber war Sarah zu Hause. ‹Wo ist Mary?› erkundigte ich mich. ‹Ach, sie wollte ein paar Rechnungen bezahlen.› Ich ging vor Ungeduld im Zimmer auf und ab.

‹Jim, kannst du denn keine fünf Minuten ohne Mary glücklich sein?› fragt sie. ‹Es ist eine schlechte Empfehlung für mich, daß du mit meiner Gesellschaft nicht einmal für so ein kleines Weilchen zufrieden bist.› ‹Schon gut, Mädel›, bemerkte ich und streckte ihr freundschaftlich die Hand hin, doch sie faßte sie im Nu mit ihren beiden Händen, die wie im Fieber brannten. Ich blickte ihr in die Augen und durchschaute alles. Sie brauchte kein Wort zu sagen, und ich auch nicht. Ich runzelte die Stirn und zog die Hand zurück. Dann stand sie wortlos ein Weilchen neben mir, hob die Hand und klopfte mir auf die Schulter. ‹Standhafter alter Jim!› sagte sie und lief mit einer Art Hohnlachen aus dem Zimmer.

Nun, seit jener Zeit haßte mich Sarah aus ganzem Herzen und ganzer Seele, und sie ist eine Frau, die auch hassen kann. Ich war ein Narr, daß ich sie weiter bei uns bleiben ließ, ein hirnverbrannter Narr, doch ich sagte zu Mary nie ein Wort von der Geschichte, denn ich wußte, es würde ihr Kummer machen. Alles ging so ziemlich wie zuvor weiter, aber nach und nach merkte ich, daß Mary selbst sich ein wenig verändert hatte. Sie war immer so vertrauensvoll und so arglos gewesen, doch nun wurde sie launisch und mißtrauisch, wollte wissen, wo ich gewesen wäre und was ich getan hätte, woher meine Briefe kämen und was ich in den Taschen hätte und tausend solche Albernheiten. Tag für Tag wurde sie selt-

day she grew queerer and more irritable, and we had ceaseless rows about nothing. I was fairly puzzled by it all. Sarah avoided me now, but she and Mary were just inseparable. I can see now how she was plotting and scheming and poisoning my wife's mind against me, but I was such a blind beetle that I could not understand it at the time. Then I broke my blue ribbon and began to drink again, but I think I should not have done it if Mary had been the same as ever. She had some reason to be disgusted with me now, and the gap between us began to be wider and wider. And then this Alec Fairbairn chipped in, and things became a thousand times blacker.

"'It was to see Sarah that he came to my house first, but soon it was to see us, for he was a man with winning ways, and he made friends wherever he went. He was a dashing, swaggering chap, smart and curled, who had seen half the world and could talk of what he had seen. He was good company, I won't deny it, and he had wonderful polite ways with him for a sailor man, so that I think there must have been a time when he knew more of the poop than the forecastle. For a month he was in and out of my house, and never once did it cross my mind that harm might come of his soft, tricky ways. And then at last something made me suspect, and from that day my peace was gone forever.

"'It was only a little thing, too. I had come into the parlour unexpected, and as I walked in at the door I saw a light of welcome on my wife's face. But as she saw who it was it faded again, and she turned away with a look of disappointment. That was enough for me. There was no one but Alec Fairbairn whose step she could have mistaken for mine. If I could have seen him then I should have killed him, for I have always been like a madman when my temper gets loose. Mary saw the devil's light in my eyes, and she ran forward with her hands on

samer und reizbarer, und wir hatten endlose Streitereien um nichts und wieder nichts. Mir gab das alles ziemliche Rätsel auf. Sarah ging mir jetzt aus dem Weg, aber sie und Mary waren einfach unzertrennlich. Ich kann heute erkennen, wie sie nörgelte und stänkerte und meine Frau gegen mich aufhetzte, doch ich war ein derart blindes Huhn, daß ich es damals nicht verstehen konnte. Dann brach ich mein Blaukreuzler-Gelöbnis und begann wieder zu trinken, aber ich glaube, ich hätte es nicht getan, wenn Mary die gleiche gewesen wäre wie früher. Sie hatte einigen Grund, von mir jetzt angewidert zu sein, und die Kluft zwischen uns wurde immer größer. Und dann kam dieser Alec Fairbairn hereingeschneit, und alles wurde noch tausendmal schlimmer.

Zuerst kam er Sarahs wegen in mein Haus, aber bald besuchte er uns, denn er hatte ein gewinnendes Wesen und freundete sich auf Schritt und Tritt an. Er war ein flotter Schwadroneur, fesch und gelockt, der die halbe Welt gesehen hatte und über das Gesehene auch plaudern konnte. Er war ein guter Gesellschafter, das will ich nicht bestreiten, und für einen Seemann hatte er erstaunlich feine Umgangsformen, so daß ich glaube, es müsse eine Zeit gegeben haben, da er besser mit dem Heck als mit der Back vertraut war. Einen Monat lang ging er in meinem Haus ein und aus, und kein einziges Mal kam es mir in den Sinn, aus seiner sanften, verschlagenen Art könnte Unheil entstehen. Und dann machte etwas mich schließlich argwönisch, und von dem Tag an war es um meine Ruhe geschehen.

Es war auch nur eine Kleinigkeit. Ich war unverhofft ins Wohnzimmer gekommen und sah, als ich eintrat, daß das Gesicht meiner Frau sich vor Willkommensfreude aufhellte. Als sie aber merkte, wer es war, schwand diese Freude wieder, und enttäuschten Blickes wandte sich Mary ab. Das reichte mir. Nur Alec Fairbairns Schritt konnte sie für den meinen gehalten haben. Wäre der Mann mir unter die Augen gekommen, hätte ich ihn umgebracht, denn ich bin immer wie ein Wahnsinniger, wenn ich die Beherrschung verliere. Mary sah den teuflischen Glanz in meinen Augen, sie lief voraus und faßte mich am Ärmel. ‹Tu's nicht, Jim, tu's nicht!› sagt sie.

my sleeve. "Don't, Jim, don't!" says she. "Where's Sarah?" I asked. "In the kitchen," says she. "Sarah," says I as I went in, "this man Fairbairn is never to darken my door again." "Why not?" says she. "Because I order it." "Oh!" says she, "if my friends are not good enough for this house, then I am not good enough for it either." "You can do what you like," says I, "but if Fairbairn shows his face here again I'll send you one of his ears for a keepsake." She was frightened by my face, I think, for she never answered a word, and the same evening she left my house.

"'Well, I don't know now whether it was pure devilry on the part of this woman, or whether she thought that she could turn me against my wife by encouraging her to misbehave. Anyway, she took a house just two streets off and let lodgings to sailors. Fairbairn used to stay there, and Mary would go round to have tea with her sister and him. How often she went I don't know, but I followed her one day, and as I broke in at the door Fairbairn got away over the back garden wall, like the cowardly skunk that he was. I swore to my wife that I would kill her if I found her in his company again, and I led her back with me, sobbing and trembling, and as white as a piece of paper. There was no trace of love between us any longer. I could see that she hated me and feared me, and when the thought of it drove me to drink, then she despised me as well.

"'Well, Sarah found that she could not make a living in Liverpool, so she went back, as I understand, to live with her sister in Croydon, and things jogged on much the same as ever at home. And then came this last week and all the misery and ruin.

"'It was in this way. We had gone on the *May Day* for a round voyage of seven days, but a hogshead got loose and started one of our plates, so that we had to put back into port for twelve hours. I left the

‹Wo ist Sarah?› wollte ich wissen. ‹In der Küche›, antwortet sie. Ich ging in die Küche. ‹Sarah›, sage ich, ‹dieser Fairbairn soll nie wieder seinen Fuß über meine Türschwelle setzen.› ‹Warum nicht?› fragt sie. ‹Weil ich es befehle.›

‹Oh!› meint sie, ‹wenn meine Freunde nicht gut genug für dieses Haus sind, dann bin auch ich nicht gut genug dafür.› ‹Du kannst tun, was du willst›, sage ich, ‹doch wenn Fairbairn sich hier wieder blicken läßt, werde ich dir eines seiner Ohren als Andenken schicken.› Mein Gesicht, glaube ich, erschreckte sie, denn sie sprach kein Wort und verließ mein Haus noch am selben Abend.

Nun, ich weiß nicht, ob es schiere Teufelei von diesem Weib war oder ob sie glaubte, sie könnte mich gegen meine Frau aufhetzen, indem sie diese ermutigte, sich ungebührlich zu benehmen. Jedenfalls bezog sie nur zwei Straßen weiter ein Haus und vermietete Zimmer an Seeleute. Fairbairn pflegte dort zu wohnen, und Mary ging hinüber, um mit ihrer Schwester und ihm Tee zu trinken. Wie oft, weiß ich nicht, doch eines Tages folgte ich ihr, und als ich mir Einlaß verschaffte, verdrückte sich Fairbairn über die hintere Gartenmauer, das feige Schwein.

Ich schwor meiner Frau, sie umzubringen, wenn ich sie wieder in seiner Gesellschaft anträfe, und führte sie nach Hause; sie schluchzte und zitterte und war weiß wie ein Stück Papier. Zwischen uns gab es keine Spur von Liebe mehr. Ich konnte sehen, daß sie mich haßte und fürchtete, und wenn der Gedanke daran mich zum Trinken verleitete, verachtete sie mich auch.

Sarah merkte, daß sie in Liverpool ihren Lebensunterhalt nicht verdienen konnte; daher zog sie, wie ich höre, nach Croydon zu ihrer Schwester zurück. Bei uns daheim ging alles so ziemlich im gleichen Trott wie bisher weiter. Und dann kam diese letzte Woche und all das Elend und Verderben.

Und zwar so. Wir waren mit der *May Day* zu einer siebentägigen Rundfahrt aufgebrochen, aber es löste sich ein großes Faß und lockerte eine unserer Stahlplatten, so daß wir für zwölf Stunden in den Hafen zurück mußten. Ich verließ das

ship and came home, thinking what a surprise it would be for my wife, and hoping that maybe she would be glad to see me so soon. The thought was in my head as I turned into my own street, and at that moment a cab passed me, and there she was, sitting by the side of Fairbairn, the two chatting and laughing, with never a thought for me as I stood watching them from the footpath.

"'I tell you, and I give you my word for it, that from that moment I was not my own master, and it is all like a dim dream when I look back on it. I had been drinking hard of late, and the two things together fairly turned my brain. There's something throbbing in my head now, like a docker's hammer, but that morning I seemed to have all Niagara whizzing and buzzing in my ears.

"'Well, I took to my heels, and I ran after the cab. I had a heavy oak stick in my hand, and I tell you I saw red from the first; but as I ran I got cunning, too, and hung back a little to see them without being seen. They pulled up soon at the railway station. There was a good crowd round the booking-office, so I got quite close to them without being seen. They took tickets for New Brighton. So did I, but I got in three carriages behind them. When we reached it they walked along the Parade, and I was never more than a hundred yards from them. At last I saw them hire a boat and start for a row, for it was a very hot day, and they thought, no doubt, that it would be cooler on the water.

"'It was just as if they had been given into my hands. There was a bit of a haze, and you could not see more than a few hundred yards. I hired a boat for myself, and I pulled after them. I could see the blur of their craft, but they were going nearly as fast as I, and they must have been a long mile from the shore before I caught them up. The haze was like a curtain all round us, and there were we three

Schiff und dachte auf dem Heimweg ständig, wie überrascht meine Frau sein würde; ich hoffte, sie würde sich vielleicht freuen, mich so bald zu sehen. Mit dieser Überlegung im Kopf bog ich gerade in unsere Straße ein; in diesem Augenblick fuhr eine Droschke an mir vorbei. Drinnen saß sie neben Fairbairn, beide plaudernd und lachend, an mich überhaupt nicht denkend, während ich sie vom Gehsteig aus beobachtete.

Ich sage euch und gebe euch mein Wort darauf, daß ich von diesem Augenblick an nicht mehr Herr meiner selbst war, und wenn ich zurückschaue, ist alles wie ein verschwommener Traum. Ich hatte in letzter Zeit schwer getrunken, und beides zusammen brachte meinen Verstand ziemlich durcheinander. In meinem Kopf pocht jetzt etwas, so wie der Hammer eines Hafenarbeiters, aber an jenem Morgen war mir, als hörte ich in meinen Ohren den ganzen Niagara zischen und brausen.

Nun, ich nahm die Beine unter den Arm und rannte hinter der Droschke her. In der Hand hatte ich einen schweren Eichenknüppel, und ich sage euch, daß ich von Anfang an rot sah; doch während des Laufens wurde ich auch gewitzt und blieb ein wenig zurück, um sie zu sehen, ohne gesehen zu werden. Bald hielten sie am Bahnhof an. Am Schalter herrschte ziemlicher Andrang; so kam ich unbemerkt ganz in ihre Nähe. Sie lösten Fahrkarten nach New Brighton. Ich auch, doch stieg ich drei Wagen hinter ihnen ein. Als wir den Zielort erreichten, spazierten sie die Promenade entlang, und ich war nie mehr als hundert Schritt hinter ihnen. Schließlich sah ich, daß sie ein Boot mieteten und zu rudern begannen, denn es war ein sehr heißer Tag, und sie glaubten sicher, auf dem Wasser würde es kühler sein.

Es war genauso, als wären sie mir ausgeliefert worden. Es war leicht dunstig, und die Sicht betrug nur einige hundert Yard. Ich mietete mir selber ein Boot und ruderte hinter ihnen her. Ich konnte ihr Boot schemenhaft sehen, aber sie fuhren fast ebenso schnell wie ich, und sie müssen gut eine Meile von der Küste entfernt gewesen sein, ehe ich sie einholte. Der Dunst umhüllte uns wie ein Vorhang, und mittendrin waren wir drei. Mein Gott, werde ich je ihre Gesichter

in the middle of it. My God, shall I ever forget their faces when they saw who was in the boat that was closing in upon them? She screamed out. He swore like a madman and jabbed at me with an oar, for he must have seen death in my eyes. I got past it and got one in with my stick that crushed his head like an egg. I would have spared her, perhaps, for all my madness, but she threw her arms round him, crying out to him, and calling him 'Alec.' I struck again, and she lay stretched beside him. I was like a wild beast then that had tasted blood. If Sarah had been there, by the Lord, she should have joined them. I pulled out my knife, and – well, there! I've said enough. It gave me a kind of savage joy when I thought how Sarah would feel when she had such signs as these of what her meddling had brought about. Then I tied the bodies into the boat, stove a plank, and stood by until they had sunk. I knew very well that the owner would think that they had lost their bearings in the haze, and had drifted off out to sea. I cleaned myself up, got back to land, and joined my ship without a soul having a suspicion of what had passed. That night I made up the packet for Sarah Cushing, and next day I sent it from Belfast.

"'There you have the whole truth of it. You can hang me, or do what you like with me, but you cannot punish me as I have been punished already. I cannot shut my eyes but I see those two faces staring at me – staring at me as they stared when my boat broke through the haze. I killed them quick, but they are killing me slow; and if I have another night of it I shall be either mad or dead before morning. You won't put me alone into a cell, sir? For pity's sake don't, and may you be treated in your day of agony as you treat me now.'

"What is the meaning of it, Watson?" said Holmes solemnly as he laid down the paper. "What object

vergessen, als sie sahen, wer in dem Boot saß, das sich ihnen näherte? Sie schrie laut auf. Er fluchte wie ein Tobsüchtiger und stieß mit einem Ruder nach mir, denn er mußte in meinen Augen den Tod erblickt haben. Ich wich ihm aus und landete mit meinem Knüppel einen Hieb, der ihm den Schädel wie ein Ei zerschmetterte. Vielleicht hätte ich sie trotz all meinem Toben verschont, aber sie schlang die Arme um ihn, rief nach ihm und nannte ihn ‹Alec›. Ich schlug noch einmal zu, und sie lag neben ihm hingestreckt. Ich war nun wie ein wildes Tier, das Blut geleckt hat. Wäre Sarah dagewesen, bei Gott, sie hätte das gleiche Schicksal erleiden sollen. Ich zog mein Messer hervor und ...

Nun denn! ich habe genug gesagt. Ich empfand eine Art wilder Freude bei dem Gedanken, wie Sarah zumute sein würde, wenn sie solche Zeichen bekam, die ihr die Folgen ihrer Einmischung klarmachten. Dann band ich die Leichen ins Boot, riß eine Planke heraus und wartete, bis sie versunken waren. Ich wußte sehr wohl, daß der Bootseigner annehmen würde, sie hätten im Nebel die Richtung verloren und seien aufs Meer hinausgetrieben worden. Ich säuberte mich, ruderte wieder ans Land und kehrte auf mein Schiff zurück, ohne daß eine Menschenseele ahnen konnte, was geschehen war. An jenem Abend machte ich das Päckchen für Sarah Cushing fertig und schickte es anderntags von Belfast ab.

Hier habt ihr die ganze Wahrheit. Ihr könnt mich hängen oder mit mir tun, was ihr wollt, doch ihr könnt mich nicht bestrafen, da ich schon bestraft bin. Ich kann die Augen nicht schließen, ohne zu sehen, wie die beiden Gesichter mich anstarren ... mich anstarren wie damals, als mein Boot den Dunstschleier durchbrach. Ich habe sie schnell getötet, doch sie töten mich langsam; noch eine solche Nacht, und ich bin verrückt oder tot, ehe es Morgen wird. Sie werden mich doch nicht allein in eine Zelle stecken, Sir? Um Himmels willen, tun Sie das nicht, und mögen Sie in Ihrer Todesstunde so behandelt werden, wie Sie mich jetzt behandeln!»

«Was hat das für einen Sinn, Watson?» fragte Holmes feierlich und legte das Papier weg. «Welchem Ziel dient die-

is served by this circle of misery and violence and fear? It must tend to some end, or else our universe is ruled by chance, which is unthinkable. But what end? There is the great standing perennial problem to which human reason is as far from an answer as ever."

ser Kreislauf von Elend, Gewalt und Furcht? Er muß doch auf irgendeinen Zweck hin gerichtet sein; andernfalls ist unsere Welt vom Zufall beherrscht, was undenkbar ist. Aber auf was für einen Zweck? Das ist das große, ewige Rätsel, von dessen Lösung der menschliche Verstand so weit entfernt ist wie eh und je.»

Einige englisch-deutsche Titel der Reihe dtv zweisprachig:

Lewis Carroll: Alice in Wonderland / Alice im Wunderland. Illustriert. – dtv 9244

Ernest Hemingway: Fathers and Sons. Short stories / Väter und Söhne. Kurzgeschichten. – dtv 9171

Jack London: Seven Great Stories / Sieben Meister-Erzählungen. – dtv 9227

William Makepeace Thackeray: Book of Snobs / Buch der Snobs. – dtv 9249

The Big Book of Modern Stories / Großes Kurzgeschichten-Buch. Capote, Faulkner, Goyen, Hemingway, Huxley, Joyce, McCullers, Mansfield, Maugham, O'Faolain, Page, Saroyan, Spettigue, Steinbeck, Thomas, Woolf. – dtv 9163

The Big Book of Classic Stories / Großes Kurzgeschichten-Buch. Bierce, Carleton, Crane, Dickens, Dunsany, Hawthorne, Henry, Kipling, London, Melville, Poe, Saki, Stevenson, Mark Twain, Wilde. – dtv 9170

Lopsided Stories / Schräge Geschichten. Beerbohm, Belloc, Bozman, Brown, Campbell, Grossmith, Herbert, de la Pasture, Priestley, The Times, Turner, Waugh. – dtv 9247

Ein vollständiges Verzeichnis der Reihe dtv zweisprachig ist erhältlich beim Deutschen Taschenbuch Verlag, Postfach 400422, 8000 München 40